Marcus Hünnebeck

Vaters Rache

Thriller

Über den Autor:

Marcus Hünnebeck wurde 1971 in Bochum geboren und lebt inzwischen als freier Autor in Leipzig. Er studierte an der Ruhr-Universität Bochum Wirtschaftswissenschaften.
Im März 2001 erschien mit *Verräterisches Profil* sein erster Thriller, 2003 und 2004 folgten *Wenn jede Minute zählt* und *Im Visier des Stalkers*.
Dank der Möglichkeiten, die das E-Book-Publishing bietet, veröffentlichte er im Jahr 2013 seine alten Thriller als überarbeitete E-Books. *Im Visier des Stalkers* erhielt aus rechtlichen Gründen den Namen *Die Rache des Stalkers* und schaffte im Juli 2013 den Sprung in die Top 10 der Amazon-Bestseller-Charts. Dem Roman *Verräterisches Profil* gelang dies im Dezember 2013. *Wenn jede Minute zählt* erreichte im Juni 2014 die Spitzenposition der Kindle-Charts und gehörte 2014 zu den zehn meist verkauften E-Books bei Amazon. Die Fortsetzung um den Kommissar Peter Stenzel erschien im Juni 2015 (*Stumme Vergeltung*).
Als Erstausgabe erschien im Juni 2014 *Kainsmal* bei Amazon Publishing. Mit *Die Drahtzieherin* führte er die Serie um Oberkommissarin Katharina Rosenberg fort. Die Trilogie schloss der Roman *Tödlicher Komplize* ab.
Im September 2015 veröffentlichte Egmont-Lyx den ersten Band einer neuen Reihe, der den Titel *Im Auge des Mörders* trägt. Im Mittelpunkt dieser Serie stehen die Journalistin Eva Haller und der Leibwächter Stefan Trapp.
Der zweite Band folgte im September 2016 und heißt *Abschaum*.
In *Sommers Tod* taucht zum ersten Mal Oberkommissar Lukas Sommer auf. *Sommers Schuld* ist sein zweiter Solo-Fall.
Die Namen des Todes bildet den Auftakt einer neuen Serie um den BKA-Kriminalkommissar Robert Drosten und sein Team. *Schuld vergibt man nie* ist der Folgeband. Die Romane sind genau wie der dritte Teil *Rudelfänger* und der vierte Teil *Rudeljagd* unabhängig voneinander zu lesen.
In *Die Todestherapie* ermitteln Lukas Sommer und Robet Drosten zum ersten Mal für eine neue Polizeibehörde namens KEG (Kriminalermittlungstaktische Einsatzgruppe). *Der Wundennäher, Der Schädelbrecher, Blut und Zorn, Die TodesApp,* Muttertränen und *Todesschimmer* setzen diese Zusammenarbeit

fort. In Vaters Rache stößt die Oberkommissarin Verena Kraft zum Team hinzu. Der Thriller *Der Wundennäher* war 2018 Finalist beim *Kindle Storyteller Award*.
Außerdem ist Hünnebeck noch als Autor mit dem ersten Band *Rampensau* an der ersten Staffel der vierteiligen Serie *Mordkommission Leipzig* beteiligt und ebenso mit dem ersten Band *Blender* an der zweiten Staffel.

Über das Buch:

Lautlos dringt der Mörder in die Wohnung ein und horcht. Schlafzimmer oder Kinderzimmer? Wo soll er zuerst zuschlagen? Er bringt den Tod über die friedlich schlafende Familie.
Robert Drosten und Lukas Sommer ermitteln in einer grausamen Mordserie und werden von ihrer neuen Kollegin Verena Kraft bei der Aufklärung unterstützt. Verena kämpft zur gleichen Zeit gegen Dämonen aus der Vergangenheit, denn ihr Ex-Partner akzeptiert die Trennung nicht. Mit allen Mitteln versucht er, sie zurückzugewinnen. Als sich die Ereignisse dramatisch zuspitzen, teilt sich das Team auf, um unterschiedlichen Spuren zu folgen. Jeder auf sich allein gestellt, schweben die Polizisten selbst in höchster Gefahr. Können sie die nächste Blutnacht noch rechtzeitig stoppen?

Marcus Hünnebeck

Vaters Rache

Thriller

Impressum

Vaters Rache

1. Auflage, Mai 2019

Covergestaltung: © Artwize
(mit Stock Images von unsplash.com und depositphotos.com
Whey in the wind von Bruno Martins - cc-zero Lizenz:
url: https://unsplash.com/photos/k1_UO1MGszsCC 0 Lizenz :
https://creativecommons.org/publicdomain/zero/1.0/
Familie - Depositphotos - Standard License
url: https://de.depositphotos.com/7445456/stock-photo-mother-and-children-on-sunset.html
Mann Silhouette - Depositphotos - Standard License
url: https://de.depositphotos.com/36058645/stock-photo-murderer.html)
Lektorat: Ruggero Leò
Korrektorat: Kirsten Wendt

Herausgeber:
Marcus Hünnebeck
Hegelstraße 11, 40789 Monheim

ISBN: 978-1099316982

1

Eine Sache hatte er von seiner Mutter gelernt: Ordnung ist das halbe Leben – in jeder Hinsicht. Deswegen lagen auf seinem Schreibtisch weder unnötige Papiere noch Utensilien, nicht einmal ein einziges Staubkorn. So hatte er Platz, um die Notizen auszubreiten und sie ein letztes Mal zu studieren.

Er war das, was Kriminalpsychologen einen strukturiert handelnden Mörder nannten.

Die Aufzeichnungen über die nächsten Opfer würde er morgen Früh im Kamin verbrennen, wo sie wie die vorherigen Notizen zu Asche zerfallen würden. Nichts brachte ihn mit den Todesopfern in Verbindung.

Er hatte lang genug Ausschau nach zerstörten Familien gehalten. Von denen gab es so viele. Seine Datensammlung reichte noch für zahlreiche Blutnächte. Die Menschen fochten ihre hässlichen Scheidungskriege in den sozialen Netzwerken und vor Gericht aus, ohne sich über die Folgen Gedanken zu machen. Wie Insekten, die hektisch im Spinnennetz zappelten und die Gier der Spinne anstachelten, statt sich ruhig zu verhalten und auf ein Wunder zu hoffen.

Doch das Schlimmste waren die Lügen, mit denen sie die Schlachten zu ihren Gunsten entscheiden wollten. *Du sollst nicht falsch Zeugnis reden wider deinen Nächsten.* Was war an diesem Gebot so schwer zu verstehen? Warum begriffen die Menschen nicht, dass Verleumdungen und Halbwahrheiten abscheuliche Sünden waren? Mit denen man das Leben anderer, aber auch sein eigenes auslöschte?

Heute Nacht würde es Tote geben. Weil zuvor Unwahrheiten in die Öffentlichkeit gelangt waren. Das war der einzige Grund, aus dem Lisas Kinder Ellen und Niklas den nächsten Sonnenaufgang nicht erleben würden.

Lisa trug die Schuld daran.

Am Morgen würde ihr Ex-Ehemann Christoph zwar unerträglichen Schmerz empfinden, doch würde er irgendwann den Sinn dahinter verstehen.

Lisas Anschuldigungen waren falsch, daran gab es für ihn keinen Zweifel. Ein falsches Zeugnis. Christoph wirkte nicht wie ein Mann, der ein zu intimes Verhältnis zu seiner Tochter pflegte. Davon hatte sich der Mörder bei seinen Recherchen überzeugt.

***

Zum wiederholten Male schaute Lisa nervös auf ihr Smartphone. In fünf Minuten müsste Christoph die Kinder abliefern. An jedem Wochenende, das die beiden bei ihrem Erzeuger verbrachten, fürchtete sie, er könnte einen hinterhältigen Trick versuchen. Doch die Auflagen des Gerichts waren eindeutig. Ein Verstoß dagegen hatte für Christoph unangenehme Konsequenzen.

So dumm war er hoffentlich nicht.

Vermutlich hatte er die Kinder in den letzten beiden Tagen gegen die eigene Mutter aufgehetzt.

Wie sehr sie ihn hasste.

Ein erneuter Blick zur Uhr. Konnte wirklich erst eine weitere Minute vergangen sein? An manchen Tagen wusste sie nicht, wo die Zeit geblieben war, an anderen wiederum schien sie stillzustehen.

Um sich abzulenken, öffnete Lisa den Schrank mit den Süßigkeiten. Schokoriegel, Kekse, Weingummi, Lakritze. Was würde ihre Nerven am ehesten beruhigen?

Sie griff zu der Schachtel Dinkelkekse, die sie seit gestern fast aufgegessen hatte. Lisa nahm zwei Kekse heraus, verschloss die Packung und überlegte es sich wieder anders. Drei Stück wären besser als zwei.

Hoffentlich hatten Ellen und Niklas keine schlechte Laune. Sie wollte den Sonntagabend nicht damit zubringen, ihre Kinder aufzubauen. Stattdessen könnten sie etwas Schönes unternehmen.

Das Summen der Türklingel nahm ihr zumindest eine Sorge. Lisa schluckte den letzten Keksbissen herunter und lief zur Wohnungstür. Ohne sich zu erkundigen, wer geklingelt hatte, betätigte sie den Öffner. Dann riss sie die Tür auf. Sie hoffte auf ein vergnügtes »Mama!« oder wenigstens schnelle Schritte. Stattdessen betraten Ellen und Niklas mit hängenden Köpfen den Hausflur.

»Hallo, meine Süßen.«

»Hi«, brummte Niklas.

Ellen sagte gar nichts.

Wie sehr sie ihren Ex-Ehemann hasste.

Die Kinder schlichen die fünf Stufen zu ihrer Hochparterrewohnung hinauf. Als hätte Christoph ihnen schwere Steine statt Kuscheltiere in die Rucksäcke gelegt.

»Schön, dass ihr zurück seid.« Lisa verabscheute ihre um Fröhlichkeit bemühte Stimme, denn am liebsten hätte sie laut geschrien. Aber eine solche Reaktion hätte alles nur verschlimmert.

Niklas wollte sich an ihr vorbeizwängen. Lisa hielt ihn auf, indem sie ihn umarmte und ihm einen dicken Kuss gab. Dann wandte sie sich ihrer Tochter zu, in deren Augen Tränen standen. Lisa drückte das Mädchen an sich, das im nächsten Moment schluchzte. »Kommt rein!«

»Papa war traurig«, flüsterte Ellen.

Nein!, dachte Lisa wütend. *Er spielt euch das bloß vor, damit ihr mir die Schuld an allem gebt.*

»Hattet ihr denn keinen Spaß?«

»Doch! Ganz viel!«

Niklas hatte sein Zimmer erreicht und warf die Tür hinter sich zu. Bei dem Knall zuckte Ellen zusammen und begann, noch heftiger zu weinen.

»Mein Schatz!« Tröstend streichelte Lisa den Kopf ihrer neunjährigen Tochter. So durfte das nicht weitergehen. Jedes zweite Wochenende das gleiche Drama. Wieso hatte der verdammte Richter nicht ihrem Antrag entsprochen? Christoph stachelte die Kinder gegen sie auf. Nur mit viel Mühe könnte sie bis zur Bettgehzeit wieder alles in Ordnung bringen. Lisa nahm sich vor, in der nächsten Woche den Anwalt zu kontaktieren. Sie hatte es so satt. Wenn sie dafür die eine oder andere Begebenheit künstlich aufbauschen müsste, wäre sie dazu bereit. Schließlich könnte ihr niemand beweisen, dass sie die Anzeichen absichtlich falsch deutete. Das hatte ja schon früher geklappt.

Ihre Kinder litten unter der aktuellen Situation. Nur deswegen wäre ihr jeder Schritt recht.

***

Zweieinhalb Stunden später sah die Welt ihrer Kinder schon wieder ein wenig bunter aus. Wozu nicht zuletzt ein Disney-Film und eine Tüte Mikrowellen-Popcorn beigetragen hatten.

Ellen kicherte vergnügt, und auch Niklas' Laune hatte sich gebessert.

Verstohlen schaute Lisa zur Uhr. Ob es den Kindern schadete, wenn sie ausnahmsweise eine halbe Stunde länger aufblieben? »Was haltet ihr von einer Partie

Uno, bevor es ins Bett geht?«, fragte sie, nachdem sie den Fernseher ausgeschaltet hatte.

»Au ja!«, rief Ellen. »Ich hol die Karten.« Wie ein Wirbelwind sprang sie auf und rannte in ihr Zimmer.

»Dein Verein hat gewonnen«, sagte Lisa zu Niklas. »Du warst bestimmt froh.«

»Woher weißt du das?«

»Hallo? Ich bin bestens über den Lieblingsverein meines Lieblingssohnes informiert.«

»Du hast doch nur einen Sohn.«

»Und du nur einen Verein.«

»Die waren nicht schlecht«, plapperte er. »Haben schon zur Halbzeit drei zu null geführt. Die beiden Gegentore am Schluss waren ärgerlich. Wenn die so weitermachen, schaffen sie es in die Champions League.«

Mit dem Kartenspiel in der Hand kehrte Ellen ins Wohnzimmer zurück. »Die Jüngste beginnt«, kicherte sie vergnügt.

»Wie immer!«, brummte Niklas. »Die Dümmste beginnt.«

»Stinker!«, verteidigte sich Ellen.

***

Er hatte seinen Wagen rund zweihundert Meter vom Haus entfernt geparkt. Die Zweige des Baums, unter dem er stand, schirmten ihn hoffentlich vor den Blicken neugieriger Nachbarn ab. In der nächsten Stunde müsste er den Standort wechseln, obwohl der perfekt war. Er hatte freie Sicht auf das Haus, in dem Lisa mit ihren Kindern lebte. Vor anderthalb Stunden hatte jemand an zwei Fenstern die Jalousien heruntergelassen. Später als sonst. Seitdem wartete er darauf, dass die Mutter ins Bett ging, um ausgeschlafen in eine neue Arbeitswoche zu starten, die sie niemals erleben würde.

Er dachte an seine bisherigen Morde zurück. Was hätten die Opfer getan, wenn sie ihr Schicksal vorhergesehen hätten? Typische Reaktionen wie »die Polizei rufen« oder »sich mit einer Waffe verschanzen« interessierten ihn nicht so sehr wie die Frage, wie die »emotionale Henkersmahlzeit« der Opfer aussähe. Was würde man tun, wenn man wüsste, dass das eigene Leben in wenigen Stunden endet? Nachrichten an Familienmitglieder oder enge Freunde schreiben? Noch einmal den Lieblingsfilm ansehen? Die Lieblingsmusik hören? Etwas essen?

Er überlegte, wofür er sich entscheiden würde. Wahrscheinlich würde er sich seine Kopfhörer aufsetzen und mitten im Wohnzimmer zur Musik tanzen. Jede einzelne Textzeile lauthals mitsingen. In seinen Gedanken ging er eine Liste von Songs durch, die er in seiner letzten Lebensstunde unbedingt hören wollte. Das wäre doch mal eine interessante Playlist für die Streaming-Anbieter.

Während er über die Lieder nachdachte, bemerkte er, dass im Schlafzimmer Licht eingeschaltet wurde. Sekunden später verdunkelte eine Jalousie das Fenster. Offenbar war es so weit. Lisa hatte beschlossen, zu Bett zu gehen. Ohne zu ahnen, dass ihr Schiff auf dem besten Weg war, an einem riesigen Eisberg zu zerschellen.

Er wartete eine Viertelstunde, ehe er zu seinem Handy griff und einen Countdown eingab. Da er nicht wusste, ob Lisa Einschlafprobleme hatte, würde er ihr neunzig Minuten geben. Er gab die Zeit ein und berührte das Start-Symbol. Dann ließ er den Motor an. Während der Countdown langsam heruntertickte, würde er ziellos durch die Gegend fahren. Bei seiner Rückkehr wäre die Lebenszeit von Lisa und ihren Kindern abgelaufen.

***

Hinter der Mietwohnung befand sich der zugehörige Garten, ungefähr zehn Meter lang und fünf Meter breit. Darauf stand ein kleines Gartenhäuschen, außerdem entdeckte er im Dunkeln einen weißen Fußball und einen einzelnen Mädchenschuh.

Er kletterte über den hüfthohen Zaun und lief rasch zu den vier Stufen, die zur Terrassentür führten. Seiner Umhängetasche entnahm er ein Stemmeisen.

Während er es ansetzte, um die Tür aufzuhebeln, dachte er an die ersten Morde zurück. Er hatte die Taten nach erweitertem Suizid aussehen lassen. Bei diesen Morden hatte er keine Einbruchspuren hinterlassen, sondern sich auf kompliziertere Art Zutritt zu den Wohnungen verschafft.

Doch seit diverse Medien über eine unheimliche Mordserie berichteten, konnte er sich die Scharade ersparen.

Das Holz knirschte, als er die Tür aufhebelte. Er schaute über die Schulter. Niemand beobachtete ihn. Dann stieß er die Tür auf und schob den Vorhang zur Seite. Er schlüpfte in die Wohnung und lauschte.

Nichts zu hören. Zuerst würde er die Mutter ausschalten. Im Vergleich zu ihren Sprösslingen war sie die einzig gefährliche Gegnerin. Kinder konnten oft sogar bei Lärm schlafen. Selbst wenn sie durch einen Kampf wach würden, besäßen sie nicht die nötige Lebenserfahrung, um die richtigen Schlüsse zu ziehen.

Er verließ das Wohnzimmer und trat in die Diele. Die Aufkleber an den Türen gaben ihm wichtige Hinweise zur Orientierung. Auf einer weißen Holztür klebten Fußballbilder, auf einer anderen Sticker eines Disney-Prinzessinenfilms.

Der Zugang zur Küche stand offen, geräuschlos lief er an dem ebenfalls offenen Bad vorbei und drückte sein Ohr auf die letzte verbleibende Tür. Nichts zu hören.

Er zog die mit einem Schalldämpfer ausgestattete Pistole aus der Tasche. Bei seinen ersten Morden hatte er die illegal, aber anonym besorgten Waffen noch im Schlafzimmer liegenlassen müssen. Doch da die Polizei nicht länger von Selbstmorden ausging, war es ihm möglich, dieselbe Pistole mehrfach zu verwenden.

Vorsichtig drückte er die Klinke herunter. Die Tür sprang mit leichtem Knarzen auf.

Die im Bett liegende Mutter regte sich.

»Ellen?«, fragte sie verschlafen.

Er schlüpfte in das Zimmer und schloss die Tür. In der Dunkelheit wartete er. Würde sie wieder einschlafen? Das gehörte Geräusch einem Traum zuordnen?

»Ellen?«, wiederholte die Frau. »Bist du das? Niklas?«

Das Rascheln der Bettwäsche warnte ihn vor. Offensichtlich stand sie im Begriff, eine Lampe einzuschalten.

Sobald sie das getan hätte, müsste er den ersten Schreckmoment ausnutzen.

Sekunden später erhellte eine matte Lichtquelle die Umgebung des Betts. Die Frau richtete sich leicht auf. Mit drei großen Schritten überwand er die Distanz. Offenbar noch nicht vollständig erwacht, reagierte sie viel zu langsam. Sie schien die Gefahr erst zu erahnen, als er bereits neben ihr stand. Sie zuckte zusammen und starrte ihn an.

»Wa...«

»Sei leise«, zischte er. »Beim ersten lauten Ton bist du tot.«

»Wer sind Sie?«, flüsterte sie.

Wunderte sie sich vielleicht, dass er sein Gesicht nicht vor ihr verbarg?

»Rutsch in die Mitte des Betts.«

»Bitte nicht!«, flehte sie.

Zum ersten Mal spielte er mit einem seiner Opfer – ein erregendes Gefühl. Um keine verräterischen Spuren zu hinterlassen, durfte er sich nicht an ihr austoben – sie nicht einmal berühren. Aber ihm gefiel, sich auszumalen, wovor sie sich in diesem Moment am meisten fürchtete.

»Schlag die Bettdecke zurück. Ich will dich sehen!«

Sie zögerte, doch der auf sie gerichtete Pistolenlauf ließ ihr keine andere Wahl. Langsam folgte sie dem Befehl. Das schwarze Spaghettiträger-Nachthemd wirkte in erster Linie bequem. Sie trug es nicht, um verführerisch zu wirken.

»Zieh dich aus!«

»Nein! Bitte! Ich geb Ihnen Geld. Oder meinen Schmuck. Der liegt im ...«

»Zieh dich aus!«, wiederholte er. »Sonst gehe ich zu deiner Tochter.«

Im matten Licht sah er die Tränen, die seine Drohung auslösten.

Die Frau schluckte hörbar. Wenigstens unternahm sie keinen zweiten Versuch, ihm Wertsachen anzubieten. Sie fasste den Saum des Nachthemds und zog es hoch. Er gönnte sich einen kurzen Blick auf ihre kleinen Brüste, und ehe die Frau sich das Hemd über den Kopf streifen konnte, führte er die Pistole näher an ihren Schädel und schoss. Blut spritzte aus dem Hinterkopf an die weiße Wand. Tödlich getroffen kippte die Frau zur Seite.

2

Verena Kraft schaute sich ein letztes Mal in der leer geräumten Wohnung um. Hier hatte sie fünf Jahre gelebt. Vor allem in den vergangenen Monaten hatten sich die Ereignisse überschlagen.

Das Jobangebot aus Wiesbaden hatte sie zu einem Zeitpunkt erreicht, als sie glaubte, in einer Sackgasse zu stecken. Der dienstliche und später ins Private wechselnde Ärger mit einem Vorgesetzten hatte eine Menge zu diesem Gefühl beigetragen. Beruflich schien sie als Polizeioberkommissarin am Ende der Herausforderungen angekommen zu sein – zumindest, sofern sie in ihrer Heimat bleiben wollte. Zu allem Überfluss hatte sie dem falschen Mann ein Eheversprechen gegeben.

In dieser frustrierenden Situation hatte sie der KEG-Hauptkommissar Robert Drosten kontaktiert und ihr von einer Stelle berichtet, die sofort ihre Neugier geweckt hatte.

Von da an war alles schnell gegangen. Sie hatte Überstundenabbau beantragt, war an dem dadurch gewonnenen freien Tag nach Wiesbaden gefahren und hatte sich das Jobangebot angehört. Nachdem sie zwei Nächte darüber geschlafen hatte, hatte sie zugesagt.

Am Abend danach hatte sie Björn unangekündigt aufgesucht und die Verlobung gelöst. Seine Fassungslosigkeit darüber wunderte sie noch immer. Hatte er nie gemerkt, wie schlecht sie zusammenpassten? Anscheinend nicht, denn im Versuch, sie zum Bleiben zu überreden, hatte er ständig erwähnt, dass sie ein perfektes Paar wären. Jeder würde das sagen. Letzteres lag jedoch allein daran, weil sie Menschen selten hinter ihre Fassade schauen ließ.

Vom Wohnzimmer ging sie ins ebenfalls leere Schlafzimmer. Da sie das Apartment beim Einzug renoviert hatte, musste sie es nun lediglich besenrein hinterlassen. Der Vermieter hätte keinen Grund, sich zu beschweren.

Unvermittelt hörte sie, dass jemand die Wohnungstür öffnete – vermutlich reagierte der Rentner, dem die Wohnung gehörte, wie aufs Stichwort.

»Herr Meyer, ich bin im Schlafzimmer«, rief sie.

Die Tür fiel ins Schloss. Dass der Mann nicht antwortete, weckte ihr Misstrauen. Wer sollte es sonst sein?

Sekunden später kannte sie die Antwort, die ihr nicht gefiel.

»Hi«, begrüßte Björn sie mit schmalziger Stimme und langgezogenem *i*. In der Hand hielt er einen riesigen Blumenstrauß.

»Wie bist du reingekommen?«, fragte sie ihn.

Er kicherte verlegen. »Ich hab mal vor einiger Zeit heimlich einen Nachschlüssel anfertigen lassen. Sorry.«

»Spinnst du?«

»Ist doch egal! Hab ihn ja nie benutzt.«

»Bis gerade eben.«

»Verena, lass uns reden!« Er streckte ihr den Blumenstrauß entgegen, den sie ihm jedoch nicht abnahm.

»Worüber?«

»Du bist der wichtigste Mensch in meinem Leben. Ich hab noch nie jemanden so sehr geliebt wie dich. An deiner Seite bin ich glücklich.«

Verena betrachtete ihren Ex-Verlobten. Er war zweifellos ein attraktiver Mann. Eins fünfundachtzig groß, dunkle Haare, braune Augen. Das leicht italienische Aussehen verdankte er seinem Großvater mütterlicherseits. Björn betrieb unter anderem einen YouTube-Kanal, in dem er Filme besprach, die neuesten Trailer analysierte und sonstige Filmnews verbreitete. Mittlerweile hatte er eine halbe Million Abonnenten, durch die er ein stattliches Einkommen erzielte. Der Erfolg des Kanals hatte zwei Gründe: Björn liebte Filme, und seine Fans spürten diese Begeisterung. Gleichzeitig war Verena davon überzeugt, dass ihn viele Frauen abonnierten, weil sie für ihn schwärmten. Umso weniger verstand sie, warum er die Trennung so schwernahm. Er hätte keine Schwierigkeiten, eine passende Nachfolgerin zu finden.

Natürlich kannte sie auch die Komplexe, unter denen er litt. Ständig fürchtete er das Ende seines Internetruhms. Außerdem war er in der Grundschule gemobbt worden – eine Erfahrung, die Narben auf seiner Seele hinterlassen hatte. Obwohl er vor der Kamera völlig selbstsicher wirkte, fehlte es ihm im normalen Leben an Selbstvertrauen.

»Ach, Björn.« Sie seufzte. »Wie oft sollen wir das noch besprechen?«

»Bis du deine Entscheidung revidierst.«

»Das wird nicht passieren.«

»Ich versteh's nicht. Wir waren doch glücklich.«

»Vor langer Zeit. Wann bist du das letzte Mal aufgewacht und hast mich vermisst?«

»Heute Morgen!«

»Ich meinte vor der Trennung.«

»Du hast mir immer gefehlt, wenn wir wegen deines Jobs nicht die Nacht miteinander verbracht haben.«

»Oder weil du zu einer Pressevorführung eingeladen warst.«

Dank seiner hohen Abonnentenzahl erhielt Björn seit Jahren regelmäßig Einladungen zu Filmpremieren oder sonstigen exklusiven Vorführungen.

»Das ist mein Job«, sagte er.

»Versteh mich nicht falsch! Ich hatte nie etwas dagegen. Im Gegenteil. In den letzten anderthalb Jahren war ich froh über jede Minute, die wir nicht miteinander verbracht haben.« Sie wusste, wie hart ihre Worte klangen. Doch vielleicht würde sie so zu ihm durchdringen.

Tatsächlich legte er den Blumenstrauß auf den Boden. »Anderthalb Jahre«, wiederholte er fassungslos.

»Tut mir leid.«

Sie wich seinem verletzten Blick aus. War sie zu weit gegangen?

»Wir haben uns vor weniger als zwei Jahren verlobt.«

»Ein Fehler.«

»Bist du deswegen immer ausgewichen, wenn ich über einen Hochzeitstermin reden wollte?«

Verena nickte.

»Scheiße!«, fluchte er. »Das kann alles nicht dein Ernst sein. Du verarschst mich!« Mit jedem Wort sprach er lauter.

»Nein! Ich hätte damals bloß anders reagieren sollen.«

»Wann?«

»Als du mir den Antrag gemacht hast.«

Er hatte sie völlig überrumpelt und einen Restaurantbesuch mit gemeinsamen Freunden ausgenutzt, um ihr die Frage zu stellen. Sie hatte es nicht übers Herz gebracht, ihn vor den Augen der anderen zu enttäuschen.

»Du spinnst! Mario hat mir bestätigt, wie glücklich du an dem Abend warst.«

Was sollte sie darauf erwidern?

Er schaute sie fassungslos an. »Hast du einen anderen Kerl?«

»Quatsch!«

»Das würde einiges erklären. Du bist plötzlich so kalt! So kenn ich dich gar nicht. Wer ist es?«

»Es gibt keinen Anderen«, versicherte sie ihm.

»Glaub ich nicht!«

Er trat zwei Schritte auf sie zu. Seine Körpersprache wirkte aggressiv. In einem Polizeieinsatz würde sie ihn nun mahnend zur Räson aufrufen.

»Björn«, sagte sie eindringlich. »Mach dich nicht lächerlich.«

»Ich kapier's einfach nicht. Wir sind das perfekte Paar.«

»Zwischen uns stimmte es schon lang nicht mehr. Spätestens nach meinem Umzug nach Wiesbaden ergibt die Beziehung keinen Sinn mehr.«

»Ich pendle!«, bot er ihr rasch an. »Wir könnten uns eine große Wohnung in Wiesbaden nehmen. Das kriegen wir hin!«

»Nein! Es ist aus.«

Das Klingeln an der Wohnungstür unterbrach ihre Diskussion. Verena lief an ihm vorbei und streifte seine Hand ab, als er sie aufzuhalten versuchte.

Im Hausflur stand der Vermieter, der sie lächelnd begrüßte.

»Hallo, Herr Meyer, kommen Sie herein.«

»Frau Kraft, Sie können sich gar nicht vorstellen, wie sehr ich Ihren Auszug bedaure. Eine Polizistin im Haus hat automatisch für Ruhe und Ordnung gesorgt.«

Verena lächelte. »Die Nachbarn sind alle so nett. Da müssen Sie sich auch zukünftig keine Sorgen machen.«

»Hoffentlich!«

Der Rentner betrat die Wohnung und entdeckte kurz darauf Björn, der den Blumenstrauß wieder aufgehoben hatte. »Ein prächtiges Abschiedsgeschenk?«, vermutete Meyer. »Das ist ja nett.«

»Finde ich auch«, sagte Verena.

Sie nahm Björn den Strauß ab. »Gibst du mir bitte noch deinen Schlüssel?«, bat sie ihn.

Missmutig zog er ihn aus der Hosentasche und drückte ihn ihr in die Hand. »Ich ruf dich an«, drohte er.

»Mach das.« Sie wollte dem Vermieter nicht an ihrer privaten Auseinandersetzung teilhaben lassen. Sollte Björn tatsächlich Telefonterror betreiben, würde sie seine Telefonnummer einfach blockieren.

Er ging Richtung Flur, schien es sich jedoch nach zwei Schritten wieder anders zu überlegen. Unvermittelt machte er kehrt, überbrückte die Distanz zwischen ihnen und gab ihr einen Kuss auf den Mund. »Bis bald, mein Schatz.«

Völlig überrumpelt starrte sie ihn an. Eigentlich hätte sie ihm eine Ohrfeige verpassen müssen, doch die Anwesenheit des Vermieters hemmte sie. Ehe sie Björn eine passende Antwort geben konnte, drehte er sich wieder um und verließ die Wohnung.

»Wie findet Ihr Partner den Wegzug?«, erkundigte sich Meyer, als die Wohnungstür ins Schloss fiel. »Oder ziehen Sie gemeinsam nach Wiesbaden?«

Dieser Mistkerl!, dachte sie verärgert. *Wie konnte er eine solche Grenze überschreiten?*

»Ehrlich gesagt, haben wir uns schon vor Wochen getrennt. Keine Ahnung, was dieses Schauspiel sollte. Hat er wahrscheinlich Ihretwegen aufgeführt.«

»Oh«, entfuhr es Meyer. »Danach sah das gerade gar nicht aus.«

»Ich bin auch überrascht.« Sie betrachtete den Strauß. »Ihre Frau liebt bestimmt Blumen, oder?«

»Welche Frau nicht?«

Sie reichte dem perplexen Vermieter den Frühlingsstrauß. »Richten Sie ihr einen schönen Gruß von mir aus. Sollen wir jetzt die Räume abgehen?«

***

Björn parkte ungefähr zweihundert Meter vom Hauseingang entfernt. Verenas Wagen stand in der entgegengesetzten Richtung, weswegen er nicht befürchtete, dass sie ihn zufällig entdecken würde. Bestimmt hatte sie es nach der Wohnungsübergabe eilig, in ihr neues Zuhause zu kommen. Die Adresse herauszufinden war leicht gewesen. Er hatte einem Mitarbeiter der Möbelfirma vorgestern einhundert Euro in die Hand gedrückt und ihn um Verenas neue Adresse gebeten. Der Mann hatte nicht eine Sekunde gezögert. Für hundert Euro vergaß man als unterbezahlter Möbelpacker die Datenschutzinteressen der Kunden. Über Google Street View hatte er sich die Wohngegend angesehen. Verena hatte in Wiesbaden ein ähnliches Wohnumfeld wie in Würzburg gefunden. Ein Mehrfamilienhaus in einem reinen Wohngebiet. Offenbar brauchte sie ein solches Umfeld, um sich wohlzufühlen. In Kürze würde er sich vor Ort umschauen, um ein Gefühl für ihr neues Leben zu bekommen.

Er erinnerte sich an den gestohlenen Kuss. Wie herrlich sich ihre Lippen angefühlt hatten. So vertraut! Wieso warf sie die vielen gemeinsamen Jahre einfach über Bord? Was hatte ihr zuletzt gefehlt?

Je länger er darüber nachdachte, desto plausibler wirkte die einzig logisch klingende Erklärung. Die Unzufriedenheit in ihrem Job, die schlagartig nach einem Streit mit einem Vorgesetzten über sie hereingebrochen war, hatte sich auf die Beziehung ausgewirkt. Offenbar hatte sie den beruflichen Frust ins Private übertragen und geglaubt, sie müsse einen kompletten Schlussstrich ziehen.

Er würde ihr beweisen, dass sie falsch lag. Sollte ihr die neue dienstliche Herausforderung gefallen, wäre sie bestimmt wieder bereit, ihn in ihr Leben zu lassen. Und bis dahin würde er sich in Geduld üben.

3

»Noch einmal heiße ich Sie herzlich willkommen«, sagte Polizeirat Karlsen und strahlte Polizeioberkommissarin Verena Kraft an. Die beiden schüttelten sich die Hände.

Karlsen hatte Sommer, Drosten und Kraft in sein Büro gebeten. Zu viert war es in dem Raum recht eng, doch Drosten erwartete nicht, dass die Zusammenkunft lange dauern würde.

Er erinnerte sich an die vergangenen Monate. Durch die Verhaftung des mörderischen Schauspielers Leander Hell hatte die KEG, seine Kriminalermittlungstaktische Einsatzgruppe, erhöhte Medienaufmerksamkeit bekommen. Sogar der Bundesinnenminister hatte den Fahndungserfolg dazu genutzt, um von neuerlichen Querelen in seinem Haus abzulenken. In einer Pressekonferenz hatte er der KEG öffentlichkeitswirksam eine Budgeterhöhung bewilligt. Polizeirat Karlsen hatte die Gelegenheit beim Schopfe gepackt, um das Ermittlerteam personell aufzustocken. Er wollte eine permanente dritte Stelle schaffen. Drosten und Sommer hatten ihm drei Kandidaten genannt, mit denen sie bereits zusammengearbeitet hatten. Katharina Rosenberg, Peter Stenzel und Verena Kraft. Nach einem Anruf hatte Stenzel sofort abgesagt. Ihn zog nichts aus seiner Heimatstadt weg. Rosenberg bat um ein paar Stunden Bedenkzeit, um das Ganze mit Partner und Familie zu besprechen. Danach hatte sie sich bedankt, das Angebot jedoch ebenfalls bedauernd abgelehnt. Kraft hingegen hatte gleich um einen persönlichen Vorstellungstermin gebeten.

Knapp acht Wochen später trat sie nun ihren ersten Arbeitstag an. Würde sie sich in den nächsten Monaten bewähren, winkte ihr eine Beförderung von der Oberkommissarin zur Hauptkommissarin.

»Ihre Kollegen zeigen Ihnen gleich Ihr neues Büro. Richten Sie sich ein, Ihnen steht dafür ein Budget von eintausend Euro zur Verfügung. Sicher zeigt Ihnen Hauptkommissar Drosten, wie Sie Bestellungen für Bürobedarf aufgeben können.« Karlsen schaute auf seine Uhr. »Treffen wir uns in neunzig Minuten zur Dienstbesprechung in Ihrem Büro. Ich muss jetzt in eine Telefonkonferenz. Es geht um den nächsten Fall, den wir übernehmen. Falls niemand während der Besprechung sein Veto einlegt.«

Da Drosten es gewohnt war, dass Karlsen Meetings abrupt beendete, öffnete er bereits die Tür. Zu dritt verließen sie den Raum. »Übrigens nicht wundern, dass unsere Büros nicht nebeneinanderliegen«, sagte er.

»Nicht?«, wunderte sich Kraft.

»Wir können froh sein, dass sie auf derselben Etage liegen«, meinte Sommer.

Drosten nickte. »Es ist kein Zufall, dass wir im BKA-Gebäude untergekommen sind. Anfangs war unsere Behörde ein Experiment, das jederzeit hätte beendet werden können.«

»Das sagst du mir jetzt? Davon hast du während des Vorstellungsgesprächs keinen Ton erwähnt. Hätte ich in Würzburg bleiben sollen?«

»Keine Sorge. Die unsicheren Zeiten sind vorbei. Dank der Ermittlungserfolge haben wir uns bewährt. Aber es ist noch niemand auf die Idee gekommen, uns ein eigenständiges Bürogebäude zuzuweisen.«

»Zumal wir ohnehin häufig auf BKA-Ressourcen zurückgreifen. Ergibt also alles Sinn«, ergänzte Sommer.

»Hier liegt mein Büro«, sagte Drosten kurz darauf. »Lukas' ist vier Zimmer weiter und deins noch einmal drei Räume daneben.«

Dort angekommen, öffnete er die Tür. »Schreibtisch, Stuhl, Fenster und Klimaanlage sind schon vorhanden. Alles, was du brauchst, kannst du im Rahmen des eher kleinen Budgets bestellen. Lieferzeit zwei bis drei Wochen. Sonderwünsche sind wohl nicht drin. Also kein echter Picasso für die Wand.«

»Ist ja fast wie in den Möbelhäusern, in denen ich vorletztes Wochenende war.«

»Eine Wohnung hast du schon gefunden?«, fragte Sommer. »Das ging ja erfreulich schnell.«

Kraft nickte. »Die erste, die ich mir angesehen habe, passte sowohl ins Budget als auch in mein favorisiertes Wohnumfeld. Ich hoffe, die Nachbarn bereiten mir keine böse Überraschung. Die meisten Möbel hab ich aus der alten Bude mitgenommen. Aber Möbelkaufen macht Spaß. Insofern gönne ich mir ein paar neue Teile« Sie lächelte. »Leider haben manche Hersteller Lieferzeiten von mindestens drei Monaten. Das ruiniert den Spaßfaktor.«

***

Kurzfristig verschob Karlsen die Besprechung in einen Konferenzraum.

»Mit den Hauptkommissaren Drosten und Sommer hab ich den Fall schon am Freitag besprochen«, sagte er zu Verena Kraft. »Wenn Ihnen nach unserem Termin noch Einzelheiten fehlen, schließen die Kollegen die Wissenslücken.« Er kratzte sich kurz am Hinterkopf. »Vor einer Woche hat es den vierten Vorfall gegeben. Wieder eine tote Mutter und zwei Kinder. Insgesamt hat der Mörder mittlerweile vier Frauen und sechs Kinder auf dem Gewissen. Dieses Schwein!« Der Fluch zeigte, wie sehr Karlsen die Morde belasteten, vermutlich am meisten die an den Minderjährigen. »Zum ersten Mal hat der Täter sein Vorgehen geändert. Er hat Einbruchspuren hinterlassen und auf den vermeintlichen Abschiedsbrief der Mutter verzichtet.«

»Woran liegt das?«, fragte Kraft.

»Ein Journalist hat einen Zusammenhang zwischen den ersten drei Mordnächten hergestellt und seine Geschichte vor Wochen an ein Boulevard-Blatt verkauft. Danach sind alle Medien drauf angesprungen«, erklärte Drosten.

»Seitdem scheint es dem Mörder nicht mehr wichtig zu sein, einen erweiterten Suizid vorzutäuschen«, fügte Sommer hinzu.

Karlsen trank einen Schluck Wasser, ehe er fortfuhr. »Je mehr Frauen und Kinder sterben, desto medienträchtiger wird das Ganze. Deshalb ist inzwischen die Entscheidung gefallen, dass die KEG die Ermittlungen übernimmt.« Er schlug einen Schnellhefter auf und holte einen Packen Zettel heraus. »Das sind die gesammelten Informationen, die wir bislang bekommen haben. Kopien machen Sie bitte eigenständig. Sobald ich zusätzliches Material erhalte, leite ich das selbstverständlich an Sie weiter.«

***

Zur Festlegung der ersten Ermittlungsschritte zogen sich Drosten, Sommer und Kraft in Drostens Büro zurück.

»Oh Gott«, stöhnte Sommer. »Das wird wieder ein Fall, bei dem uns die Medien auflauern. Scheiße!«

»Was stört dich daran?«, fragte Kraft.

Knapp schilderte Sommer seine Vergangenheit als Undercover-Ermittler, die ihn mehrere Jahre in eine

Rockergang geführt hatte. »Ich bin überzeugt, dass es ehemalige Gangmitglieder gibt, die noch immer nichts von meinem *Verrat* ahnen. Sollten sie das je herausfinden, könnten sie auf die Idee kommen, sich zu rächen. Das will ich meiner Familie nicht antun.«

Kraft nickte verständnisvoll.

»Die Kollegen in den einzelnen Städten haben gute Vorarbeit geleistet«, sagte Drosten. »In Anbetracht des Medieninteresses müssen wir eine Marschrichtung festlegen, wie wir mit Interviewanfragen umgehen. Oder mit plötzlich auftauchenden Journalisten.«

»Wir sollten uns vor allem diesen Journalisten Kappler vorknöpfen«, brummte Sommer. »Er hat uns verdammten Ärger eingebrockt.«

»Belohnen wir ihn nicht mit unserer Aufmerksamkeit?«, fragte Kraft.

Sommer runzelte die Stirn. »Aufmerksamkeit bekommt er schon genug. Ich will ihm klarmachen, was er angerichtet hat.«

»Der Fall Leander Hell schwirrt noch immer in den Gazetten herum«, sagte Drosten. »Bis zum Prozessbeginn gegen den Schauspieler vergehen wahrscheinlich Monate, und wer weiß, wie sehr der Anwalt den Prozess in die Länge zieht. Wenn jetzt ausgerechnet die Behörde, die Hell verhaftet hat, einen spektakulären Fall übernimmt, flippen die Medien aus und wittern die nächste große Story. Außerdem wird sich der Journalist herausreden, nur seine berufliche Pflicht erfüllt zu haben. Lukas ist kamerascheu, du bist neu, also bleibt das wohl an mir hängen.«

»Ihr könnt mich ruhig vorschicken«, bot Kraft an. »Das macht mir nichts aus. Ich bin ja sozusagen das unverbrauchte Gesicht. Außerdem kann ich nichts über die anderen Ermittlungen preisgeben, da ich nicht involviert war.«

»Hast du nichts gegen die erhöhte Aufmerksamkeit?«, vergewisserte sich Drosten.

»Damit komm ich klar.«

»Dann spreche ich das mit Karlsen durch. Falls er einverstanden ist, greife ich auf dein Angebot zurück.«

***

Drosten machte früh Feierabend. Sie würden am nächsten Vormittag zum letzten Tatort aufbrechen, und er wusste nicht, wie lange ihn die Ermittlungen von zu Hause fernhielten. Insofern wollte er wenigstens noch einen Abend mit der Familie verbringen und zwei ausgiebige Spaziergänge mit seinem Hund Rocky unternehmen. Den ersten heute Abend, den zweiten morgen Früh.

Während der Heimfahrt dachte er wie so oft an die Spannungen in der Ehe. Begonnen hatten die Verwerfungen zwischen Melanie und ihm, als ein Mann ihre Pflegetochter Dana in seine Gewalt gebracht hatte. In den Tagen danach waren sie zu Gefangenen in ihrem eigenen Haus geworden. Eine Situation, die ihrer Ehe geschadet hatte.

Seitdem waren fünf Monate vergangen, aber Verbesserungen stellten sich höchstens im Kleinen ein. Zwei

Schritte vor, einer zurück. So erschien es ihm noch immer. Sie hatten mit einer Ehetherapie begonnen, doch natürlich war es zu früh, um nach vier Sitzungen schon von einem Durchbruch zu reden. Die nächsten Sitzungen würde er eventuell absagen müssen und damit bei Melanie Minuspunkte sammeln.

Leider nahmen die Mörder keine Rücksicht auf seine familiäre Situation.

Als er die Garage verließ, setzte Rockys Gebell ein. Zumindest darauf konnte er sich immer verlassen. Der Hund war ihm treu ergeben. Die Bezeichnung »bester Freund des Menschen« hatte definitiv ihre Berechtigung. Drosten erwischte sich bei der Frage, ob Verena eher ein Katzen- oder ein Hundetyp war. Er lächelte über die eigene Neugier. Sobald er eine Person näher kennenlernte, machte er sich darüber Gedanken. Obwohl Lukas keine Haustiere besaß, wirkte er eher wie ein Hundetyp. Verena hingegen könnte durchaus Katzen zugeneigt sein.

Drosten öffnete die Haustür und streichelte den Appenzeller Sennenhund ausgiebig. »Bin wieder da!«

»Wir haben's mitbekommen«, erwiderte Melanie, die ihre Antwort nicht böse zu meinen schien.

Seine 11-jährige Pflegetochter kam zu ihm in die Diele.

»Hallo, Dana«, begrüßte er sie.

»Hi, Robert. Rocky freut sich über dich immer am meisten. Woran liegt das eigentlich?«

»Daran, dass ich so oft weg bin.«

»Mittwoch kommt Onkel Sven zu Besuch«, wechselte Dana abrupt das Thema.

»Schön!«

Sven und Dana hatten wegen der Entführung wieder zueinandergefunden. Melanies Befürchtung, er könnte versuchen, seine Nichte zu sich zu holen, schien sich jedoch nicht zu bewahrheiten.

»Bist du dann auch hier?«, fragte das Mädchen.

»Leider nicht. Komm, gehen wir ins Wohnzimmer.«

***

Sobald Dana im Bett lag, besprachen Melanie und Robert in der Küche die Konsequenzen seiner anstehenden Abwesenheit.

»Wie viel Therapietermine soll ich absagen?«, fragte sie.

»Ich weiß es nicht. Zumindest den am Freitag. Alles Weitere entscheiden wir am besten wöchentlich.«

»Du weißt schon, dass wir so nur schwer Fortschritte erzielen.« Sie mied den Blickkontakt.

»Ich kann leider nichts daran ändern. Vielleicht geht es ja schneller, weil wir jetzt zu dritt ermitteln.«

»War heute ihr erster Arbeitstag?«, fragte Melanie.

Robert nickte. Natürlich hatte er seiner Frau von der personellen Veränderung erzählt, und sie hatte sich neugierig nach dem neuen Teammitglied erkundigt.

»Und morgen dann schon unterwegs. Was wohl ihr Partner dazu sagt?«

»Soweit ich weiß, ist sie derzeit Single.«

»Ach so.« Melanie stand auf und trat an die Spüle.

Drosten konnte sich keinen Reim auf ihre Reaktion machen. »Ich drehe eine letzte Runde mit Rocky«, erklärte er.

»Da freut er sich. Ich werde nachher wieder eine Schlaftablette nehmen. Nicht wundern. Ich schätze, ich falle früh in die Federn.« Sie verließ den Raum.

Seit der Entführung litt seine Frau unter Schlafstörungen. Der Therapeut hatte ihr ein rezeptfrei erhältliches Schlafmittel empfohlen, das sie in den letzten Wochen immer regelmäßiger nahm. Drosten beobachtete das besorgt. Doch wahrscheinlich war der chemisch herbeigeführte Schlaf besser als das nächtliche Herumwälzen, mit dem sie ihn dann aufweckte.

Er ging zur Haustür, und Rocky folgte ihm freudig. In der folgenden Dreiviertelstunde war er jedoch nicht mit den Gedanken beim Hund. Stattdessen dachte er hauptsächlich an sein Verhältnis zu Melanie. Sein noch vor Wochen vorhandener Optimismus, dass sie die Anspannungen zügig beilegen könnten, erhielt immer wieder Dämpfer. Was sollte er dagegen unternehmen?

4

Um acht Uhr morgens trafen sich Sommer, Drosten und Kraft in der BKA-Zentrale, um nach Münster zu fahren, wo die letzten Morde stattgefunden hatten.

»Ich hoffe, du hast nichts dagegen, dass ich im Regelfall hinterm Steuer sitze«, sagte Sommer. »Auf dem Beifahrersitz wird mir ziemlich schnell langweilig.«

Kraft lächelte ihm zu. »Für heute ist das in Ordnung«.

Drosten gefiel die schlagfertige Antwort. Lukas konnte es nicht schaden, sich gelegentlich arrangieren zu müssen. Er hingegen spürte keinerlei Ambitionen, bei längeren Strecken der Fahrer zu sein. Er bevorzugte es, den Blick aus dem Fenster schweifen zu lassen und seinen Gedanken Raum zu geben, statt sich auf den Verkehr zu konzentrieren.

Zu dritt fiel die dreieinhalbstündige Fahrt erstaunlich kurzweilig aus. Interessiert nahm Drosten zur Kenntnis, wie Verena die Zeit nutzte, um ihre neuen

Kollegen kennenzulernen. Dabei deckten ihre Fragen eine große Bandbreite ab. Neben der familiären Situation erkundigte sie sich ebenfalls nach Sportvorlieben, der favorisierten Musik und zuletzt gesehenen Kinofilmen. Selbst potenziell heikle Themen wie Politik umschiffte sie nicht, als im Radio ein Nachrichtensprecher über die neuesten Entwicklungen des Brexits informierte.

In Münster war das Kriminalkommissariat 11 in der Kriminalinspektion 1 für den Mordfall zuständig. Polizeirat Karlsen hatte ihnen den Hauptkommissar Krug als Ansprechpartner genannt. Der erwartete sie zur Mittagszeit in seinem Büro.

»Wollen wir den Fall in der Kantine besprechen, oder haben Sie nach der langen Anreise noch keinen großen Hunger?«, fragte der Mittfünfziger.

»Wir richten uns ganz nach Ihnen«, sagte Drosten.

Krug deutete auf eine Butterbrotdose neben dem PC-Bildschirm. »Ich bin Selbstversorger. Meine Frau besteht auf ein gemeinsames Abendessen – egal, wie spät es manchmal auch wird.«

Drosten dachte kurz an seine eigene Ehe und gratulierte innerlich der Frau des Hauptkommissars zu dieser Regelung. Solche Rituale waren nötig – ihm und Melanie jedoch zuletzt abhandengekommen.

Krug schlug einen Aktenordner auf. »Ich hatte am Freitag Polizeirat Karlsen unseren Erkenntnisstand übermittelt. Hat er Ihnen das Material zur Verfügung gestellt?«

»Ja«, antwortete Sommer.

»Seitdem hat sich nichts Neues ergeben. Wir ermitteln in verschiedene Richtungen. Zum einen nehmen wir den Vater und Ex-Ehemann unter die Lupe, zum anderen halten wir natürlich die Theorie des Mehrfachmörders für am wahrscheinlichsten. Trotz des abweichenden Ablaufs.«

»Was für einen Eindruck macht der Vater auf Sie?«, fragte Kraft.

Krug fuhr sich durch das spärliche Haar. »Ein ganz armes Schwein. Er war zwei Tage im Krankenhaus. Völlig geschockt. Ich hab ihn das letzte Mal am Samstag aufgesucht. Psychische Fortschritte hab ich keine gesehen.«

»Also wirkt er nicht verdächtig?«, folgerte Drosten.

Krug schüttelte den Kopf. »Ansonsten wäre er ein verdammt guter Schauspieler.«

Sie redeten ein paar Minuten über ihre Erkenntnisse, ehe Krug ihnen vorschlug, gemeinsam zum Tatort zu fahren.

***

»Hauptkommissar Krug«, erklang eine Stimme, nachdem sie aus dem Wagen der Münsteraner Polizei gestiegen waren.

Drosten sah seinem Kollegen die Verärgerung an.

»Was wollen Sie denn hier?«, fragte Krug den Mann, der sich ihnen näherte.

»Meinem Job nachgehen.«

Drosten nahm den Fremden näher in Augenschein. Er war Ende dreißig, trug eine schwarze Lederjacke, Jeanshose und Boots. Es dauerte ein paar Sekunden, bis Drosten ihn erkannte – was vor allem an der neuen Brille des dunkelhaarigen Mannes lag. Auf den Fotos, die der KEG zur Verfügung standen, hatte er eine Nickelbrille und eine Kurzhaarfrisur getragen. Das schwarze Brillenmodell und das lange Haar veränderten sein Aussehen überraschend stark. »Arthur Kappler?«, fragte er.

Der Journalist wandte sich ihm zu. »Und wer sind Sie?« Er runzelte die Stirn. »Ich kenn Sie! Sie sind doch ... Sie haben diesen Schauspieler zur Strecke gebracht. Hauptkommissar Drosten von der KEG, richtig?«

Kappler streckte ihm selbstzufrieden die Hand entgegen, die Drosten nicht ergriff.

»Ihnen haben wir zu verdanken, dass der Täter sein Vorgehen geändert hat«, sagte er stattdessen.

»Sie wissen genau, dass das nicht stimmt«, erwiderte Kappler. »Ohne meine Arbeit würde es wahrscheinlich keine Ermittlungen geben, und der Mörder könnte unentdeckt seine Gräueltaten verüben.«

»Falsch!«, widersprach Sommer. »Es gab in jedem einzelnen Fall Ermittlungen. Still und heimlich. Nun ist der Täter gewarnt.«

Kappler zog eine Visitenkarte aus der Jackentasche. »Wenn Sie Ihre Scheuklappen ablegen, würde ich mich gern mit Ihnen unterhalten.« Er drückte Drosten die Karte in die Hand. Dann wandte er sich um und lief zu seinem Auto zurück.

»Arschloch!«, brummte Krug.

»Hat der ein Hannoveraner Kennzeichen?«, fragte Sommer überrascht, nachdem der Journalist eingestiegen war.

»Sieht so aus«, bestätigte Drosten.

»Und was macht er über eine Woche nach den Morden noch immer hier vor Ort?«

»Das müssen Sie ihn selbst fragen«, sagte Krug. »Ich will es gar nicht wissen.«

Krug hob das Polizeisiegel vor der Wohnungstür an und schloss sie auf. Wortlos betraten sie die Wohnung. Der Münsteraner Hauptkommissar führte sie ins Wohnzimmer.

»Wir haben die Terrassentür notdürftig reparieren lassen«, erklärte er. »Um Vandalen oder Halbstarke abzuhalten.«

»Oder Journalisten«, vermutete Kraft.

Krug nickte.

Drosten schaute sich im Raum um. An den Wänden hingen Familienfotos, auf denen allerdings der Vater fehlte. Ansonsten war das Zimmer spärlich eingerichtet. Eine abgewetzte Couchlandschaft, ein einfacher Tisch, ein Fernseher mit angeschlossenem DVD-Player. Ein Wohnzimmerschrank aus Kiefernholz.

»Die zeitliche Reihenfolge der Morde lässt sich nicht bestimmen. Dafür liegen die Todeszeitpunkte zu nah beieinander«, führte Krug einen Aspekt aus den Polizeiberichten auf. »Wenn Sie mich fragen, hat er erst die Mutter erschossen und dann die Kinder mit den Kissen erstickt. Das Nachthemd der Mutter war hochgezogen oder verrutscht. Ob das der Täter war, wissen wir nicht.«

»Die Frau wurde nicht missbraucht?«, fragte Kraft.

»Nein«, bestätigte Krug. »Und die Kinder mussten wohl nicht lange leiden. Vielleicht haben sie es kaum mitbekommen.«

»Zeigen Sie mir bitte ein Tatortfoto der Frau«, bat Kraft.

Krug reichte ihr den Aktenordner, den er aus dem Büro mitgenommen hatte. Kraft schlug ihn auf und betrachtete ein im Schlafzimmer aufgenommenes Foto. Dann gab sie den Ordner zurück und trat an den Schlafzimmerschrank. Sie öffnete zwei Türen, ehe sie fand, was sie suchte.

»Wenn wir Frauen Nachtwäsche nicht aus erotischen Gründen kaufen, greifen wir gern zu denselben Modellen. Bequeme Lieblingsstücke. Zumindest mache ich das so, einige meiner Freundinnen ebenfalls, und auch die Tote.« Sie holte ein schwarzes Spaghettiträger-Nachthemd hervor, das aussah wie das auf dem Tatortfoto. »Ich schätze, die Tote und ich haben eine ähnliche Konfektionsgröße.« Ohne ein weiteres Wort der Erklärung verschwand sie im Badezimmer. Beeindruckt schaute Drosten ihr nach. Im Rahmen einer anderen Mordermittlung hatte sie einmal einen Zug mithilfe der Leitstelle vom Unfallort fortbewegt, um die Ergreifung eines Täters zu ermöglichen, und auch jetzt zeigte Verena erstaunliche Eigeninitiative.

Ein paar Minuten später kehrte die Oberkommissarin vollständig bekleidet zu ihnen zurück und legte das Nachthemd an seinen alten Platz.

»Passt mir wie angegossen. Ich bin mir ziemlich sicher, dass das Teil nicht von allein verrutscht. Falls Frau Landsknecht kein ausgeleiertes Exemplar getragen hat, vermute ich, dass der Mörder dahintersteckt.«

Krug nickte anerkennend. »Das lasse ich prüfen.«

»Es wäre ein Art Eskalation«, analysierte Sommer die Erkenntnis. »Sexuelle Demütigung des weiblichen Opfers.«

»Würde auf Frauenhass hindeuten. Vielleicht hat er diesen Aspekt seines Charakters bislang mühsam unterdrückt. Dank des Journalisten ist das nicht mehr nötig«, sagte Drosten.

***

Christoph Landsknecht empfing sie in seiner Dreizimmerwohnung und führte sie ins Wohnzimmer. Herumliegendes Geschirr und diverse Zeitungen am Boden deuteten darauf hin, dass er alle Energie fürs Verarbeiten der Ereignisse benötigte.

»Haben Sie das Schwein?«, fragte er leise.

»Nein«, bedauerte Kraft.

»Mein Gott, wie lange dauert das denn noch?«

»Sie können uns dabei helfen«, ermunterte sie ihn.

Er schaute sie mit verweinten Augen an.

»Aber vor allem müssen Sie sich eine Sache klarmachen. Sie tragen keine Schuld an den Morden«, fuhr die Oberkommissarin fort.

Der Mann schluchzte. »Sie haben keine Ahnung!«

»Sind Sie der Mörder?«

Landsknecht schüttelte vehement den Kopf. »Natürlich nicht!«

»Also tragen Sie keine Schuld daran. Und jetzt brauchen wir Ihre Hilfe.«

»Was soll ich tun?«

»Der Täter muss irgendwie auf Ihre Scheidung aufmerksam geworden sein. Bei den vorherigen Opfern haben wir festgestellt, dass die Frauen in Online-Foren unterwegs waren, um vor fremden Usern ihr Herz auszuschütten«, gab Kraft ein Ermittlungsdetail preis. »Leider haben wir im Besitz Ihrer Ex-Frau keinen PC gefunden.«

»Kaputt.«

»Was?«, hakte Sommer nach.

»Niklas hat mir erzählt, ihr PC sei vor ein paar Tagen kaputtgegangen. Lisa hat ihn wohl zu einem Reparaturdienst gebracht. Meine Kinder hatten gehofft, er sei bis Wochenbeginn wieder repariert.«

»Wissen Sie, welchen Dienst sie in Anspruch genommen hat?«, fragte Drosten.

»Nein. Aber Sie haben recht mit Ihrer Vermutung.« Er fixierte Krafts Blick. »Lisa war auch in einem Forum unterwegs. Ich hab das heimlich verfolgt.« Er stand auf und holte seinen Laptop. »Hier. LLK81. Das ist ihr Username.«

»Wie sind Sie darauf aufmerksam geworden?«, wollte Drosten wissen. Die anderen Ehemänner hatten nichts von den Onlineaktivitäten ihrer Ex-Frauen geahnt.

»Ich hab ihr damals den PC eingerichtet. Das war ein paar Monate vor unserer Trennung. Mit unserer gemeinsamen E-Mail-Adresse. Lisa hat das auch nach der Scheidung nicht geändert. Ich vermute, ihr war nicht bewusst, dass ich so einiges mitlesen konnte. Als ich die Anmeldebestätigung für das Forum sah, hab ich heimlich ihre Posts verfolgt. Sie hat furchtbare Dinge behauptet. Lügen verbreitet! Aber trotzdem hätte sie nicht sterben dürfen! Und schon gar nicht meine beiden Engel.« Er schluchzte hemmungslos.

***

»Das Onlineforum wird von derselben Webhostingfirma betreut wie die Foren in den anderen Fällen«, sagte Drosten auf dem Weg ins Präsidium. Dieses Detail hatten sie dem trauernden Ex-Mann verschwiegen.

»Aber es ist nicht dasselbe Forum?«, fragte Krug.

»Nein«, bestätigte Drosten. »Bei ein oder zwei Übereinstimmungen hätte ich es als Zufall angesehen. Wir sollten der Firma einen Besuch abstatten.«

»Sitzt sie hier in Deutschland?«

»In Osnabrück«, erwiderte Drosten.

»Da haben Sie es ja nicht weit«, meinte Krug.

»Bevor wir dorthin aufbrechen, will ich mit Kappler reden.«

Krug schaute Drosten überrascht an. »Respekt, dass Sie sich das freiwillig antun. Dieser Schmierlapp!«

***

Kappler war zwar bereit, sich mit ihnen zu treffen, weigerte sich jedoch beharrlich, ins Polizeipräsidium zu kommen. Stattdessen schlug er ein Fast Food-Restaurant am Münsteraner Hauptbahnhof vor. Also tauchten die Polizisten dort um achtzehn Uhr auf. Kappler saß schon an einem Sechsertisch, vor ihm eine große, halbleere Hähnchenbox.

»Tschuldigung«, sagte er mit vollem Mund. »Ich hatte Hunger. Und meine Hände sind ein bisschen verschmiert. Aber auf Händedruck zur Begrüßung stehen Sie ja eh nicht so.«

Er griff zu einem Hähnchenschenkel und knabberte das panierte Fleisch ab. Sommer nahm neben ihm Platz, Kraft und Drosten setzten sich ihm gegenüber.

»Haben Sie eine Spur?«, fragte der Journalist ungeniert.

»Mehrere«, behauptete Drosten.

Nun wischte sich Kappler die Hände an einer Serviette ab und griff zu seinem Smartphone. »Das ist hervorragend. Darf ich unser Gespräch aufnehmen? Um welche Spuren handelt es sich? Steht vielleicht eine Verhaftung unmittelbar bevor?«

Sommer zog dem überraschten Journalisten das Telefon aus der Hand.

»Hey!«, rief der verärgert.

»Keine Aufnahmen! Keine offizielle Stellungnahme.«

»Schade. Seit der Verhaftung Leander Hells sind Sie zu Stars aufgestiegen. Ein von Ihnen abgesegnetes Interview würde ich höchstbietend verkaufen. Aber meinetwegen auch inoffiziell. Wie nah sind Sie dem Mörder? Gibt es bald Entwarnung für getrennt lebende Familien?«

»Wie sind Sie auf die Fälle aufmerksam geworden?«, stellte Drosten eine Gegenfrage.

»Über die Berichterstattung der *BILD*«, bekannte er. »Die haben dann ja auch dankbar meine Schlussfolgerungen veröffentlicht. Die Zeitung hatte online über die ersten beiden Fälle berichtet. Ich fand den zeitlichen Zusammenhang mysteriös – und die Tatsache, dass zwei Frauen erweiterten Suizid begangen hatten. Normalerweise begehen Männer einen solchen Schritt. Also fing ich an zu recherchieren. Nach dem dritten gleichgelagerten Fall wusste ich, dass es einen Zusammenhang geben muss. Mütter töten nicht ihre Kinder, die bei ihnen leben.«

»Sind Sie nie auf die Idee gekommen, Ihre Schlussfolgerung für sich zu behalten?«, fragte Kraft. »Die Artikel erschweren unsere Arbeit. Außerdem stacheln sie den Mörder an.«

»Das ist absurd.«

»Der Täter muss es nicht mehr nach erweitertem Suizid aussehen lassen. Er kann ...« Drosten brach mitten im Satz ab. Fast hätte er ihre Vermutung ausgeplaudert, dass der Täter gesteigerten Frauenhass empfand.

»Sie haben überhaupt keine Spur, oder?«, folgerte Kappler. »Warum wollten Sie mich eigentlich treffen?«

»Wir bitten Sie um Zurückhaltung«, erklärte Drosten.

»Hätten Sie mir das am Telefon gesagt, hätten wir uns die Zeit sparen können. Sie machen Ihren Job, den ich kritisch begleite.« Kappler erhob sich. »Schönen Abend noch.« Er trug sein Tablett zum nächstgelegenen Mülleimer und entsorgte die halbleere Hähnchenbox. »Sie haben ja meine Nummer, wenn Sie wirklich mit mir sprechen wollen«, rief er ihnen zu, bevor er das Fast Food-Restaurant verließ.

»Wir sollten seinen Hintergrund prüfen«, sagte Sommer, als die Tür hinter dem Journalisten zugefallen war. »Vielleicht hat er nur aus beruflichem Interesse so oft nachgehakt. Aber ich finde, er war zu sehr daran interessiert, wie nah wir dem Mörder sind. Außerdem hat er sich am Tatort herumgetrieben. Über eine Woche nach der Tat. Eigentlich ein Klassiker!«

Drosten nickte nachdenklich.

5

Obwohl seit dem letzten Familienmord kaum mehr als eine Woche vergangen war, verspürte er den Druck, erneut zuzuschlagen. Eigentlich amüsierte ihn dieses nagende Gefühl. Selbst ein organisierter Tätertyp wie er war offenbar nicht vor der Eskalation gefeit.

Doch er hatte eine wichtige Aufgabe. Seine Botschaft musste in die Welt hinausgerufen werden. Deswegen durfte er keine Fehler begehen, die ihn enttarnten.

Er studierte seine Unterlagen. Fürs nächste Mal kamen zwei zerrüttete Familien infrage. Eine Mutter mit einem Sohn oder eine Frau, die sogar zwei Söhnen das Leben geschenkt hatte.

Wen sollte er auswählen?

Er betrachtete die regelmäßigen Tagesabläufe der beiden Familien. Kam ihm davon irgendetwas entgegen? Die Frau, die sich um ihren zehnjährigen Sohn kümmerte, hatte das anstrengendere Leben. Sie kamen oft erst um sieben oder halb acht nach Hause, weil die Mutter lange arbeitete, sich dafür jedoch den Luxus einer Viertagewoche gönnte. Jeden Mittwoch hatte sie frei, regelte in der Zeit Alltagskram und genoss die Freizeit mit ihrem Jungen. Der Vater holte seinen Sohn zweimal im Monat übers Wochenende zu sich. Er trug die Schuld an der Scheidung, denn er hatte eine Affäre mit einer minderjährigen Praktikantin angefangen – wenige Tage vor deren achtzehntem Geburtstag. Genau diesen Umstand hatte die Frau zum Anlass genommen, sich furchtbar zu rächen. Im Sorgerechtsstreit hatte sie Anschuldigungen vorgebracht, aufgrund deren der Vater seinen Sohn über einen Zeitraum von zwei Jahren nur in Anwesenheit eines Jugendamtsmitarbeiters sehen durfte. Seit dem Ende der Bewährungszeit normalisierte sich das Verhältnis zwischen Vater und Sohn. An den Tagen, an denen die Frau lange arbeitete, holten die Großeltern ihren Enkel von der Schule ab.

Oder doch lieber die Mutter zweier Kinder? Sie führte dank der üppigen Unterhaltszahlungen ihres Ex-Manns ein relativ ruhiges Dasein. Teilzeitjob. Sobald die Jungen aus der Schule kamen, gingen sie ihren Hobbys nach. Zweimal in der Woche Fußball, Verabredungen mit Freunden – das übliche Leben von Trennungskindern, denen nach dem Scheidungsdrama ein behütetes Aufwachsen vergönnt war.

Wen sollte er wählen? Bevor er den richtigen Zeitpunkt wählte, musste er diese grundlegende Entscheidung treffen.

***

Julia gähnte. Heute war der Job wieder einmal besonders stressig gewesen, doch die Aussicht auf den morgigen freien Tag hatte sie dafür entschädigt. Zumal Nico morgen sogar erst zur zweiten Stunde in die Schule musste. Eine willkommene Gelegenheit, um wenigstens ein paar Minuten länger zu schlafen – falls ihre innere Uhr nicht rebellierte.

Sie schloss die Haustür auf und ließ ihrem Sohn den Vortritt. »Ging es Opa besser?«, fragte sie ihn.

Ihr Vater hatte zwar so getan, als sei die Lungenentzündung überstanden, doch in Julias Augen hatte er schwach gewirkt.

»Er hustet viel«, sagte Nico. »Aber Oma meint, immerhin hat er sich die stinkenden Zigarren abgewöhnt.«

»Das ist gut«, bestätigte Julia. »Hoffentlich bleibt es dabei.«

»Solange er auf dem Balkon raucht, stört es mich nicht.«

Sie öffnete den Briefkasten, in dem nur ein Brief lag. Noch dazu ein unerwünschter, denn er trug das Logo von Carstens Scheidungsanwalt. Kommentarlos steckte Julia den Umschlag in ihre Jackentasche. »Worauf hast du Hunger?«, fragte sie in der Hoffnung, dass ihre Stimme nicht angespannt klang.

»Spiegelei mit Brot«, antwortete er prompt – das war derzeit sein Lieblingsgericht, das ihm seine Großmutter wegen angeblicher Gesundheitsbedenken nur selten zubereitete. Sie gehörte noch zu der Generation, die Eier als cholesterinfördernd und damit potenziell tödlich ansahen.

»Keine schlechte Idee, ich glaube, ich gönn mir auch eins.«

Sie betraten die Wohnung, zogen ihre Jacken aus und gingen gemeinsam in die Küche. Offenbar hatte Nico großen Hunger, denn er öffnete sofort den Kühlschrank und holte die Packung Eier heraus. Danach griff er zur Butter, dem Brot und der halb gefüllten Flasche Orangensaft.

»Wie lange dauert es?«, fragte er.

»Keine zehn Minuten«, antwortete sie lächelnd.

Beim Anblick ihres Sohnes konnte sie den wartenden Brief beinahe vergessen.

»Darf ich ein bisschen Konsole spielen?«, bettelte Nico nach dem gemeinsamen Abendbrot, bei dem er ihr ausführlich von seinen Schulerlebnissen berichtet hatte.

Sie schaute zur Küchenuhr an der Wand. »Maximal eine halbe Stunde.«

»Hammer! Danke!« Prompt stand er auf und rannte aus der Küche.

»Und was ist mit Aufräumen?«, rief sie ihm hinterher.

»Du bist dran! Ich hab die Sachen rausgeholt.«

Julia blieb zwei Minuten am Tisch sitzen, ehe sie langsam in die Diele schlich. Nico hatte seine Tür geschlossen. Sie holte den Brief, kehrte in die Küche zurück und räumte zunächst die Lebensmittel in den Kühlschrank. Dann schlitzte sie den Umschlag auf und zog das anwaltliche Schreiben heraus.

»Dieses Arschloch«, flüsterte sie betroffen, nachdem sie den ersten Schock verdaut hatte. »Wie kann er das machen?«

Sie legte den Brief beiseite und wischte sich die Tränen aus den Augenwinkeln. Ihre Gedanken ratterten und versuchten, die Auswirkungen der anwaltlichen Mitteilung zu verarbeiten. Sie verstand es nicht. Ihr Verhältnis hatte sich doch entspannt. Wieso unternahm er jetzt einen solchen Schritt?

Nachdem sie eine Weile die Küchenfliesen angestarrt hatte, nahm sie den Brief und ging ins Wohnzimmer. Aus Nicos Zimmer drang ein leises Fluchen. Offenbar verlief das Spiel nicht nach Wunsch.

Julia setzte sich an den kleinen Computertisch und startete den PC. Das anwaltliche Schreiben packte sie in eine Schublade. Zuerst surfte sie zu der Homepage ihres Zahnarztes. Sie hatte für morgen einen kostenpflichtigen Termin zur Zahnreinigung ausgemacht. Doch den könnte sie ein paar Monate verschieben, bis sie geklärt hatte, ob Carsten damit durchkam. Sie klickte den Kontaktbutton an und sagte kurzfristig wegen einer eitrigen Mandelentzündung ab. Anschließend surfte sie zu dem Forum, in dem sie sich regelmäßig unter Gleichgesinnten austauschte. Julia loggte sich mit ihrem Benutzernamen und Passwort ein. Zunächst überflog sie die neuesten Beiträge in der Kategorie *Unterhalt*. Doch in den letzten zwei Tagen hatte wohl niemand die gleiche Erfahrung wie sie gemacht. Also eröffnete sie einen neuen Beitrag.

Habe heute wundervolle Post vom Anwalt meines Ex bekommen. Beigefügt war der Steuerbescheid vom letzten Jahr. Sein steuerlicher Gewinn (Selbstständiger) liegt aktuell angeblich unter dem Existenzminimum. Deshalb sieht er sich nicht mehr in der Lage, Unterhalt für unseren Sohn zu bezahlen. Ich bin sicher, er rechnet sich arm und verschweigt dem Finanzamt Einnahmen. Das hat er schon zu unserer gemeinsamen Zeit gemacht. Habt ihr Tipps für mich, wie ich mich verhalten soll?

Sie gab den Beitrag frei und hoffte auf sinnvolle Ratschläge. Ihren eigenen Anwalt wollte sie aus Kostengründen nur im Notfall hinzuziehen. Woher sollte sie das Geld für dessen Honorar nehmen? Außerdem hatte sie auch kein Interesse daran, ihren Trennungskrieg erneut aufflackern zu lassen. Sie hatte damals nicht in allen Punkten die Wahrheit gesagt – wofür sie sich inzwischen schämte.

***

Um halb neun abends gönnten sich die drei KEG-Kommissare einen Absacker in der Hotelbar. Seit Verena Kraft zum Team hinzugestoßen war, konnten Sommer und Drosten wie in alten Zeiten wieder Hotels buchen.

Auch das war eine der angenehmen Folgen des gestiegenen Budgets.

»Bis zu der Webhostingfirma brauchen wir maximal eine Stunde«, sagte Sommer, als sie über ihre Pläne für den Folgetag sprachen. »Wann brechen wir auf?«

»Und wann treffen wir uns zum Frühstück?«, ergänzte Kraft. »Oder seid ihr Eigenbrötler, die morgens dumpf vor sich her brüten und nicht angesprochen werden wollen?«

»Lukas wird ab der zweiten Tasse Kaffee gesprächig, ich schon vor der ersten. Was haltet ihr von halb neun als Frühstückszeit? Dann fahren wir um zehn Uhr los und sind gegen elf in Osnabrück.«

»Klingt gut«, sagte sie.

Krafts Handy klingelte. Sie holte es aus der Jackentasche, schaute aufs Display und drückte den Anrufer weg.

»Spinner!«, brummte sie verärgert.

»Alles in Ordnung?«, fragte Drosten.

»Das war mein Ex-Verlobter. Eigentlich hatte ich geglaubt, wir hätten alles geklärt. Aber er kann die Trennung offenbar nicht akzeptieren. Am Sonntag ist er überraschend kurz vor der Wohnungsübergabe aufgetaucht. In der Hand einen großen Blumenstrauß. Er will eine zweite Chance.«

»Bist du interessiert?«, fragte Sommer.

»Überhaupt nicht. Wir passen einfach nicht zusammen. Die Verlobung war eine Schnapsidee. Ich erzähl euch das mal ausführlich in aller Ruhe. Ich will gar nicht wissen, was der Anruf sollte.«

»Stalkt er dich?«, erkundigte sich Drosten.

»So schlimm ist es nicht. Er wollte sich halt nicht trennen. Wochenlang hat er versucht, mich vom Entschluss abzubringen. Bis ich glaubte, er würde es endlich akzeptieren. Ich hoffe nicht, dass er nur spekuliert hat, ich würde winselnd angekrochen kommen, wenn er sich tot stellt. Aber sein neuestes Verhalten deutet ein bisschen darauf hin. Als hätte er die Taktik geändert. Er hat sogar angeboten, gemeinsam mit mir nach Wiesbaden zu ziehen.«

»Was macht er beruflich?«, fragte Drosten.

»Filmkritiker. Einer von dieser modernen Sorte, die auf YouTube ihre Beiträge hochladen.«

»Davon kann man leben?«, wunderte sich Sommer.

»Mit über einer halben Million Abonnenten sogar ziemlich gut. Er hat noch ein paar andere Einnahmequellen und kann ortsunabhängig arbeiten. Insofern war sein Angebot gar nicht so großzügig wie es klang. Na ja. Irgendwann gibt er bestimmt auf und akzeptiert es.«

»Falls er nervt, statten Robert und ich ihm gern einen Besuch ab«, sagte Sommer.

Kraft lachte bei der Vorstellung. »Das schaffe ich schon allein. Trotzdem danke.«

Drostens Handy signalisierte einen Nachrichteneingang.

Sommer stöhnte theatralisch. »Mit euch einen gemütlichen Abend an der Bar zu verbringen, ist richtig lustig. Verdammte Handysucht.«

»Eine Nachricht von Melanie«, informierte er seine Partner. Er las sie und runzelte die Stirn.

»Unangenehme Neuigkeiten?«, fragte Kraft.

»Vielleicht. Ich muss sie anrufen. Entschuldigt mich.« Er trank den Rotwein aus und stand auf.

Im Fahrstuhl las er die Nachricht noch einmal.

Danas Onkel Sven war heute hier. Einen Tag früher als geplant. Er hatte morgens um Verschiebung gebeten, und wir hatten nichts anderes vor. Eigentlich war es ein schöner Tag. Er hat sich drei Stunden Zeit genommen, die beiden verstehen sich prima. Als er ging, fragte er mich, was ich davon halte, wenn er mit seiner Nichte in den Sommerferien zwei Wochen Urlaub macht. An der Nord- oder Ostsee. Ich hab gesagt, wir würden das besprechen. Was sollen wir tun?

Die Botschaft steckte zwischen den Zeilen. Melanie fürchtete, dass sich Dana und Sven bei einem solchen Urlaub zu gut verstehen könnten. Dass der Onkel anschließend das Bedürfnis hätte, wieder der Vormund zu werden.

Also musste er ihr mit einem Telefonat die Sorge nehmen. Unter keinen Umständen durfte sie ihm seine Haltung zu dem Thema anmerken. In seinen Augen stand Danas Wunsch an erster Stelle. Falls das Mädchen eines Tages beschließen sollte, bei ihrem Onkel zu leben, und das Jugendamt mitspielte, dürfte man ihr keine Steine in den Weg legen. Genau das würde Melanie jedoch nicht hören wollen.

6

Ihr Unterbewusstsein registrierte zuerst das Geräusch einer sich öffnenden Tür. Ein Lichtschein fiel aufs Bett. Mühsam löste Michaela sich aus dem Schlaf.

»Mama?«, erklang die Stimme ihres fünfjährigen Sohns Paul.

»Was ist los?«, nuschelte sie. Ihr Blick fiel auf die Uhr. Es war kurz nach Mitternacht.

»Wir haben schlecht geträumt«, erklärte Pauls Zwillingsbruder Patrick. »Von Monstern.«

»Ihr habt beide von Monstern geträumt?«, vergewisserte sich Michaela.

»Nein, nur Paul«, sagte Patrick. »Er hat mich geweckt.«

»Jetzt haben wir Angst«, fügte der siebzehn Minuten jüngere Bruder hinzu.

»Dürfen wir zu dir?«

Michaela lehnte sich ans Kopfteil des Bettes und betrachtete liebevoll ihre Söhne, die bislang nicht über die Türschwelle getreten waren. Das Ergebnis schlechter Erfahrungen, aus der Zeit, als Michaela noch mit dem Vater der Jungen zusammengelebt hatte. Johannes hatte den beiden immer untersagt, zu ihnen unter die Decke zu schlüpfen. Offenbar wirkte das noch in den Kindern nach, obwohl sie inzwischen jede zweite Nacht zu ihr kamen.

Falls sie ihre Söhne in deren Zimmer zurückschickte, würden die wahrscheinlich ewig nicht einschlafen können. Und Michaela läge noch wach, weil sie besorgt auf Geräusche aus dem Kinderzimmer lauschen würde. Nichts brach ihr Herz schneller als das Weinen ihrer Jungs. Irgendwann müsste sie Grenzen ziehen, doch heute fühlte sie sich nicht dazu bereit.

Sie schlug die Bettdecke beiseite. »Kommt her!«

»Toll!«, jubelte Patrick. Er trug seinen Lieblingsteddy unter dem Arm und rannte los.

Paul, der ebenfalls ein Kuscheltier in der Hand hielt, reagierte einen Sekundenbruchteil später. Bei der Geburt war er zwar der Erste gewesen, aber seitdem schien Patrick ständig zu versuchen, dieses Manko auszugleichen.

Die Kinder hüpften auf die Matratze und kuschelten sich an ihre Mutter. Michaela küsste sie und streichelte ihnen über den Kopf. So gern sie auch ungestört schlief, freute sie sich doch über diese Glücksmomente.

»Muss einer von euch noch aufs Klo?«, fragte sie schließlich.

»Nein«, behaupteten die beiden einstimmig.

»Ich aber.« Michacla schwang die Beine aus dem Bett. »Schön liegen bleiben und keinen Quatsch machen! Am besten schlaft ihr ganz schnell ein.«

Ohne in ihre Pantoffeln zu schlüpfen, verließ sie das Schlafzimmer und betrat das Bad.

Auf der Toilette ließ sie ihre Gedanken schweifen. Ihre Freundinnen hatten ihr alle zur Scheidung geraten. Johannes sei ein cholerischer Tyrann, dem jederzeit die Hand ausrutschen konnte. Durch seinen guten Job wäre er gezwungen, ausreichend Unterhalt abzutreten. Die Eigentumswohnung war dank einer Erbschaft komplett bezahlt. Irgendwann hatte Michaela dem Drängen nachgegeben und einen Scheidungsanwalt aufgesucht. Doch war ihr Leben dadurch wirklich besser geworden? Einfacher zumindest nicht. Das Großziehen der Kinder überforderte sie an vielen Tagen. Wie würde das erst werden, wenn die Zwillinge die Schule besuchten? Michaela mochte gar nicht daran denken.

Sie betätigte die Toilettenspülung. Kurz darauf musterte sie sich im Spiegel über dem Waschbecken. Täuschte das Licht oder war ihr Haar in den letzten Wochen viel grauer geworden? Sie musste unbedingt mal wieder zum Friseur. Sich einen Luxus gönnen.

Sie streckte ihrem Spiegelbild die Zunge heraus, und dieser kindisch anmutende Akt besserte ihre Laune. Immerhin warteten im Bett ihre beiden Engel und würden sich in den nächsten Minuten an sie kuscheln. Dass die Wahrscheinlichkeit groß war, morgen Früh mit einem Fuß im Gesicht aufzuwachen, verdrängte sie. Besonders Paul hatte einen ungemein unruhigen Schlaf. Kein Wunder, dass er derjenige war, der von Monstern träumte.

Michaela öffnete die Badezimmertür. Was war das? Ihr Blick glitt nach links zur Wohnungstür. Hatte sie ein Geräusch am Schloss gehört?

Ihr Herzschlag beschleunigte sich, als sie sah, wie die Tür verstohlen aufgeschoben wurde. Fassungslos starrte sie zu dem vier Schritte entfernten Eingang. Das Licht einer Taschenlampe fiel in den Flur. Im nächsten Moment entdeckte sie eine maskierte Gestalt. Auch der Eindringling bemerkte sie. Die Maske hatte Schlitze für Mund und Augen. Dem Einbrecher klappte der Mund auf.

Endlich löste sie sich aus der Starre. »Hilfe!«, schrie sie und rannte los.

»Mama?«, erklang Patricks Stimme.

Hinter ihr ertönten Schritte.

Sie überquerte die Türschwelle zum Schlafzimmer und schmiss die Tür zu. Hektisch drehte sie den im Schloss steckenden Schlüssel um.

»Mama?«, quiekte Paul entsetzt. »Das Monster?«

Der Einbrecher warf sich gegen die massive Holztür, die in den Angeln erbebte. Wie viele Versuche würde die Tür aushalten?

Ihre Söhne weinten. Hektisch schaute sich Michaela um.

Die Kommode!, schoss es ihr durch den Kopf. Würde sie es schaffen, das Sideboard als Blockade vor die Tür zu schieben?

Wieder erzitterte die Tür. Das Heulen ihrer Söhne wurde ohrenbetäubend. Michaela packte die Kommode mit beiden Händen und zog daran. Tatsächlich gelang es ihr, das Möbelstück zu bewegen. Ächzend quälte sie sich damit ab. Der Einbrecher versuchte zum dritten Mal, die Tür aufzubrechen.

Dank des Holzbodens, der wenig Reibungswiderstand bot, schaffte es Michaela, das Sideboard vor der Tür zu platzieren. Da die Tür nach innen aufschwang, müsste sie den Unbekannten aufhalten.

Sie lief zum Bett. »Seid bitte leise«, flehte sie ihre Söhne an.

»Ist da ein Monster?«, fragte Patrick mit zitternder Stimme.

»Nein.« Michaela griff zum Handy, das eingeschaltet auf dem Nachttisch lag. Sie stöpselte das Ladekabel aus und wählte den Notruf.

»Polizeinotruf Mettmann«, erklang kurz darauf eine weibliche Stimme. »Wie kann ich Ihnen helfen?«

»In meiner Wohnung ist ein Einbrecher«, rief Michaela über den Lärm der weinenden Kinder hinweg. »Kommen Sie schnell!«

***

Mit einer inzwischen schmerzenden Schulter warf er sich gegen die verdammte Tür. Doch sie sprang einfach nicht auf. Im Schlafzimmer weinten Kinder, und kurz darauf vernahm er eine Stimme.

»In meiner Wohnung ist ein Einbrecher! Kommen

Sie schnell.«

Hatte sie tatsächlich ein Telefon neben dem Bett liegen, oder war das nur ein kluger Versuch, ihn in die Irre zu führen?

Er rüttelte mehrfach am Türgriff und warf sich mit der anderen Schulter dagegen. Nichts zu machen.

»Ich hab sein Gesicht nicht erkannt! Er trug eine Maske!«

Das klang eher so, als würde sie Fragen beantworten.

Noch einmal rüttelte er an der Klinke. Dann hatte er eine Idee. Er lief zum Wohnzimmer, in dessen Tür ebenfalls ein Schlüssel steckte. Er zog ihn heraus und kehrte zum Schlafzimmer zurück. Wie viel Zeit blieb ihm, falls bereits ein Streifenwagen unterwegs war? Höchstens ein paar Minuten.

Außer Atem schob er den Wohnzimmerschlüssel ins Schloss der Schlafzimmertür. Doch das von innen steckende Exemplar blockierte das Schlüsselloch.

»Fuck!«, wisperte er.

Es war aussichtslos. Jeden Augenblick konnten die Bullen auftauchen und ihn verhaften. Er musste den Rückzug antreten.

Er rüttelte ein letztes Mal an der Klinke, dann drehte er sich um und eilte in den Flur. Die Wohnung lag im Erdgeschoss – als einzige der insgesamt vier Wohnungen im Haus. Nichts deutete darauf hin, dass ein Nachbar dem Lärm auf den Grund ging. Trotzdem behielt er die Maske auf. Rasch lief er die drei Stufen zur Haustür hinunter und riss sie auf. Draußen wandte er sich nach links. Noch immer maskiert, um möglichen Zeugen keinen Anhaltspunkt für eine Identifizierung zu geben.

Erst an seinem mehrere hundert Meter entfernt abgestellten Wagen nahm er die Maske ab. Er öffnete die Wagentür und stopfte das schwarze Wollteil unter den Sitz. Nun kam es darauf an, keine Aufmerksamkeit zu erregen.

***

Mit Blaulicht aber ohne Sirene bog der Streifenwagen in das Wohngebiet ab. Die Zentrale hatte alarmiert geklungen, weswegen Polizeimeister Schlank auch in der Tempo-30-Zone meist über 50 Stundenkilometer fuhr.

»Die übernächste Straße musst du nach links«, sagte sein Kollege Lichtfeld.

»Ich weiß. Freunde von mir wohnen hier in der Gegend.«

Ihnen kam ein dunkelblauer Kombi entgegen, am Steuer saß ein Mann, der sich penibel an die Geschwindigkeitsbegrenzung hielt. Er würdigte sie keines Blickes.

»Schreib dir mal das Kennzeichen auf«, bat Schlank seinen Kollegen. »ME-ER 6521.«

Lichtfeld holte sein Handy heraus und öffnete die Notizapp. »Soll ich es über die Zentrale abgleichen lassen?«

»Noch nicht.« Er bog ab. »Erst sehen wir uns vor Ort um.«

»Hier ist Hausnummer neunundvierzig. Die

Anruferin wohnt in Hausnummer eins.«

»Also sind wir fast da.«

Ein weiteres Fahrzeug kam ihnen entgegen, wieder mit einem Mann am Steuer.

»Rushhour, oder was?«, murmelte Lichtfeld. »Kennzeichen ist notiert.«

»Zumindest hat der Typ interessiert zu uns herübergesehen. Die Reaktion des anderen Fahrers fand ich seltsamer.«

Schlank bremste den Wagen ab. Vor Hausnummer eins hielt er mitten auf der Straße an und ließ das Blaulicht eingeschaltet. Er griff zu dem Funkgerät, das an der Uniform befestigt war.

»Zentrale, bitte melden.«

***

»Frau Asbach«, erklang die Stimme der Polizistin am Telefon. »Die Streifenwagenbesatzung ist vor Ort eingetroffen.«

»Können Ihre Kollegen etwas erkennen?«, fragte die panische Mutter.

»Nein, sie stehen vor einer geschlossenen Haustür. Durch die Glasscheibe sehen sie niemanden. Sie müssen ihnen bitte die Tür öffnen.«

Michaelas Herz raste noch immer. Sie fühlte sich wie nach einem Marathon. »Und wenn er vor der Schlafzimmertür steht? Dann sticht er mich ab.«

»Haben Sie eine Waffe in seinen Händen gesehen?«

»Nein!«

»Wann hat er zum letzten Mal an der Tür gerüttelt?«

»Das ist eine Weile her.«

»Könnten die Kollegen über ein Schlafzimmerfenster zu Ihnen gelangen?«

Michaela dachte darüber nach. »Nein«, antwortete sie bedauernd. »Ich fürchte, das liegt zu hoch.«

»Bestimmt ist der Eindringling geflohen.«

»Hoffentlich haben Sie recht. Ich schieb die Kommode beiseite. Aber Sie müssen in der Leitung bleiben.«

»Versprochen.«

Michaela stellte sich neben das Möbelstück und drückte ihren Oberschenkel dagegen.

***

Lichtfeld deutete zu einem Fenster in der ersten Etage, hinter dem ein junger Mann sie neugierig beobachtete. Der Polizeimeister winkte und zeigte zur Haustür. Offenbar verstand der Nachbar die Zeichen. Er nickte, ehe er vom Fenster verschwand. Einige Sekunden später ertönte der Türsummer.

Lichtfeld betrat den Hausflur zuerst, Schlank folgte ihm.

»Wir sind im Haus«, informierte Lichtfeld die Zentrale. »Ein Nachbar hat uns geöffnet.«

»Steht die Wohnungstür offen?«, fragte die Beamtin vom Notruf.

»Nein.«

»Ich gebe die Informationen an Frau Asbach weiter.

Sie ist sehr nervös und ängstlich. Nicht wundern!«

***

»Frau Asbach, die Kollegen stehen bereits vor der Wohnungstür. Sie können nichts hören. Ich denke, Sie und Ihre Kinder sind in Sicherheit.«

»Gott sei Dank«, stöhnte Michaela. »Ich verlasse jetzt das Schlafzimmer. Wenn ich schreie, sollen Ihre Kollegen die Tür aufbrechen.«

Vorsichtig drehte Michaela den Schlüssel herum.

»Wartet da ein Monster?«, flüsterte Paul.

»Nein«, beruhigte sie ihren Sohn. Sie öffnete die Tür und trat instinktiv einen Schritt zurück. »Sie hatten recht«, informierte sie die Polizistin am Telefon.

»Dann machen Sie den Kollegen auf. Das sind die Polizeimeister Schlank und Lichtfeld.«

***

»Zentrale, bitte kommen«, funkte Lichtfeld eine halbe Stunde später.

»Zentrale hört«, lautete kurz darauf die Antwort.

»Wir sollten die Mordkommission informieren. »Alleinerziehende Mutter, zwei Kinder. Ein nächtlicher Einbrecher. Für mich klingt das nach der Mordserie in den anderen Städten, über die in der Presse dauernd berichtet wird.«

»Haben Sie Einbruchsspuren gesichert?«

»Keine gefunden. Entweder hat der Täter einen

Schlüssel benutzt oder sich mit einem Dietrich Zutritt verschafft. Das dürfen die Spezialisten herausfinden. Wahrscheinlich müssen sie sogar das Schloss ausbauen.«

»Alles klar. Ich finde heraus, wer von der Mordkommission Rufbereitschaft hat und informiere den Kollegen.«

»Da ist noch etwas, was Sie bitte machen könnten. Als wir uns der Adresse genähert haben, sind uns zwei Fahrzeuge entgegengekommen. Bei beiden saßen Männer am Steuer. Können Sie die Kennzeichen überprüfen und die Fahrzeughalter herausfinden?«

»Geben Sie mir die Kennzeichen durch.«

7

Der Anruf von Hauptkommissar Peter Stenzel erreichte Drosten noch im Münsteraner Hotel. Er war Minuten zuvor vom Frühstück in sein Zimmer zurückgekehrt und gerade dabei, seinen kleinen Reisekoffer zu packen.

»Guten Morgen, Peter«, begrüßte er ihn. »Hast du es dir anders überlegt?« Damit sprach er natürlich das Jobangebot an, das Stenzel vor einigen Wochen abgelehnt hatte.

»Deswegen rufe ich nicht an.«

»Sondern?«

»Ich schätze, wir müssen wieder einmal zusammenarbeiten.«

Im ersten Moment befürchtete Drosten, der Mörder hätte eine weitere Familie ausgelöscht. Er setzte sich aufs Bett. Das, was ihm Stenzel in den nächsten Minuten berichtete, besserte allerdings seine Laune.

***

Statt von Münster nördlich nach Osnabrück aufzubrechen, fuhr die KEG südwestlich nach Ratingen – ebenfalls kaum mehr als eine Stunde von dem Hotel entfernt.

Stenzel und Drosten hatten vereinbart, sich in der Wohnung der Familie zu treffen, in der entweder der Mörder gescheitert war oder ein Nachahmungstäter zugeschlagen hatte.

Fünf Minuten, bevor sie an der Adresse ankamen, informierte Drosten seinen Kollegen. Der versprach ihm, vor der Haustür zu warten.

Sommer entdeckte ihn zuerst. »Da ist er«, sagte er und deutete auf den Mann, der vor einem Haus am Bürgersteig stand und sie offenbar ebenfalls erkannte. Er deutete auf eine Parklücke. Hatte er die extra für sie freigehalten?

Kam es Drosten nur so vor, oder war Stenzel seit der ersten Zusammenarbeit sichtbar gealtert? Zumindest sein Haar war grauer geworden.

»So sieht also der Mann aus, dem ihr meinen Job zuerst angeboten habt«, sagte Kraft. »Interessant!«

Kraft wusste, dass sie sich zwei Absagen eingefangen hatten, ehe Drosten sie kontaktiert hatte. Ihr war auch klar, warum man die beiden Kriminalhauptkommissare Stenzel und Rosenberg vor ihr gefragt hatte, denn als Polizeioberkommissarin stand sie in der Rangfolge eine Stufe unter den beiden. Bei der Kontaktaufnahme hatte Karlsen auf die Berücksichtigung der Dienstgrade bestanden. Und obwohl der Polizeirat anfangs behauptet hatte, eine Frau stünde dem Team gut zu Gesicht, hatte er entschieden, zuallererst den Mettmanner Hauptkommissar zu kontaktieren.

Die Polizisten stiegen aus, und Drosten übernahm die Vorstellung der neuen Kollegin.

Nach dem formalen Teil ging Stenzel sofort zur Schilderung des Vorfalls über.

»Auf den ersten Blick sieht alles danach aus, dass Michaela Asbach und ihre beiden Kinder die nächsten Opfer des Mörders geworden wären«, berichtete er.

»Dein Zweifel ist nicht zu überhören«, stellte Sommer fest.

Stenzel nickte nachdrücklich. »Ich hab's ja schon am Telefon angedeutet. Die Notrufzentrale hat einen Streifenwagen hergeschickt, der durch eine günstige Fügung schnell vor Ort war. Sie waren keine vier Kilometer entfernt. Den beiden Polizeimeistern sind zwei Fahrer aufgefallen. Die Kollegen waren so geistesgegenwärtig, die Kennzeichen zu notieren und später abzufragen. Eines der Fahrzeuge ist auf Johannes Asbach zugelassen, den geschiedenen Ehemann der Bewohnerin und Vater ihrer Kinder.«

»Wow«, flüsterte Drosten. »Was sagt sie dazu?«

»Wir haben es ihr noch nicht mitgeteilt. Diese Überraschung wollte ich euch überlassen. Kollegen haben Herrn Asbach aufgesucht, ihn aber nicht zu Hause angetroffen.«

»An einem normalen Werktag wie heute wird er wohl auf der Arbeit sein«, sagte Kraft.

»Das vermuten wir auch«, bestätigte Stenzel. »Sollen wir hochgehen? Die Kinder sind übrigens bei der Schwester der Frau, wir brauchen also aus Rücksicht auf sie kein Blatt vor den Mund zu nehmen.«

»Hätte Paul keinen Albtraum gehabt, wären wir jetzt alle tot«, wisperte Michaela Asbach. Leeren Blickes stierte sie zu Boden, ein zerknülltes Taschentuch in der Hand.

»Erzählen Sie uns von Ihrer Scheidung«, bat Kraft, die als Frau die Gesprächsführung übernommen hatte. »Gab es Auseinandersetzungen zwischen Ihnen? Einen Sorgerechtsstreit?«

Michaela Asbach lachte bitter. »Sorgerechtsstreit? Nein, ganz sicher nicht. Johannes drückt sich vor seiner Verantwortung. Unsere Söhne sollen alle zwei Wochen bei ihm am Wochenende übernachten. Damit sie nicht den Bezug zu ihm verlieren. Jedes dritte oder vierte Mal sagt er aus fadenscheinigen Gründen ab. Angeblich wegen der Arbeit. Aber welcher Abteilungsleiter muss schon so regelmäßig am Wochenende ran? Zumal das früher nie der Fall war.«

»Gab es Streit um finanzielle Regelungen?«

»Natürlich. Wir haben nach der Hochzeit die Eigentumswohnung vom Erbe meiner Eltern bezahlt. Sie sind ein halbes Jahr später bei einem Unfall gestorben. Johannes meint, dass es genügen müsste, wenn ich hier kostenfrei wohne und von seinem Konto das

Hausgeld abgeht. Dass ihn das Jugendamt zu Unterhaltszahlungen verpflichtet, findet er total ungerecht. In seinen Augen könnte ich mehr als zwanzig Stunden in der Woche arbeiten.«

»Schreiben Sie sich manchmal den Frust über die Situation in Internetforen von der Seele?«, fragte Kraft.

»Nie«, antwortete die Mutter. »Für so etwas fehlt mir die Zeit. Ich nutze das Internet ohnehin ziemlich wenig. Klingt vielleicht altmodisch, aber ...« Sie zuckte die Achseln.

Kraft suchte Drostens Blick. Fast unmerklich nickte er ihr zu – das vereinbarte Zeichen, die Befragung in die finale Richtung zu führen.

»Neigt Ihr Ex-Mann zu Gewalttätigkeiten?«

Michaela Asbach runzelte die Stirn. »Eher zu Wutausbrüchen. Wieso?«

»Die Kollegen der Spurensicherung konnten keine Einbruchsspuren am Wohnungstürschloss oder der Haustür feststellen«, gab Stenzel preis. »Hat Ihr Ex-Mann einen Schlüssel?«

»Ja, aber ...« Sie hielt inne. »Glauben Sie, Johannes könnte diese Morde begangen haben?«

»Nein«, beruhigte Kraft die Frau. »Allerdings schließen wir nicht aus, dass ihn die Mordserie dazu inspiriert hat, etwas Ähnliches zu inszenieren.«

»Johannes? Das würde er den Kindern ... oder mir ... nein«, stammelte sie.

»Hätte er gestern einen Grund gehabt, gegen Mitternacht hier in der Gegend herumzufahren?«, fragte

Stenzel. »Immerhin wohnt er zwanzig Kilometer entfernt.«

»Hätte er meines Wissens nicht. Wäre er bei alten Nachbarn zu Besuch, hätte ich das wohl erfahren. Wieso?«

»Der Streifenwagenbesatzung sind auf dem Weg zu Ihnen zwei Wagen aufgefallen. Die Kollegen haben die Kennzeichen überprüft. Eines der Fahrzeuge ist auf Ihren Ex-Mann zugelassen.«

»Was?«

»In Verbindung mit den fehlenden Einbruchsspuren an der Wohnungstür ist das ein belastendes Indiz«, sagte Kraft.

»Johannes? Er ist arrogant und überheblich. Aber kein Mörder.«

»Steckt er vielleicht in finanziellen Schwierigkeiten?«

»Nicht, dass ich wüsste.«

»Haben Sie während der Ehe Lebensversicherungen abgeschlossen? Und den jeweils anderen Ehepartner als Begünstigten eingesetzt?«, fragte Stenzel.

»Ja«, bestätigte sie.

»Wurden die Versicherungen nach der Scheidung gekündigt?«, hakte Kraft nach.

»Den Kindern zuliebe nicht. Damit sie abgesichert sind. Wir fanden das beide wichtig.«

»Wie hoch ist die Versicherungssumme?«, wollte die Oberkommissarin wissen.

»Jeweils Zweihunderttausend.«

»Wir wollten Ihren Ex-Mann besuchen«, sagte Stenzel. »Er war nicht da.«

»Wundert mich nicht. Er muss doch arbeiten.«

»Wo?«, fragte Drosten.

Asbach nannte ihnen den Namen des Arbeitgebers.

Vor der Haustür verteilten sie die Aufgaben. Stenzel hielt die Indizienlage für ausreichend, um einen Durchsuchungsbeschluss für Asbachs Wohnung zu beantragen. Er wollte dies mit einem Staatsanwalt besprechen. Die KEG hingegen würde zu dem Firmengelände fahren. Michaela Asbach hatte ihnen genau beschreiben können, wo ihr Ex-Mann parkte. Drosten wollte überprüfen, ob der Wagen dort stand – denn falls nicht, befand sich der Verdächtige vielleicht schon auf der Flucht. Überdies hatten sie sich das Facebook-Profil von Johannes Asbach zeigen lassen, der in sozialen Medien aktiv war und regelmäßig Fotos postete.

***

Johannes Asbach starrte aus dem Bürofenster in der zweiten Etage, als es an seiner Tür klopfte. Ehe er sich dem PC zuwenden konnte, um zumindest beschäftigt auszusehen, öffnete sich die Tür.

»Was ist heute los mit Ihnen, Asbach?«

Sein Vorgesetzter schloss von innen die Tür. In der Hand hielt er den Ausdruck einer E-Mail. Er wirkte wütend. »Das ist nicht Ihr Ernst, oder?« Anklagend legte er den Zettel auf den Schreibtisch.

Asbach warf einen Blick darauf. Dabei handelte es sich um eine Auswertung, die er am späten Vormittag seinem Chef für eine Telefonkonferenz gemailt hatte.

»Wieso?«, fragte er vorsichtig.

»Sie haben die Kennziffern siebzehn und vierundzwanzig miteinander vertauscht. Das ist mir zum Glück noch rechtzeitig aufgefallen. Die Engländer hätten mich fertiggemacht, wenn ich ihnen falsche Zahlen präsentiert hätte.«

Asbach prüfte die Zahlen und erkannte gleich, dass sein Chef recht hatte. »O nein, tut mir leid. Sorry.«

»Dann komm ich in Ihr Büro und Sie starren nach draußen. Haben Sie die Präsentation nächste Woche vergessen? Ich glaube kaum, dass Sie mehr als ein Drittel der Vorbereitungen abgeschlossen haben. Was ist los mit Ihnen?«

»Gestern ...«, begann er stockend und suchte nach einer Ausrede, die sein Chef akzeptieren würde. »Post vom Scheidungsanwalt. Meine Ex fühlt sich nicht mehr in der Lage zu arbeiten. Sie hat ein psychiatrisches Gutachten eingereicht. Ich soll für ihren Unterhalt aufkommen.« Etwas Besseres fiel ihm unter Zeitdruck nicht ein.

»Diese verdammten Weiber«, fluchte sein Vorgesetzter. »Nie reicht es ihnen!«

Offenbar hatte Asbach den richtigen Knopf gedrückt. Die Scheidung seines Chefs lag erst zwei Jahre zurück, und schien Spuren hinterlassen zu haben.

»Haben Sie schon mit Ihrem Anwalt gesprochen?«

»Das wollte ich nach Feierabend erledigen.«

Sein Vorgesetzter schaute auf die Uhr. »Da heute mit Ihnen nichts anzufangen ist, können Sie früher Schluss machen. Aber morgen hauen Sie richtig rein, verstanden?«

»Danke! Mach ich. Versprochen!«

»Heizen Sie Ihrer Ex gehörig ein! Arbeitsunfähig. Wenn ich so etwas höre, wird mir speiübel.«

Um zu seinem Fahrzeug zu gelangen, musste Asbach fast einen ganzen Kilometer durch einen Park laufen, ehe er zum Parkplatz eines Freibads gelangte. Für die große Anzahl an Beschäftigten bot das Bürogelände nicht genügend Stellflächen, selbst für Mitarbeiter in seiner Position nicht. Der Betriebsrat hatte durchgesetzt, dass die meisten Parkbuchten direkt an den Gebäuden allen Mitarbeitern zur Verfügung stehen mussten. Keine Privilegien für höhergruppierte Angestellte. Deswegen hatte der Arbeitgeber einen Teil der zum Freibad gehörenden Fläche von der Stadt angemietet und in reservierte Mitarbeiterparkplätze umgewandelt.

Der Weg führte ihn an Bahngleisen für Güterverkehr entlang. Auf halber Strecke blieb er stehen und betrachtete gedankenverloren den Gleisverlauf.

Wie hatte er nur so dumm sein können? Irgendwann würden ihm die Bullen auf die Schliche kommen und ihn verhaften. Dann wäre sein Leben vorbei. Wahrscheinlich überlebte er keine zwei Jahre im Knast. Von zehn oder fünfzehn ganz zu schweigen.

Mit jedem Artikel, den er über den Mörder gelesen hatte, war in ihm der Wunsch entstanden, dass sich der Täter Michaela vornehmen würde. Dabei dachte er an die Eigentumswohnung und die Lebensversicherung. Den Gedanken, was das für die Zwillinge bedeutete, verdrängte er. Doch er war ohnehin kein guter Vater. Er hatte sich nur ein Kind gewünscht, wenn überhaupt. Ohne Nachwuchs wäre sein Leben erfüllt genug gewesen. Seine sportlichen Aktivitäten nahmen den Großteil seiner Freizeit in Anspruch. Dann gebar Michaela Zwillinge, die von Anfang an schwach und klein gewirkt hatten. Er schämte sich und hatte nie die Liebe für sie empfunden, von denen andere Eltern erzählten.

Als er eines Abends nach einer Sauftour nach Hause gekommen war, hatte er im Bett gelegen und sich vorgestellt, in die Rolle des Killers zu schlüpfen. Mit der Zeit war der Gedanke gereift. Viel zu schnell, wie er sich nun eingestehen musste. Er hatte nie die Konsequenzen eines Fehlschlags bedacht.

Wieso war Michaela wach gewesen, und warum hatten die verdammten Zwillinge in ihrem Bett gelegen? Das hatten sie ihnen früher untersagt.

Langsam setzte er seinen Weg fort und dachte über seine Alternativen nach.

***

Drosten hatte Asbachs Fahrzeug zuerst entdeckt, und sie hatten sogar einen Parkplatz gefunden, der fünf

Parkbuchten vor dem Kombi lag. Offenbar befand sich der Mann also nicht auf der Flucht.

Seitdem warteten sie. Seine Ex-Frau hatte sie vorgewarnt, dass Asbachs Arbeitstage oft erst gegen achtzehn Uhr endeten. Trotzdem wollten sie ihn nicht vor den Augen der Kollegen zu einem Gespräch bitten. Zwar sprachen einige Indizien für seine Täterschaft, dennoch fehlte jeder Beweis, und überdies hatte Stenzel sie telefonisch informiert, dass sich die Ausstellung des Durchsuchungsbeschlusses verzögerte. Der Staatsanwalt schien von dem Verdacht nicht so überzeugt zu sein wie die ermittelnden Beamten.

»Ist er das?«, fragte Sommer um halb zwei überrascht.

Ein Mann näherte sich ihrem Standort.

»Eindeutig derselbe wie auf den Bildern im Internet«, sagte Kraft. »Warum macht er so früh Feierabend?«

Drosten stieg zuerst aus. »Herr Asbach?«.

Der Mann war gleich auf ihn aufmerksam geworden und rannte ohne Vorwarnung los.

»Scheiße!«, rief Drosten und nahm die Verfolgung auf. Es dauerte nicht lange, bis Sommer ihn überholte.

***

Asbach reagierte instinktiv. Kaum hatte er den Mann in Augenschein genommen, wusste er, dass der Fremde ein Bulle war.

Er rannte los. Zwar behinderte ihn der Anzug, doch dank seines regelmäßigen Handballtrainings war er gut in Form. In unmittelbarer Nähe des Parks lag ein Wald. Wenn es ihm gelänge, dorthin zu flüchten, würde er die Bullen abschütteln können. Im Gegensatz zu ihm kannten sie sich dort nicht aus.

Er sprintete an den parkenden Fahrzeugen vorbei. In diesem Moment vernahm er das akustische Warnsignal eines näherkommenden Güterzugs.

Das durfte nicht wahr sein! Um in den Wald zu gelangen, musste er die Gleise überqueren. Wenn nun ein Zug sie vorübergehend blockierte, wäre seine Flucht jäh beendet.

Asbach schaute kurz über die Schulter. Ihm folgten zwei Männer und eine Frau, doch er hatte einen Vorsprung von etwa dreißig Metern. Er schaute nach links. Der Güterzug näherte sich schnell. Das würde verdammt knapp werden!

Bis zu dem unbeschrankten Gleisübergang waren es noch hundert Meter. Falls es ihm gelänge, ihn zu überqueren, würde er viele Sekunden Vorsprung gewinnen. Asbach erhöhte die Schrittfrequenz, wohl wissend, dass er dieses Tempo trotz guter Fitness nicht lange durchhalten würde.

Noch siebzig Meter. Es sah ganz danach aus, als würde der Zug schneller am Gleisübergang sein als er.

»Sie schaffen das nicht!«, erklang eine warnende Stimme. »Bleiben Sie stehen!«

Er dachte nicht daran.

Noch vierzig Meter.

Ob der Zugfahrer die Situation erkannte? Erneut ließ er den Warnton erklingen, der Asbachs Ohren malträtierte.

Bis zu den Gleisen waren es keine zwanzig Meter mehr.

Asbach schnaufte. Vielleicht schaffte er es sogar. Verringerte der Zugführer das Tempo?

Zehn Meter.

»Stehen bleiben!«, schrie jemand.

Fünf Meter.

Er erreichte den asphaltierten Teil des Übergangs. Aus dem Augenwinkel sah er den Zug. Zum Austrudeln war es zu spät.

Noch drei Meter.

Schlagartig begriff er, dass er es nicht schaffen würde. In der gleichen Sekunde berührten seine Füße das Gleis. Der Zug erfasste ihn frontal und schleifte ihn mit.

8

Durch Asbachs Ableben änderte sich die Situation für die Ermittler komplett. Eine Stunde nach dem tragischen Ende öffnete ein Schlüsseldienst Hauptkommissar Stenzel die Wohnungstür. Drosten unterstützte ihn, während Sommer und Kraft am Unglücksort geblieben waren und nicht zuletzt vorhatten, Arbeitskollegen zu befragen.

Asbach hatte in einer Vierzimmerwohnung gelebt. Im kleinsten Raum – kaum mehr als eine geräumige Abstellkammer – standen ein Kinderbett, eine Kommode und ein paar Spielsachen. An den blau gestrichenen Wänden hingen Poster der deutschen Handballnationalmannschaft.

»Deine neue Kollegin wirkt sehr kompetent«, sagte Stenzel unvermittelt. »Sie hat das Gespräch mit Frau Asbach gut geführt. Glückwunsch zur Auswahl.«

»Danke! Du weißt aber, wie gern ich dich zu uns geholt hätte.«

»Einen alten Baum wie mich verpflanzt man nicht mehr.«

Drosten schmunzelte. »Wir alten Männer. In ein paar Jahren reden wir nicht mehr über aktuelle Fälle, sondern über schmerzende Gelenke.«

»Da kann ich schon jetzt mitreden.« Stenzel stöhnte theatralisch und legte die Hand auf den Lendenwirbel.

»Teilen wir uns auf?«

Stenzel nickte. »Willst du dir sein Arbeitszimmer vornehmen? Dann konzentriere ich mich aufs Wohnzimmer.«

In der zweiten Schublade, die Drosten am Schreibtisch öffnete, fand er ausgerissene Zeitungsartikel über die Mordserie. Dabei schien sich Asbach vor allem für die Hintergründe der Taten zu interessieren. Sechs der insgesamt acht Artikel behandelten die Zwistigkeiten zwischen den ehemaligen Ehepartnern.

Die Unterlagen aus den übrigen Schubladen lieferten keine interessanten Hinweise. Nachdem Drosten auch Aktenordner geöffnet und unzufrieden wieder geschlossen hatte, schaltete er den PC ein, der sich ohne PIN oder Kennwort hochfahren ließ. Stenzel kam zu ihm und bemerkte die Zeitungsartikel.

»Er hat das also verfolgt«, schlussfolgerte er. »Wonach suchst du im Computer?«

»Am liebsten wären mir Links zu den Internetforen, in denen die ersten Opfer gepostet haben.«

Asbach hatte eine umfangreiche Lesezeichensammlung im Browser. Darin stießen sie auf einen in

Ratingen angesiedelten Privatclubbetrieb, mehrere kostenfreie Pornoseiten und harmlose Sport- und Nachrichtenportale.

»Leider keine Lesezeichen zu den Internetforen«, brummte Drosten enttäuscht.

»Vielleicht hat er sie kürzlich gelöscht. Ruf den Verlauf auf.«

Asbach schien die Liste seit Ewigkeiten nicht bereinigt zu haben. Drosten suchte zehn Minuten lang nach einem Hinweis auf die Internetforen, ohne eine Spur zu finden. Auch die Eingabe der einzelnen Forennamen brachte keine Ergebnisse. Entweder hatte Asbach sie selektiv gelöscht oder niemals aufgesucht.

»Ein Kriminalpsychologe, mit dem ich gelegentlich zusammenarbeite, hatte mal einen ähnlichen Fall«, erzählte Drosten. »Ein Mörder löschte Familien aus. In einer Nacht überlebte jedoch ein Mädchen. Wie sich herausstellte, war der ermordete Vater lediglich der Stiefvater des Kindes.«

»Ich erinnere mich an die Ermittlungen«, sagte Stenzel. »War das nicht im Ruhrgebiet?«

»Bochum«, konkretisierte Drosten. »Der Mörder war der leibliche Vater des Kindes. Er hatte die Mordserie aus zwei Gründen inszeniert. Hass auf intakte Familien, vor allem auf Frauen. Aber nicht zuletzt auch, um seine Tochter zu sich zu holen, denn man hatte ihm das Sorgerecht abgesprochen.«

»Ich schätze, dieses Motiv können wir ausschließen, nach allem, was Frau Asbach geschildert hat«, sagte Stenzel. »Er schien kein großes Interesse an der

Vaterrolle zu haben. Guck dir allein das Zimmer an, das er für seine Söhne reserviert hat. Der kleinste Raum von allen.«

Drosten brummte zustimmend. »Also ist er entweder unser Mörder, oder er wollte die Mordserie als Tarnung nutzen, um die unliebsame Ex samt der Kinder loszuwerden. Wir müssen die Ermittlungen darauf konzentrieren, ob er für eine der Mordnächte ein Alibi hat.«

»Außerdem wäre es gut, seinen finanziellen Background zu prüfen. Vielleicht war er dringend auf die Lebensversicherung oder den Verkauf der Eigentumswohnung angewiesen.«

Drosten klickte das Lesezeichen des Onlinebanking-Zugangs an. Doch da er weder die Filial- noch die Kontonummer kannte, kam er mit diesem Schritt nicht weiter. Von der benötigten PIN ganz zu schweigen.

***

Arthur Kappler schloss das Textverarbeitungsprogramm. Sein Manuskript umfasste mittlerweile einhundertfünfzig Seiten.

Der Erfolg seines vor zwei Jahren erschienen Sachbuchs, das um skandalöse Sorgerechtsurteile kreiste, war für ihn und den Verlag überraschend gekommen. Offenbar gab es in Deutschland deutlich mehr betroffene Väter als geahnt. Auch das Presseecho war groß gewesen. Schnell war die Idee aufgekommen, ein zweites Buch zu dem Thema zu veröffentlichen.

Anders als im Erstling sollten diesmal Väter zu Wort kommen, die von den Müttern oder erbarmungslosen Richtern in die Verzweiflung getrieben worden waren.

Kappler öffnete eine Datenbank. Darin hatte er Datensätze jener Männer erfasst, die sich nach der ersten Buchveröffentlichung bei ihm gemeldet und ihre Bereitschaft für ausführliche Interviews signalisiert hatten. Stichwortartig hatte er sie charakterisiert. Mit welchem dieser Männer sollte er ein erstes Gespräch führen?

Kappler blieb bei dem Namen Mats Hohme hängen. Dunkel erinnerte er sich an die Wut in den Zeilen der E-Mail, die der Mann ihm geschickt hatte. Die Lügen seiner Ex-Frau hatten ihn das Sorgerecht für seine Tochter gekostet.

Bei ihrem damaligen E-Mail-Wechsel hatte Hohme zum Ausdruck gebracht, bis zum letzten Atemzug für ein anderes Urteil kämpfen zu wollen. Außerdem hatte er Kappler seine Telefonnummer gegeben, damit der ihn für ein Interview kontaktieren könnte.

Kappler beschloss, dass der betrogene Vater ein guter Kandidat für das erste Gespräch sei. Vielleicht hatte er ja in der Zwischenzeit beim Kampf um das Sorgerecht Fortschritte erzielt. Kappler griff zum Telefon und wählte die Nummer. Das Freizeichen erklang. Nach wenigen Sekunden nahm jemand den Anruf an.

»Hallo?«, begrüßte ihn eine müde klingende Stimme.

»Herr Hohme?«

»Wer sind Sie?«

Der Mann klang richtig schlecht. Leer wie eine verbrauchte Autobatterie.

»Arthur Kappler. Ich bin Journalist. Wir hatten vor einem knappen Jahr Kontakt wegen Ihres Sorgerechtsstreits. Sie hatten mich nach der Veröffentlichung meines Buchs *Kindesunwohl* angeschrieben.«

»Ich erinnere mich.«

»Wie geht's Ihnen? Haben Sie Fortschritte erzielt? Dürfen Sie Ihre Tochter wieder öfter sehen?«

»Ich hab aufgegeben«, bekannte der Mann leise. »Das System. Man hat keine Chance. Die halten alle zusammen.«

Die Zwischentöne in der Aussage weckten endgültig Kapplers Interesse. »Wollen Sie Gehör finden?«, fragte er. »Ich arbeite an der Fortsetzung des Buchs, in dem betroffene Väter zu Wort kommen. Sie wären ein sehr willkommener Gesprächspartner.«

»Ich habe meinen Job aufgegeben«, sagte der Mann leise.

Das wurde ja immer besser!

»Wieso?«

»Ich konnte es nicht länger ertragen. Die mitleidigen Blicke der Kollegen. Ihre Geschichten über die eigenen Kinder. Da hab ich ein Abfindungsangebot angenommen. Jetzt hab ich den ganzen Tag Zeit. Seit die Sperrfrist abgelaufen ist, bekomme ich Geld vom Amt fürs Nichtstun. Wenigstens etwas. Ich kann mich auf die wichtigen Dinge konzentrieren.«

»Was ist Ihnen wichtig?«

»Weiterleben. Frei sein. Jederzeit Schluss machen zu können.«

Kappler lächelte. Hohme war der perfekte erste Ansprechpartner. Allerdings wäre das Interview wohl noch intensiver, wenn sie sich dabei gegenübersäßen. Das ermöglichte Kappler, die Gefühlsregungen des Mannes genau zu beschreiben.

»Ich würde Sie gern persönlich zu einem langen Gespräch treffen«, schlug er vor. »Was halten Sie davon?«

Hohme antwortete nicht sofort.

»Ich komme zu Ihnen, sobald es Ihnen passt«, ergänzte Kappler.

»Nein«, erwiderte Hohme.

»Wieso nicht? Ihre Erlebnisse sind ...«

»Ich möchte Sie nicht in meiner Wohnung haben. Da bin ich eigen. Ich ertrage keinen Besuch.«

»Ich stelle Sie im besten Licht dar. Das verspreche ich.«

»Ich komme zu Ihnen. Wo wohnen Sie?«

Kappler überlegte kurz. Sprach irgendetwas dagegen?

»Sie müssten mir allerdings das Bahnticket spendieren. Erste Klasse. Das ist die einzige Bedingung, die ich habe.«

»Ist Ihre E-Mail-Adresse noch aktuell, über die Sie mich damals kontaktiert haben?«

»Ja.«

»Ich schicke Ihnen die Bahntickets zu. Wann können Sie zu mir kommen?«

»Wie wäre es mit übermorgen?«

9

Asbachs Handy, das in seiner Anzugtasche gesteckt hatte, war beim Zusammenstoß mit dem Güterzug zerstört worden. Doch er hatte seine Kontaktliste über das Google-Konto regelmäßig aktualisiert, sodass die KEG Zugriff auf insgesamt zweihundertzwölf Kontakte hatte.

Anhand seines Facebook-Profils gelang es ihnen, knapp zwanzig Namen von anscheinend mit ihm befreundeten Personen herauszufiltern, die sie nacheinander abtelefonierten.

Einer der Männer schien besonders eng mit Asbach im Kontakt zu stehen, und bot ihnen ein persönliches Treffen an. Allerdings befand der sich derzeit am Flughafen von Dubai. Er würde Donnerstagfrüh in Düsseldorf landen, von wo es nur wenige Minuten bis zu seiner Wohnung nach Ratingen waren. Da er das Gespräch wegen der Minutenpreise für Auslandsgespräche und dem Lärm um ihn herum kurz halten wollte, verabredeten sie sich für Donnerstagvormittag. Nähere Informationen, wieso sie mit ihm über Asbach sprechen wollten, erbat er sich nicht.

Gegen zehn Uhr klingelten sie an dem Haus des Mannes, trafen ihn jedoch nicht an.

Sommer, der das Telefonat geführt hatte, schaute ungeduldig auf die Uhr. »Angeblich wollte er spätestens um neun da sein.«

Er holte das Handy aus der Tasche und ging die Anrufprotokolle des gestrigen Tages durch. Da er keiner der Nummern Namen zugeordnet hatte, musste er spekulieren, welche zu Florian Titz gehörten. Doch ehe er den ersten Anrufversuch unternahm, zeigte Drosten zur Straßenkreuzung.

»Da kommt ein Taxi.«

Tatsächlich hielt das cremefarbene Auto vor der Haustür. Der Fahrgast bezahlte und stieg aus.

»Der Flieger hatte Verspätung. Sorry. Haben wir gestern telefoniert?«

»Haben wir«, bestätigte Sommer.

Titz führte sie ins Wohnzimmer und bat sie, auf einer bequem aussehenden Couchlandschaft Platz zu nehmen.

»Ehrlich gesagt hab ich gestern Abend akustisch nicht genau verstanden, was Sie wegen Johannes von mir wollen. Der Flughafen in Dubai ist so wuselig und laut. Er hat meine Nachricht noch nicht gelesen.« Er zückte sein Handy. »Nee, keine blauen Häkchen. Was will die Polizei von meinem Freund?«

»Herr Asbach ist tot«, erklärte Kraft.

Fassungslos schaute Titz sie an. »Im Ernst? Ist er ermordet worden? Sind Sie deswegen hier?« Er schlug die Hand vor den Mund. »Scheiße!«

Sommer sah keinen Grund, den Ruf Asbachs zu schützen. »Er ist bei der Flucht vor der Polizei gestorben.«

Titz zog die Augenbrauen hoch. »Verarschen Sie mich?«

»Er ist nachts bei seiner Ex-Frau eingebrochen, höchstwahrscheinlich in Tötungsabsicht. Sein Plan hat nicht funktioniert. Auf der Flucht vor der Polizei hat ihn ein Zug erfasst.« Sommer ließ bewusst verschiedene Details weg. So klang die Geschichte, als sei Asbach auf frischer Tat ertappt worden, mit dem Auto weggerast und in einen Verkehrsunfall verwickelt worden. Titz sollte in ihnen nicht die Schuldigen am Tod seines Freundes sehen. Sonst würde er vermutlich nicht kooperieren.

»Derzeit überprüfen wir, ob er auch für andere Morde als Täter infrage kommt. Haben Sie Berichte über die Mordserie an Familien nach Scheidungskriegen gelesen?«

Sommer erwartete, dass Titz vehement widersprechen würde. Stattdessen schloss er die Augen und ließ den Kopf hängen. »Das darf nicht wahr sein«, flüsterte er.

Eine erstaunliche Reaktion, dachte Sommer.

»Das soll Johannes gewesen sein?«, vergewisserte

sich Titz.

»Sie klingen nicht so überrascht, wie ich es erwartet hätte«, bekannte Sommer.

»Johannes und ich treffen uns alle zwei ...« Er hielt inne. »Haben uns getroffen«, korrigierte er leise. »Scheiße!« Unsicher fuhr er sich durchs schwarze Haar. »Alle zwei Wochen. Entweder bei ihm oder bei mir. Wir lieben beide Gin. Die guten Sorten, für die man in Kneipen fünfzehn Euro und mehr abdrücken muss. Uns macht es Spaß, neue Sorten auszuprobieren. Deswegen machen wir das zu Hause. Trinken, quatschen, manchmal gucken wir dabei Handball im Fernsehen. Wir sind Fans. Vor drei Wochen, das war unser letztes Treffen, lagen auf seinem Couchtisch verschiedene Ausgaben der *BILD*. Ich hab ihn deshalb aufgezogen. Immerhin ist er Abteilungsleiter. Er sollte wohl besser das Handelsblatt lesen. Na ja. Erst schob er die Zeitungen zu einem Stapel zusammen. Als er betrunken war, meinte er, wie viel leichter sein Leben in finanzieller Hinsicht wäre, wenn der Mörder seine Ex auswählen würde. Ich hab das Gespräch rasch auf ein unverfängliches Thema geführt. Hey, ich bin auch geschieden. Die Alte nervt oft genug. Aber den Tod wünsche ich ihr nun ganz sicher nicht.«

»Hatte er finanzielle Probleme? Die KEG hat noch keinen Zugriff auf seine Kontendaten.«

»Er hat nie darüber gesprochen«, erklärte Titz. »Leider bin ich mir sicher, dass er Monat für Monat zu viel ausgegeben hat. Zum einen trägt er die laufenden Kosten der Eigentumswohnung, zum anderen ist seine eigene Bude auch nicht gerade günstig. Ein dickes Auto, Unterhalt für die Kinder. Er kauft sich mindestens zweimal im Jahr eine neue Uhr. Hat bestimmt zwanzig Luxusexemplare zu Hause. Und ich weiß von ihm, dass er zwei- bis dreimal im Monat zu Prostituierten fährt. Allerdings nicht zu den billigen. Eher zu denen, die zweihundert Euro und mehr pro Stunde kosten.«

»Haben Sie sich nur bei Ihrem regelmäßigen Gin-Treffen gesehen?«, fragte Drosten.

»Der Termin war fix, aber wir haben uns auch sonst ab und zu getroffen.«

»Können Sie die einzelnen Daten nachvollziehen?«

Titz nickte. »Ich trag mir so etwas immer ins Handy ein.«

»Vielleicht können Sie ihm ein Alibi für eine der Mordnächte geben. Dann wäre er zumindest bezüglich dieser Verbrechen entlastet.«

***

Im Polizeipräsidium Mettmann informierten sie Stenzel über ihre Erkenntnisse.

»Glaubt ihr ihm?«, fragte der Hauptkommissar.

»Er hat keinen Grund, uns anzulügen«, sagte Drosten. »Außerdem stand der Termin in seinem Handykalender. Wie hätte Titz ihn so schnell erstellen sollen? Wir haben ihn ununterbrochen beobachtet.«

»Also war Asbach ein Trittbrettfahrer, und ihr steht wieder am Anfang«, sagte Stenzel bedauernd.

»Nicht ganz«, brummte Sommer.

Stenzel hob die Brauen. »Du klingst wütend.«

»O ja. Dieser verdammte Journalist Kappler. Nur wegen seiner Zeitungsartikel hat jemand wie Asbach die Chance gehabt, eine solche Tat zu begehen. Ich fahre morgen zu ihm und nehm ihn mir vor.«

Stenzel suchte Drostens Blick. Der winkte beruhigend ab. Er war überzeugt, dass Lukas nichts Unüberlegtes unternehmen würde.

»Wo wohnt der überhaupt?«, fragte Stenzel.

»In Hannover«, sagte Sommer.

»Allerdings fährt nur Lukas dorthin«, fügte Drosten hinzu. »Verena und ich fahren nach Osnabrück zu einer Webhostingfirma. Eigentlich hatten wir das schon am Mittwoch vor. Bis dein Anruf dazwischenkam.«

***

Wieso konnte er sich diesmal nicht entscheiden?

Er hatte bei den ersten Fällen immer gewusst, wer die Richtigen waren. Doch nun war er unschlüssig, wer am kommenden Sonntagabend seine nächsten Opfer sein würden.

Woran lag das? Waren die beiden nächsten Kandidaten vielleicht nicht die perfekte Wahl? Sollte er von ihnen Abstand nehmen? Seinem Instinkt vertrauen?

Nachdenklich studierte er die Unterlagen, die er über sie zusammengetragen hatte. Dabei erinnerte er sich an die intensive Phase, in der er zwanzig potenzielle Opferfamilien zusammengestellt hatte. Es hatte mehrere Monate gedauert, grundlegende Informationen über sie herauszufinden und regelmäßig zu aktualisieren.

Genau deswegen verstand er nicht, wieso ihm die Entscheidung nun so schwerfiel.

Beide Familien waren perfekt. Nichts deutete auf Schwierigkeiten hin. Sie wohnten in geeigneten Wohnungen, in die er mit seinen Fähigkeiten relativ problemlos eindringen konnte.

Er blätterte die Informationen durch. Bei beiden Familien stand ein Papa-Wochenende bevor. Die Kinder könnten ein letztes Mal ihren Vater besuchen, ehe für ihn ein neuer Lebensabschnitt begann.

»Scheiß drauf!«, brummte er schließlich.

Wenn er sich nicht entscheiden konnte, sollte der Zufall bestimmen.

Aus seinem Portemonnaie holte er eine Münze. Kopf bedeutete Familie eins, Zahl Familie zwei.

Er schnippte die Münze in die Luft, die sich rasch drehte, ehe er sie geschickt mit der rechten Hand auffing.

Zahl.

Das Schicksal hatte seine Wahl getroffen.

10

Wie vereinbart klingelte es Freitagvormittag um kurz nach elf an Kapplers Wohnungstür. Dem Bahnticket zufolge sollte Hohme um zwanzig vor elf am Hannoveraner Bahnhof eintreffen. Offenbar war die Bahn ausnahmsweise pünktlich gewesen.

Das frühe Eintreffen des Mannes würde hoffentlich dafür sorgen, dass sie ein mehrstündiges Interview führen könnten. Der Zug für die Rückreise fuhr erst um achtzehn Uhr ab.

Kappler lief zur Eingangstür und nahm den Hörer der Gegensprechanlage in die Hand. »Hallo?«

»Ich bin's. Hohme.«

Kappler betätigte den Türöffner. Da seine Wohnung in der ersten Etage lag, dauerte es einen Augenblick, bis Hohme in sein Sichtfeld trat. Der Mann wirkte nicht ganz so ungepflegt, wie Kappler es erwartet und sogar erhofft hatte. Zwar trug er sein Haar unmodern lang,

Kleidung und Schuhe hingegen waren sauber – zumindest bei flüchtiger Begutachtung.

In der Hand hielt Hohme eine Papierquittung. »Das Taxi hat einundzwanzig Euro gekostet. Ist das in Ordnung?«, fragte er unsicher.

»Natürlich.« Der Journalist reichte ihm die Hand. »Arthur Kappler. Freut mich, Sie persönlich kennenzulernen.«

»Ganz meinerseits.« Er erwiderte den Händedruck schwach und reichte ihm die Quittung.

»Kommen Sie rein. Ich geb Ihnen das Geld drinnen.«

Er führte den Besucher ins Wohnzimmer, wo die Tür zum Balkon offenstand. »Ich arbeite gern bei offener Tür. Oder ist Ihnen das zu kalt?«

»Nein.«

Kapplers Portemonnaie lag auf einem Sideboard. Er holte einen Fünfzig-Euro-Schein heraus und gab ihn Hohme. »Für die Rückfahrt und eine Kleinigkeit zu essen, falls Sie am Bahnhof Wartezeit haben.«

»Danke.« Der Mann nahm den Schein und stopfte ihn in seine Hosentasche.

»Wie war die Fahrt?«

»Pünktlich. Das ist schon was, oder?«

Kappler grinste. »Muss Ihr Glückstag sein. Setzen Sie sich. Wollen Sie etwas trinken?«

Er deutete zu dem großen Wohnzimmertisch, auf dem bereits Wasser, Cola, Orangensaft und ein paar Gläser standen. Außerdem hatte er einen Block und einen Stift bereitgelegt.

Hohme nahm Platz und griff zur Cola.

»Darf ich das Gespräch mit meinem Handy aufzeichnen?«

»Klar.«

Kappler startete die Diktierfunktion und sagte ein paar einleitende Worte, ehe er auf den Grund ihres Gesprächs kam. »Herr Hohme, Sie haben durch ein Familiengerichtsurteil das Sorgerecht für Ihre achtjährige Tochter Natascha verloren. Wie fühlt sich das für Sie an?«

»Ich kann es noch immer nicht glauben, obwohl das jetzt ein Jahr her ist. Meine Ex-Frau hat ungestraft Lügen vor Gericht erzählt, und die verdammte Richterin hat ihr geglaubt«, sprudelte es aus dem Mann heraus. Ohne Vorwarnung schlug er mit der flachen Hand auf den Holztisch.

Überrascht zuckte Kappler zusammen, kommentierte die Aktion jedoch nicht. Stattdessen notierte er sich einen Stichpunkt unterhalb der Notizen, die er schon vor Gesprächsbeginn aufgeschrieben hatte. Hohme verfolgte das misstrauisch.

»Ich denke, Sie schneiden das Gespräch mit?«, sagte er.

»Meine Stichworte dienen dazu, Eindrücke des Interviews festzuhalten«, erklärte Kappler. »Zum Beispiel, wie verärgert Sie über das Fehlurteil sind.«

Hohme kommentierte das nicht weiter.

»Welche Lügen hat Ihre Ex-Frau verbreitet?«

»Angeblich habe ich mich an meiner kleinen Natascha vergangen. Was absolut nicht stimmt.«

»Wie hat sie das belegt?«

»Angeblich hat Natascha ihr anvertraut, ich hätte sie beim Baden angefasst, also, na ja, Sie wissen schon, untenrum.«

»Wurde Ihre Tochter dazu von der Richterin befragt?«

»Nein. Meine Ex konnte eine Tondatei vorweisen, auf der das Mädchen davon erzählt hat. Herrje. Ich hab sie gebadet! Sie mag das nicht sonderlich. Deshalb hab ich mich zu ihr in die Wanne gesetzt. Um sie zu beruhigen. Natürlich hab ich darauf geachtet, dass sie überall sauber wird. Aber doch nicht, weil mich das erregt hat!« Er schüttelte fassungslos den Kopf.

»Wie oft sehen Sie Ihre Tochter?«

»Einmal im Monat unter Aufsicht eines Jugendamtsmitarbeiters. Manchmal wäre es mir lieber, sie wäre ...« Er brach ab.

Kappler schaute ihn an. »Was wäre Ihnen lieber?«

»Nichts.« Hastig trank er einen Schluck Cola.

Sollte Kappler seinen Gesprächspartner zu einer Antwort drängen? Oder würde er ihn damit eher verschrecken?

»Wie hat sich seit dem Urteil Ihr Leben verändert?«

»Alles ist nur noch grau«, antwortete Hohme. »Ich war nicht mehr in der Lage, meinem Job nachzugehen. Früher hab ich in einem Großraumbüro gearbeitet, zusammen mit vielen Frauen. Die kannten fast alle nur ein Thema: ihre Kinder. Für einen verstoßenen Vater wie mich wurde das unerträglich. Als mein Arbeitgeber Personal abbauen musste, hatte man mich auf dem Kieker. Natürlich hatte sich das Urteil rumgesprochen.

Viele haben mir nicht geglaubt. Meine Teamleiterin, ebenfalls eine Mutter, hat mich vor die Wahl gestellt. Ich konnte entweder freiwillig gehen und eine passable Abfindung einstreichen oder wäre irgendwann aufgrund schlechter Leistung gefeuert worden.«

»Also haben Sie die Abfindung genommen?«

»Mir blieb nichts anderes übrig.«

»Und danach?«

»Drei Monate Sperre beim Arbeitsamt.«

»Haben Sie einen neuen Job gefunden?«

»Nein. Mich will niemand einstellen.«

»Hat das auch mit dem Urteil zu tun?«

»Womit sonst?«, antwortete er und trank einen weiteren Schluck. »Ich denk immerzu an Natascha. Wie sehr ich sie vermisse. Manchmal versinke ich in Gedanken und wirke auf mein Gegenüber ziemlich unkonzentriert. Wer stellt so jemanden ein, wenn mir das im Vorstellungsgespräch passiert? Oder in der Probezeit?«

»Was denken Sie eigentlich über die Mordserie?«, fragte Kappler, um das Gespräch von der Arbeitslosigkeit wegzulotsen.

»Worüber?«

»Diese Morde an getrennt lebenden Familien. Ich überlege, das ebenfalls in mein Buch einzubauen. Wie solche skandalösen Urteile im schlimmsten Fall eskalieren.«

»Ich weiß nicht, wovon Sie reden.« Erneut nippte Hohme am Glas – und verschluckte sich. Er hustete ein paar Mal.

»Haben Sie das nicht verfolgt? Ein unbekannter Mörder tötet Frauen und Kinder, die eine Trennungsschlammschlacht hinter sich haben.«

»Solche Sachen lese ich nicht. Das ist schrecklich. Reden wir über etwas anderes.«

Kappler musterte ihn irritiert. Konnte er ihm das glauben? Einem Mann, der in einer ähnlichen Situation steckte? Das erschien ihm unwahrscheinlich. Oder kratzte Hohmes Unkenntnis nur an Kapplers Ehre? Gab es wirklich Menschen, die der von ihm angestoßenen Story nicht folgten? Obwohl er sie für Leute wie Hohme schrieb?

»Streben Sie einen neuen Prozess vor dem Familiengericht an?«

»Natürlich. Irgendwann will ich Natascha regelmäßig sehen.«

Behauptet, nichts von der Mordserie gehört zu haben. Körpersprache deutet auf Lüge hin, notierte Kappler unterdessen.

»Was unternehmen Sie, um das Ziel zu erreichen?«

***

Sommer parkte den Leihwagen in unmittelbarer Nähe von Kapplers Adresse. Er hatte Robert und Verena den Dienstwagen überlassen, als sich die Abreise aus Nordrhein-Westfalen verzögert hatte. Karlsen hatte sie zur Mittagszeit kontaktiert und zusammen mit einem Staatsanwalt eine mehrstündige Telefonkonferenz abgehalten. Dabei war es um den Schauspieler

Leander Hell und dessen bevorstehenden Prozess gegangen. Hells Anwalt bombardierte das Gericht seit Wochen mit zahllosen Anträgen, um den Prozessbeginn zu verzögern. Der Staatsanwalt hatte diverse Einzelheiten abklären müssen. Nach der Konferenz hatten sie beschlossen, erst am nächsten Vormittag aufzubrechen.

Nun war Sommer endlich vor Ort. Seine Wut war in den letzten vierundzwanzig Stunden nicht verraucht. Der Journalist trug eine gehörige Mitschuld an den jüngsten Ereignissen. Genau das sollte er zu spüren bekommen.

***

»Was empfinden Sie, wenn Ihre Tochter Geburtstag hat und Sie sie nicht sehen dürfen?«, fragte Kappler. »Oder an so wichtigen Feiertagen wie Weih...«

Ein Klingeln an der Wohnungstür unterbrach ihn.

»Erwarten Sie jemanden?«, erkundigte sich Hohme. »Ist unsere Zeit schon rum? Mein Zug geht ja erst ...«

»Ist wahrscheinlich nur die Post«, spekulierte Kappler.

Zu der es allerdings nicht passte, dass es bereits zum zweiten Mal klingelte. Zudem klopfte jemand an die Tür.

Kappler lief in die Diele und schaute durch den Spion. Überrascht erkannte er einen der Polizisten, denen er in Münster begegnet war.

Rasch zog er sich zu seinem Gast zurück. Erneut klingelte es.

»Wieso machen Sie nicht auf?«

»Da draußen steht ein Polizist, den ich nur ungern in die Wohnung lassen will.«

»Ein Bulle? Wollen Sie mich verarschen?«

»Das hat nichts mit Ihnen zu tun.«

»Wieso taucht hier ein Bulle auf?«

»Der Polizei gefällt meine Berichterstattung nicht. Ich öffne dem nicht. Der verschwindet schon wieder.«

Als wollte der unerwünschte Kommissar ihn Lügen strafen, klingelte er erneut.

Hohme sprang auf und zog sich die Kapuze des Sweatshirts über den Kopf.

»Was wird das?«, fragte Kappler.

»Ich hab keine Lust auf Bullen. Das war's für mich.« Er steuerte die Diele an.

»Bleiben Sie hier!«, bat er Hohme.

Doch der war bereits an der Tür.

***

Endlich öffnete ihm jemand. Statt des Journalisten stand Sommer jedoch plötzlich einer Gestalt gegenüber, die eine Kapuze trug und den Blick gesenkt hielt. Wortlos zwängte sie sich an ihm vorbei.

»Herr Hohme!«, rief Kappler, der mittlerweile ebenfalls in der Diele angekommen war. »Ich kläre das. Warten Sie!«

Doch der Mann stürmte die Treppen hinunter, ohne sich umzudrehen.

»Scheiße!« Wütend starrte Kappler Sommer an. »Vielen Dank auch!«

»Wieso haben Sie mir nicht geöffnet?«

»Ich war mitten in einem Interview! Ihre Penetranz hat meinen Gesprächspartner verschreckt.«

»Das tut mir sehr leid«, sagte Sommer ohne Anflug von Reue. »Darf ich reinkommen?«

»Wieso?«

»Weil wir dringend reden müssen.«

Kappler verschränkte die Arme vor der Brust und versuchte, Sommer niederzustarren. Als ihm das nicht gelang, trat er einen Schritt beiseite. »Meinetwegen. Gehen wir ins Wohnzimmer. Aber nur kurz.«

Kappler nahm am Tisch Platz und notierte etwas. »Wieso sind Sie hier?«

»Sie tragen die Schuld an einem Mordversuch in Ratingen. Von einem Trittbrettfahrer.«

»Wovon reden Sie?«

»Ein Mann hat Ihre Zeitungsartikel gesammelt, die ihn offenbar inspiriert haben. Dienstagnacht hat er versucht, seine Frau und seine beiden Söhne zu töten. Solche Kerle lassen sich von Ihnen beeinflussen.«

»Schwachsinn! Würde das stimmen, hätte ich davon gehört.«

»Wir haben die Hintergründe bislang den Medien verschwiegen.«

»Das soll ich Ihnen glauben?«

»Googeln Sie«, ermutigte Sommer ihn. »Mann bei Flucht vor der Polizei von Güterzug erfasst.«

Kappler stand vom Tisch auf und holte ein Tablett. Kurz darauf starrte er Sommer an.

»Da steht nichts davon, dass der Mann versucht hat, seine Frau und Kinder zu töten. Angeblich wurde er wegen eines Einbruchsdelikts gesucht.«

»So haben wir es an die Presse weitergeleitet.«

»Danke für Ihren Hinweis. Das hilft mir bei der Recherche.«

»*Sie* haben ihn dazu ermutigt. Hören Sie auf, unsere Arbeit zu erschweren. Oder soll das Blut der nächsten toten Familie an Ihren Händen kleben, weil ein Trittbrettfahrer aktiv wird?«

»Bullshit!«, widersprach Kappler. »Tragen in Ihren Augen alle Journalisten, die über 9/11 berichtet haben, die Schuld an den darauffolgenden Anschlägen?«

»Das ist etwas ganz anderes.«

»Ist es nicht. Ich habe am eigenen Leib erfahren, was es heißt, aufgrund von Lügen das Sorgerecht zu verlieren. Deswegen habe ich mich des Themas angenommen.« Er trat an einen Bücherschrank und zog ein Buch namens Kindesunwohl heraus, das er Sommer in die Hand drückte. »Siebzigtausend verkaufte Exemplare. Siebzigtausend! Als Hardcover. In drei Monaten erscheint es als Taschenbuch. Das ist kein Randthema. Männer werden vor Gericht verarscht. Weil Frauen Lügen verbreiten. Sind das alles potenzielle Killer? Der Mörder ist wahrscheinlich auch jemand, dem das Schicksal übel mitgespielt hat. So wie der Mann, den

Sie gerade vertrieben haben. Eine gescheiterte Existenz, seit er das Sorgerecht wegen falscher Missbrauchsvorwürfe verloren hat.« Er trat zurück an den Schreibtisch und tippte auf seine Notizen. »Ich soll den Trittbrettfahrer inspiriert haben? Erscheint mir unwahrscheinlich. Die Öffentlichkeit beachtet das noch viel zu wenig. Mein Gesprächspartner wusste zum Beispiel überhaupt nichts über die Mordserie. Und jetzt entschuldigen Sie mich. Ich geh pinkeln.«

Kappler verließ den Raum. Sekunden später hörte Sommer, wie er eine Tür abschloss.

Dem emotionalen Ausbruch des Journalisten verdankte er eine wichtige Information. Auch Kappler gehörte zu den Männern, die sich offenbar um das Sorgerecht betrogen sahen. War das ein Ansatz für ihre Ermittlungen? Er musste dringend mit der Ex-Frau des Journalisten sprechen.

Er schlich um den Schreibtisch herum. Kappler hatte die Notizen nicht zugeklappt. Sommer überflog sie. Der Interviewpartner, der versucht hatte, seine Identität vor Sommer zu verbergen, behauptete, nichts von der Mordserie zu wissen. Selbst der Journalist schenkte der Aussage keinen Glauben. War das eine Spur? Er holte sein Handy aus der Hosentasche und fotografierte die Notizen, die auch den Namen und Wohnort des Mannes enthielten.

Als der Journalist ins Wohnzimmer zurückkehrte, hatte sich Sommer an den Tisch gesetzt.

»Sie sind ja noch immer hier«, stöhnte er. »Ich hatte gehofft, Sie würden kapieren, dass Sie hier unerwünscht sind.«

»Haben Sie Alibis für die Mordnächte?«, fragte Sommer unvermittelt und ließ sein Gegenüber nicht aus den Augen.

Kappler reagierte unerwartet abgebrüht auf die Unterstellung. Er grinste. »Das ist ziemlich billig. Verlassen Sie meine Wohnung!«

»Ist das Ihre Antwort?«

»Wenn Sie sich eine Antwort erhoffen, müssen Sie verrückt sein, einen unbescholtenen Journalisten zu beschuldigen. Ohne Haftbefehl gebe ich Ihnen keine Auskünfte. Verschwinden Sie! Sonst rufe ich Ihre Kollegen und zeige Sie wegen Hausfriedensbruchs an. Raus mit Ihnen! Sofort!«

11

»Hoffentlich treffen wir ihn an einem Freitagmittag überhaupt an«, sagte Kraft, als sie den Wagen in der Zone abstellte, die für Mitarbeiter reserviert war. Ringsum gab es zahlreiche freie Parkflächen, sodass sie kein schlechtes Gewissen haben mussten.

»Der Prozess und Leander Hell werden uns noch eine Menge Ärger bereiten«, befürchtete Drosten. »Er leugnet ja bis heute seine Schuld. Trotz der eindeutigen Beweise. Im Internet gibt es einen Haufen Trottel, die ihm Glauben schenken.«

»Aluhutträger«, murrte Kraft.

Drosten schmunzelte. »Besser könnte ich es nicht ausdrücken.«

Sie stiegen aus und gingen auf das fünfstöckige Gebäude zu, in dem die Webhostingfirma ihren Sitz hatte. Eine geschlossene Glastür hinderte sie daran, das Firmengebäude zu betreten.

Drosten schaute durch die Glasscheibe. Im Eingangsbereich sah er keinen Pförtner, der ihnen hätte aufmachen können. »Ich hasse so was«, sagte er frustriert.

Kraft deutete auf einen viereckigen Kasten an der Wand. Er wies zwei kleine Lämpchen in den Farben rot und grün auf. »Wahrscheinlich ein Kartenlesegerät. Haben wir eine Rufnummer der Firma?«

»Haben wir. Aber eigentlich wollte ich den Geschäftsführer Pollak mit unserem Besuch überraschen, damit er sich nicht vorbereiten kann.«

»Da kommt jemand!«, sagte Kraft.

Tatsächlich lief ein junger Mann die Treppen hinunter. Während er die Tür ansteuerte, holte er eine E-Zigarette aus der Innentasche seiner Jacke. Als er ins Freie trat, begrüßte Drosten ihn.

»Hallo. Wir haben ein Termin mit Adam Pollak, aber leider nicht seine Büronummer notiert. Wo finden wir ihn?«

Kraft hielt unterdessen die Tür auf.

»Vierte Etage«, sagte der Mann. »Also ganz oben. Die genaue Zimmernummer weiß ich nicht.«

Im obersten Stockwerk angekommen, standen sie erneut vor einer geschlossenen Tür, an der dasselbe Zugangssystem wie vor dem Haupteingang angebracht war. Eine Klingel entdeckten sie nicht.

Drosten klopfte mehrfach mit der geballten Faust an die Glasscheibe. Es dauerte nicht lange, bis ein Mann, der einen gut geschnittenen Anzug trug, in den Flur trat. Drosten hielt seinen Dienstausweis an die Scheibe. Der Mann kam näher und musterte zunächst den Ausweis, ehe er die Tür öffnete.

»Polizei?«, fragte er.

»Wir müssen mit Adam Pollak sprechen«, bat Drosten. »Ist er anwesend?«

»Was wollen Sie von mir?«

»Sie können uns hoffentlich in einer Ermittlung weiterhelfen. Lassen Sie uns rein?«

Unsicher trat der Mann zur Seite. »Gehen wir in einen Besprechungsraum«, schlug er vor. »Kommen Sie!«

Er führte sie in einen großen Raum, in dem nur ein runder Tisch und vierzehn Stühle standen.

»Setzen Sie sich! Worum geht es? In welcher Ermittlungssache soll ich Ihnen weiterhelfen können?«

»Wir untersuchen eine Mordserie, in der die Mordopfer zuvor aktiv in Internetforen unterwegs waren«, erklärte Drosten.

»Wer nutzt heutzutage nicht irgendwelche Foren?«, fragte Pollak.

»Ich«, sagte Kraft.

»Ich auch nicht.«

Der Geschäftsführer verdrehte die Augen. »Von Polizisten abgesehen.«

»Die Foren haben eins gemeinsam. Ihre Firma ist für den technischen Support zuständig.«

Eher gelangweilt zuckte Pollak die Achseln. »Zu unseren Kunden gehört vermutlich eine fünfstellige Anzahl von Forenbetreibern, denen wir gegen sehr kleines monatliches Entgelt Webspace zur Verfügung stellen. Inklusive einer rund um die Uhr besetzten Kundenbetreuung. Unser technischer Service löst fünfundneunzig Prozent aller auftretenden Probleme innerhalb von vierundzwanzig Stunden.«

»Wir benötigen nähere Informationen über die Foren«, sagte Drosten. »Wenn ich das richtig verstehe, stellen Sie also nur den Webspace zur Verfügung. Verantwortlich im Sinne der aktuellen Gesetzgebung ist folglich immer jemand anders?«

»Der Forenbetreiber«, konkretisierte Pollak. »Die Datenschutzverordnung sieht vor, dass Sie im Impressum die Angaben zum Verantwortlichen finden.«

»Das haben wir überprüft. Leider fehlen die notwendigen Impressumsangaben.«

»Bei allen betroffenen Foren?«, wunderte sich Pollak. »Ungewöhnlich. Außerdem nicht ganz risikolos. Ein Abmahnanwalt könnte sich darauf stürzen.«

»Können Sie uns Auskünfte über die Betreiber geben?«

»Ich nehme an, Sie haben keinen richterlichen Beschluss?«

»Nein«, bestätigte Drosten. »Brauchen wir den?«

Aus der Innentasche des Anzugs zog Pollak ein kleines Tablet und entsperrte es. »Ich verspreche Ihnen nichts. Allerdings wäre ich bereit, Ihnen Auffälligkeiten mitzuteilen. Sagen Sie mir bitte die Forennamen.«

Drosten nannte ihm die gewünschten Informationen. Schon beim dritten Namen runzelte Pollak die Stirn. »Gibt's ja gar nicht«, brummte er nach der

Überprüfung des vierten Forums. »Es ist jedes Mal derselbe Verantwortliche.«

»Wirklich? Sagen Sie uns den Namen?«

»Meinetwegen. Aber ich erwarte von Ihnen Diskretion. Wenn Sie diese Information offiziell benutzen, reichen Sie bitte einen richterlichen Beschluss nach. Datenschutz ist in unserer Branche ein hohes Gut.«

»Versprochen«, versicherte Drosten.

»Der Betreiber heißt Björn Schuster, wohnhaft in Würzburg.«

»Bitte?«, entfuhr es Kraft. »Können Sie das wiederholen?«

»Björn Schuster.«

»Sagen Sie mir seine Adresse.«

Pollak nannte sie ihr. »Ist er im Rahmen Ihrer Ermittlungen bereits aufgetaucht?«, fragte Pollak.

»Nein, aber ich stamme aus Würzburg. Ich kenne ihn persönlich.«

Drosten entging die irritierte Reaktion seiner Kollegin nicht. Hatte sie nicht gesagt, ihr Ex-Verlobter hieß Björn?

»Hat der Forenbetreiber Zugriff auf sensible Daten wie zum Beispiel die Adressen der angemeldeten User?«, fragte er.

»Nicht immer«, antwortete Pollak. »Hängt von den Voraussetzungen für die Anmeldung ab. Ich kann das prüfen.« Nach zwei Minuten nickte er. »In den betroffenen Foren meldet man sich mit E-Mail-Adresse, Namen und Wohnort an. Jedoch ohne Angabe der Straße. Natürlich lassen sich solche Systeme leicht austricksen.

Sie geben eine existierende E-Mail-Adresse ein, wohin der Bestätigungslink geschickt wird, und behaupten, in Berlin zu leben, obwohl Sie tatsächlich in Köln wohnen. Das überprüft niemand.«

»Aber jemand, der ehrlich ist ...«, begann Drosten.

»... gibt eine wichtige Information preis.«

»Ist das dein Ex-Verlobter?«, fragte Drosten leise, als hinter ihnen die Tür zur obersten Etage zufiel.

»Ja«, bestätigte sie. »Reden wir im Auto weiter. Ich muss meine Gedanken sammeln.«

Schweigend stiegen sie die Treppen hinab. Drosten beobachtete Kraft aus dem Augenwinkel. Was ging jetzt in ihr vor? Gehörte ihr Ex-Verlobter zu den Verdächtigen? Hatte er das Ganze vielleicht sogar ihretwegen inszeniert? Zumindest diesen Verdacht konnte Drosten schnell entkräften – was ihn beruhigte. In der Nacht der ersten Morde hatte Verena noch kein Angebot aus Wiesbaden vorgelegen.

»Erzähl mir von ihm«, bat Drosten, sobald sie im Auto saßen. »Womit verdient er sein Geld?«

»In erster Linie als Filmkritiker, der seine Meinung auf YouTube kundtut.«

»Stimmt. Das hast du erwähnt.«

»Das läuft bei ihm seit einiger Zeit so gut, dass er auf weitere Einnahmen nicht angewiesen ist. Früher war das anders. Deshalb hat er Webspace eingekauft, Foren installiert und von den Mitgliedern kleine Beiträge kassiert. Beziehungsweise bei beliebten Foren Werbeeinnahmen generiert.«

»Hat er sich je nach Aspekten deiner Arbeit erkundigt? Konkret nach Ermittlungsarbeit?«

»Nein. Ich wusste über seine Aktivitäten immer genaustens Bescheid. Von mir hingegen erfuhr so gut wie keine beruflichen Details. In seiner Vorstellung hab ich den ganzen Tag im Streifenwagen verbracht.«

»Wann hast du die Verlobung gelöst?«

»Kurz nach eurer Zusage.«

»Da hatte der Täter bereits zweimal zugeschlagen.«

»Ich weiß.«

»Also vielleicht einfach nur ein blöder Zufall«, vermutete Drosten. In diesem Moment klingelte sein Handy. Im Display stand Karlsens Name. »Was will der denn schon wieder?«, murmelte er. Er nahm das Gespräch entgegen.

»Wo ermitteln Sie momentan?«, erkundigte sich der Polizeirat.

»In Osnabrück, zusammen mit Oberkommissarin Kraft. Hauptkommissar Sommer ist in Hannover.«

»Ich brauche Sie am Wochenende hier in Wiesbaden.«

»Wieso?«, fragte Drosten verwundert.

»Es geht um den Prozess gegen Hell, was sonst. Der leitende Staatsanwalt besteht auf ein persönliches Treffen.«

Drosten stöhnte. »Muss das sein? Wir sind mitten ...«

»Ich weiß. Aber bedenken Sie, dass die Ermittlungen gegen den Schauspieler erst zu unserer Budgetaufstockung geführt haben. Wir haben also großes

Interesse daran, die Staatsanwaltschaft zu unterstützen. Sagen Sie Sommer Bescheid?«

12

Sommer reagierte fast wie erwartet. »Ist das sein verfluchter Ernst? Hier haben sich gleich zwei Spuren aufgetan, und er will ernsthaft, dass wir unsere Ermittlungen unterbrechen? Nur weil der Oberstaatsanwalt Angst vor dem medialen Echo des Prozesses hat und deswegen jedes verdammte Detail durchsprechen muss? Shit!«

»Erzähl uns von deinen Fortschritten«, bat Drosten ihn.

Sommer fasste den Besuch bei Kappler zusammen. »Er hat sehr unsouverän reagiert, als ich ihn nach einem Alibi gefragt habe.«

»Vielleicht sieht er eine solche Frage als polizeiliche Schikane an«, meinte Kraft.

»Nicht ausgeschlossen«, bestätigte Sommer. »Trotzdem würde ich die nächsten Tage lieber damit verbringen, ein bisschen in seinem privaten Umfeld herumzuschnüffeln. Mit seiner Ex-Frau sprechen, vorausgesetzt, ich spüre sie auf. Vielleicht ein paar Leute aus seiner Vergangenheit finden. Ich hab mir seine Homepage und Interviews angesehen, die er zur Bewerbung seines Buchs gegeben hat. Er redet nie über seine eigenen Erfahrungen in der Sache. Dabei wäre das bestimmt verkaufsfördernd, immerhin ist er ein betroffener Vater. Warum verhält er sich so? Ich an seiner Stelle hätte das ausgeschlachtet – schon allein, um meiner Ex eins auszuwischen. Noch seltsamer fand ich allerdings den Interviewpartner in seiner Wohnung. Der hat panisch reagiert, als er mitbekam, dass ein Polizist vor der Wohnungstür steht. Er wollte sein Gesicht vor mir verbergen und hat keinen Ton gesagt. Gegenüber Kappler hat er behauptet, nichts von der Mordserie gehört zu haben. Selbst der Journalist fand das unglaubwürdig.«

»Wie finden wir seine Identität heraus?«, fragte Kraft.

»Schon erledigt. Kappler hat einen Fehler gemacht und mich einen Moment im Wohnzimmer allein gelassen. Auf dem Wohnzimmertisch lagen Notizen über den Mann, inklusive Name und Wohnort. Ich hab die genaue Adresse schon ermittelt.«

»Vielleicht war das ja sein Friedensangebot an uns«, spekulierte Drosten. »Seine Berufsehre verlangt es, die Identität eines Gesprächspartners zu schützen. Doch wenn er dessen Aussagen selbst verdächtig fand, hat er dich eventuell absichtlich allein gelassen. Damit du Zugriff auf seine Notizen bekommst.«

»Fällt mir bei einem Menschen wie Kappler schwer zu glauben. Was habt ihr herausgefunden?«

»Mein Ex-Verlobter ist der Betreiber aller betroffenen Internetforen«, sagte Kraft.

Ausführlich berichtete sie von den gewonnenen Erkenntnissen.

»Die Mordserie hat vor eurer Trennung angefangen, oder?«, vergewisserte sich Sommer.

»Deutlich davor.«

»Also vermutlich nur ein Zufall. Andererseits ...«

»Genau«, bestätigte Kraft. »Zufälle gibt es in Mordermittlungen selten. Ich suche ihn in Würzburg auf und erkundige mich danach. Robert meint allerdings, das sollte ich mir erst für Montag vornehmen. Um bei den Besprechungen mit dem Staatsanwalt dabei zu sein.«

»Kann nicht schaden«, stimmte Sommer zu. »Hell wird uns mindestens bis zur Verurteilung beschäftigen. Wäre gut, wenn du ebenfalls im Bild bist.«

»Also fahren wir jetzt alle nach Hause und treffen uns morgen in Wiesbaden mit dem Staatsanwalt«, folgerte Drosten.

»Wir sehen uns morgen!«, sagte Kraft.

***

»Hey, mein Großer, das war doch ein tolles Wochenende, oder?« Carsten suchte im Rückspiegel Nicos Blick.

»Ja, das hat Spaß gemacht.«

Für einen Moment überlegte Carsten, ob er der Konfrontation mit Julia aus dem Weg gehen sollte. Sie hatte ihn am Freitag um ein klärendes Gespräch gebeten. An dem Tag hatte er sich dem Wunsch noch entziehen können, ihr jedoch versprochen, heute Zeit mitzubringen.

Weshalb sie mit ihm sprechen wollte, war kein großes Geheimnis. Doch eigentlich wickelte er solche Dinge lieber über seinen Anwalt ab, den er seit ihren gemeinsamen Unitagen kannte. Sein Mann fürs Grobe.

Trotz seiner Bedenken schnallte sich Carsten ab. »Ich bring dich noch zu Mama.«

Der Junge nickte. Er griff zu seinem kleinen Wochenendkoffer, und sie stiegen fast zeitgleich aus. Nico rannte vor und klingelte.

»Hallo?«, erklang kurz darauf Julias Stimme.

»Wir sind's«, sagte Nico.

Sie öffnete ihnen sofort. Im Hausflur überfielen Carsten Erinnerungen. Sie hatten hier zwar nicht gemeinsam gelebt, dennoch war die Situation ähnlich. Wenn er mit Nico nach Hause gekommen war, hatte Julia oft bereits auf sie gewartet. Mit einem Abendbrot, einem warmen Kakao oder einfach nur einem liebevollen Blick in ihren Augen.

»Hi«, begrüßte er sie.

»Kommt rein! Hattet ihr ein schönes Wochenende?«

»Das war super«, sprudelte es aus Nico heraus. »Wir waren im Kino und im Stadion. Ich hab Ben wiedergesehen. Erinnerst du dich?«

»Na klar«, bestätigte Julia.

»Wir hatten voll Spaß.« Er führte weiter alle Dinge auf, die er in den vergangenen achtundvierzig Stunden erlebt hatte. Als er fertig war, öffnete er den Kühlschrank, holte Orangensaft heraus und schüttete sich ein Glas ein, das er fast in einem Zug austrank.

Carsten beobachtete seinen Sohn voller Liebe. Ihm wurde schwer ums Herz.

»Wow! Das klingt nach einem tollen Wochenende. Soll ich dir Abendbrot machen?«

»Au ja!«

»Wenn ihr nichts dagegen habt, rauche ich eben auf dem Balkon.«

»Mach das!«, sagte sie.

Von der Küche ging Carsten ins Wohnzimmer. Er kannte den Weg. Das Verhältnis zwischen den ehemaligen Eheleuten hatte sich im letzten Dreivierteljahr deutlich gebessert. Sie waren beide der Auseinandersetzungen müde geworden. Er trat auf den Balkon und holte die Zigarettenpackung aus der Jackentasche und zündete sich genüsslich eine Zigarette an. Irritierende Bilder ihrer gemeinsamen Vergangenheit fluteten sein Gehirn. Warum wurde er so sentimental? Bestimmt wäre Julia gleich auf Krawall gebürstet. Um sich davon abzulenken, ließ er seinen Blick schweifen. Dabei bemerkte er einen dunklen Wagen, in dem eine Person saß, die zu ihm herüberzustarren schien. Der Mann hatte eine Kapuze aufgesetzt. Seltsam!

Carsten drehte sich um und schaute in die Wohnung. Nach einer Weile drückte er die Zigarette in einem bereitstehenden Aschenbecher aus und blickte noch einmal zur Straße. Der Beobachter saß nach wie vor im Auto.

Er kehrte in die Küche zurück. Nico aß gerade ein Spiegeleibrot.

»Möchtest du auch eins?«, fragte Julia.

»Nein danke.«

»Das ist voll lecker, Papa.«

»Ich bin noch vom Popcorn satt.«

Als Nico aufgegessen hatte, brachte er seinen Teller eigenständig zur Spüle.

»Lässt du Papa und mich bitte allein und gehst in dein Zimmer?«, bat Julia.

»Streitet ihr euch?«, fragte Nico besorgt.

»Quatsch«, sagte Carsten. »Ich komm gleich noch zu dir.«

»Okay.«

Nico schlurfte aus der Küche, während sich Carsten an den Tisch setzte. »Ich vermute, du willst über den Brief vom Anwalt reden.«

Er rechnete mit einer leise ausgestoßenen Beleidigung oder zumindest einem hasserfüllten Blick. Stattdessen schlug Julia die Augen nieder. »Ich pack das nicht mehr, Carsten«, flüsterte sie. »Und ich hatte gehofft, wir hätten solche Spielchen hinter uns gelassen.«

»Was packst du nicht?«

»Unser Leben.« Sie schaute ihn an. »Ich bin am Ende. Die letzten zwei Tage hab ich auf der Couch verbracht, weil das nichts kostet. Außer Strom.«

»Das tut mir leid«, sagte er.

»Warum machst du das?«

»Ich bin auch finanziell am Limit. Ein wichtiger Kunde hat Insolvenz beantragt. Außerdem hab ich wegen eines dummen Fehlers letztes Jahr Steuerschulden angehäuft, die ich momentan abstottere.«

»Du gehst mit Nico ins Kino, ins Stadion, ihr macht tausend schöne Sachen. Dafür bin ich dir in Nicos Namen dankbar. Aber woher nimmst du das Geld? Ich kann mir so etwas nicht erlauben.«

»Ich genauso wenig. Nur sind diese Papa-Wochenenden der Höhepunkt meines derzeitigen Lebens.«

»Carsten, ich arbeite fünfunddreißig Stunden in der Woche, aufgeteilt auf vier Tage, damit Nico nicht immer zu meinen Eltern muss. Die werden alt. Mein Vater leidet seit Wochen an einer Lungenentzündung. Zwischendurch sah es eng aus. Wenn du keinen Unterhalt mehr bezahlst, bricht unser ganzes Konstrukt zusammen.«

Scheiße!, dachte Carsten. *Ich hätte nicht hierbleiben sollen.*

»So schlimm?«, fragte er leise.

Julia nickte. »Ich überleg, ob wir in eine günstigere Wohnung ziehen. Aber die muss man heutzutage erst mal finden. Und der Umzug kostet was. Bringt mir ja nichts, wenn ich hundert Euro monatlich spare, der Umzug aber zweitausend kostet.«

»Tut mir leid. Alles. Ich wollte dir das schon lange sagen. Die Sache mit Cynthia. Ich schäme mich.«

»Oh«, sagte sie und lächelte leicht. »Das hätte ich nicht gedacht.«

»Ich war ein Vollidiot. Wer weiß, wo wir ... na ja. Ich kann dir nichts versprechen. Aber ich rechne es zu Hause noch mal durch. Vielleicht kann ich wenigstens hundert bis hundertfünfzig überweisen.«

»Das wäre super. Danke!«

»Hilft dir denn das Amt nicht weiter?«

»Du weißt doch, wie ich bin. Ich will kein Geld vom Staat. Außerdem würden sie dir dann auf den Zahn fühlen. Das willst du nicht.«

»Macht mir nichts aus«, versicherte Carsten. »Meine Angaben waren nicht gelogen. Das kannst du mir glauben. Wenn es so weitergeht, geb ich die Selbstständigkeit auf.«

»So schlimm?«

Carsten nickte. »Ich melde mich im Lauf der Woche bei dir. Versprochen.« Er holte sein Portemonnaie aus der Tasche und gab Julia einen Fünfzig-Euro-Schein. »Kleine Anzahlung. Mein letztes Bargeld.« Wie zum Beweis streckte er ihr die Geldbörse aufgeklappt entgegen.

»Danke«, sagte sie völlig überrascht.

»Ich geh noch eben auf den Balkon und danach zu Nico. Wir telefonieren.«

»Okay.« Sie lächelte.

Aufgewühlt und irritiert über seine eigenen Gefühle trat Carsten erneut auf den Balkon. Fast sofort bemerkte er, dass die fremde Person noch immer in dem Wagen saß. Schaute sie in seine Richtung, oder spielten Carstens Augen ihm einen Streich?

Unvermittelt rief Nico aus dem Kinderzimmer nach ihm.

»Ich komme!« Er drückte die halb aufgerauchte Zigarette aus und kehrte in die Wohnung zurück.

Zehn Minuten später saß er in seinem Auto und rekapitulierte das Gespräch. Hatte er gerade eben seine Gefühle für Julia wiederentdeckt? Oder war das nur das Ergebnis eines schon lange gärenden Prozesses? Ihre Trennung und die anschließende Scheidung waren verdammt dreckig gewesen – inklusive einiger Lügen seitens Julia, mit denen sie versucht hatte, Druck vor dem Familiengericht aufzubauen. Doch gerade in den letzten Monaten hatte sich ihr Verhältnis normalisiert. Ob das damit zusammenhing, dass Carsten nostalgisch wurde? Seine Selbstständigkeit warf kaum noch Gewinn ab. Falls ihm ein oder zwei weitere Kunden absprangen, könnte er gleich einen Angestelltenjob suchen. Doch je schlechter die Geschäfte liefen, desto mehr wünschte er sich zumindest seine Familie zurück. Die Wochenenden mit Nico kosteten reichlich Geld. Sein einziges Vergnügen in letzter Zeit. Momentan könnte er wohl noch den Mindestunterhalt aufbringen – obwohl ihm sein Anwalt vorgerechnet hatte, dass er eine behördliche Prüfung unbeschadet überstehen würde. Doch er wusste ja, dass Julia solche Bettelaktionen scheute wie der Teufel das Weihwasser.

Carsten dachte an die seltsame Gestalt, die anscheinend Julias Wohnung beobachtet hatte. Ein Zufall? In letzter Zeit hatte er Nico unauffällig danach ausgefragt, ob es einen neuen Mann an Julias Seite gab. Denn manchmal likten Kerle, die er nicht kannte, Beiträge auf ihrem Facebook-Profil und überschütteten sie mit Komplimenten. Die Eifersucht, die er dabei empfand, überraschte ihn selbst. Zumindest hatte Julia ihrem Sohn keinen neuen Mann vorgestellt, doch vielleicht war das nur eine Frage des richtigen Moments. Wieso saß jemand über einen längeren Zeitraum in einem Wagen – auf einer Position, von der aus er die Wohnung beobachten konnte?

Carsten malte sich ein plausibel klingendes Szenario aus. Entgegen ihrer eigenen Aussage hatte Julia das Wochenende eben nicht allein vor dem Fernseher verbracht, sondern sich mit einem neuen Stecher vergnügt. Den hatte sie rausgeschickt, kurz bevor er Nico ablieferte, und ihm versprochen, dass er später zurückkehren dürfte.

Wegen seiner Gefühlsduseligkeit wäre er bereit, sie weiter finanziell zu unterstützen. Obwohl es ihm selbst gerade nicht so rosig ging. Aber das galt nur, falls es keinen neuen Mann in ihrem Leben gab, der von seiner Großzügigkeit mitprofitierte.

Wie sollte er das herausfinden? Ihm schoss ein verwegener Gedanke durch den Kopf. Julia hatte ihm nach der Normalisierung ihres Verhältnisses einen Schlüssel für die Wohnung gegeben. Er könnte jetzt ein paar Stunden Zeit überbrücken und später, wenn Julia eigentlich schlafen sollte, zurückkehren und überprüfen, ob an der Dielengarderobe eine Männerjacke hing. Wäre sie allein, würde er ihr finanzielle

Zugeständnisse machen. Obwohl er sich damit selbst schadete. Wäre sie hingegen nicht allein, würde er sie ausbluten lassen.

Sollte er jetzt einfach nach Hause fahren? Oder sich anderweitig ablenken?

Carsten dachte an das griechische Restaurant, das einen knappen Kilometer entfernt lag. Souvlaki ging eigentlich immer, selbst wenn man sich satt fühlte. Er startete den Motor.

13

Wieso hatte sich der Vater so lange in der Wohnung seiner Ex-Frau aufgehalten und war sogar zweimal auf den Balkon getreten, um zu rauchen?

Er spielte verschiedene Erklärungen gedanklich durch, ohne dass ihn eine davon vollends überzeugte. Die Hauptsache war jedoch, dass der Mann vor zehn Minuten losgefahren war.

Oder sollte er wegen dieser unerwarteten Entwicklung seine Pläne überdenken?

Die Möglichkeit eines Rückzugs verwarf der Mörder schnell. Es war zu wichtig, heute Nacht zuzuschlagen. Doch vorläufig würde er ein paar Stunden totschlagen – bis Mutter und Sohn garantiert schliefen.

***

Im griechischen Restaurant begrüßte ihn ein Endfünfziger. »Willkommen in der Akropolis«, sagte er in beinahe akzentfreiem Deutsch.

»Haben Sie einen Tisch für mich frei?«

»Eine Person?«

Carsten nickte. Der Gastwirt führte ihn im spärlich besuchten Lokal zu einem Platz bei der Theke und spendierte ihm gleich einen Ouzo. »Yamas.«

Er reicht ihm die Karte, aus der Carsten eine Portion Souvlaki auswählte. Bevor das Hauptgericht kam, gab es kostenfreies Brot mit zwei verschiedenen Dips, danach einen kleinen Beilagensalat. Das Souvlaki, das ihm einige Minuten später serviert wurde, war köstlich. Doch schon dabei bemerkte Carsten, dass ihn der Gastwirt seltsam musterte – wahrscheinlich, weil er an einem Sonntagabend alleine gekommen war.

Als er aufgegessen hatte, fragte er sich, wie er nun noch mindestens anderthalb bis zwei Stunden überbrücken sollte. Da trat der Wirt zu ihm. In der Zwischenzeit hatte sich das Restaurant weiter geleert.

»Darf ich Sie einladen und mich zu Ihnen setzen?«, erkundigte sich der Mann. In der Hand hielt er eine Ouzo-Flasche und zwei Schnapsgläser.

Carsten dachte daran, dass er wahrscheinlich noch ein bis zwei Gläschen trinken könnte, ehe er in die Nähe der gefährlichen Promillegrenze käme.

»Da sag ich nicht Nein«, antwortete er. Ein nettes Gespräch würde die Zeit schneller vergehen lassen.

Der griechische Gastwirt setzte sich und schenkte ihnen ein. Er grinste auf eine Weise, als läge ihm eine gute Pointe auf der Zunge.

»Was ist los?«, fragte Carsten verunsichert.

»Sie erkennen mich nicht, oder?«

Überrascht betrachtete Carsten das Gesicht des Griechen näher.

»Stellen Sie sich einen grauen Vollbart dazu vor«, gab der Mann einen Tipp.

Plötzlich dämmerte es Carsten. »Vasili?«

»So ist es, mein Freund«, sagte der Gastwirt. »Wie lange haben wir uns nicht gesehen?«

»Das ist bestimmt vier, eher fünf Jahre her.«

Vasili hatte für einen wichtigen Geschäftstermin das Catering veranstaltet. Damals hatte sein Restaurant jedoch noch einen anderen Namen getragen und war in einem anderen Stadtteil angesiedelt gewesen.

»Wieso haben Sie Ihren Standort und den Namen geändert?«, fragte Carsten.

»Finanzamt«, sagte der Gastwirt kurz angebunden.

»Oh, mein Freund ... Probleme mit denen kenne ich zur Genüge.«

***

Nun kam der wahrscheinlich heikelste Teil. Im Gegensatz zum letzten Mal konnte er nicht die Terrassentür aufhebeln und die Wohnung betreten. Seine beiden Opfer lebten im zweiten Stock. Er musste also wie in den ersten Fällen Haus- und Wohnungstür mit einem speziellen Werkzeug öffnen. Gerade die Zeit, während er vor der Haustür stand, war besonders gefährlich. Mit dem Rücken zur Straße würde er nicht bemerken, wenn ihn jemand beobachtete. Er holte das Set aus der

Jackentasche und machte sich an die Arbeit.

***

»Ich hab's geahnt«, murmelte Carsten fassungslos.

Nachdem er zwei Stunden mit Vasili gequatscht hatte, war er zum Haus seiner Ex zurückgekehrt, um sich von ihrer Unschuld zu überzeugen. Er hatte gerade eben den Wagen geparkt, als ihm das Fahrzeug auffiel, das er vom Balkon aus bemerkt hatte.

Der Kapuzenmann verließ den Wagen und lief auf die Haustür zu. Er schien jedoch nicht zu klingeln, sondern zog etwas aus der Jackentasche. Sein Handy? Schickte er Julia eine Nachricht, damit sie ihm öffnete?

»Ihr werdet euch wundern.«

Es dauerte länger als erwartet, bis der Unbekannte den Hausflur betrat. Ohne das Flurlicht anzuschalten, ging er nach oben.

»Mehr Unterhalt?«, zischte Carsten wütend. »Damit du dich auf meine Kosten ficken lassen kannst? Vergiss es!«

Er stieg aus und angelte nach dem Schlüsselbund in der Hosentasche.

***

Im ersten Moment registrierte er immer nur Stille, sobald er ein fremdes Zuhause betrat. Als würde die Wohnung den Atem anhalten und sich fragen, wer zu Besuch kam. Erst danach atmete sie wieder. Der

Mörder vernahm das leise Ticken einer Uhr. Wenigstens keine Tiergeräusche und schon gar nichts, was darauf hindeutete, dass Mutter und Sohn noch wach waren.

Fast geräuschlos schloss er die Wohnungstür. Nun musste er sich orientieren. Er sah vier versperrte Zimmertüren und eine offene. Aus dem Raum dahinter drang das Ticken. Vermutlich die Küche. Doch wo waren die beiden Schlafzimmer?

Diesmal gab es keine Sticker oder sonstige Hinweise, die ihn ans Ziel führten. Da er zuerst die Mutter ausschalten wollte, müsste er die Türen sehr leise öffnen, um sie zu finden.

Mit angehaltenem Atem trat er vor die erste Tür. Nichts zu hören. Also berührte er die Türklinke und drückte sie hinunter. Zum Glück ertönte kein verräterisches Quietschen. Sogleich erkannte er, dass dahinter das Wohnzimmer lag.

Im selben Moment hörte er ein Geräusch.

Wie konnte das sein?

Fassungslos schlüpfte er in die Dunkelheit des Wohnzimmers und zog die Pistole aus der Tasche. Er würde nicht zögern, sie einzusetzen.

***

Carsten betrat die Wohnung und lauschte. Ob sie bereits übereinander herfielen? Oder sich über ihn und seine Gutmütigkeit amüsierten?

Zu seiner Überraschung war Julias Schlafzimmertür

geschlossen. Hatten sie sich sofort ins Bett verkrochen?

Er schlich hin und drückte sein Ohr ans Holz. Dabei fiel sein Blick ins Wohnzimmer, wo der Kapuzenmann mitten im Raum stand und eine Pistole in den Händen hielt.

Erschrocken schrie Carsten auf.

***

Julia schreckte aus dem Schlaf. Hatte ein Schrei sie geweckt? Kurz vor Mitternacht. Sie lauschte auf weitere Geräusche. War das von draußen gekommen?

»Julia!«, erklang plötzlich Carstens unverkennbare Stimme. »Ruf die Pol...«

Seine Stimme brach ab, gleichzeitig ertönte ein leises Ploppen, gefolgt von einem Poltern – als sei jemand gestürzt.

Sie tastete nach dem Lichtschalter.

»Carsten?«

***

Der Vater schaute ihm in die Augen und stieß gleichzeitig einen Schrei aus. Dann rief er den Namen seiner Ex-Frau.

»Ruf die Pol...«

Ohne weiter darüber nachzudenken, drückte er ab. Der Schalldämpfer schluckte den Großteil des Schusslärms. Tödlich getroffen sackte der Mann zusammen.

14

»Willkommen in Erfurt«, begrüßte sie der zuständige Hauptkommissar Wandler im Polizeipräsidium.

Die KEG-Beamten hatten Montagfrüh von der jüngsten Tat erfahren und waren sofort aufgebrochen. Knappe vier Stunden später erreichten sie die thüringische Landeshauptstadt.

Wandler führte sie in einen Besprechungsraum. Auf den Tischen lagen zahlreiche Ausdrucke.

»Ich hab Ihnen schon mal die wichtigsten Sachen zusammengestellt.«

»Erzählen Sie uns genau, was passiert ist«, bat Drosten.

»Fünf Minuten nach Mitternacht erreichte uns der Notruf einer gewissen Julia Korn. Sie berichtete panisch, dass ihr Ex-Ehemann umgebracht worden sei. Die Beamtin am Telefon verstand kaum, wovon sie sprach. Der Anruf wurde natürlich aufgezeichnet, Sie können sich das gern selbst anhören. Die Kollegin hatte sogar befürchtet, Frau Korn habe ihren Ex-Ehemann getötet. Zwei Streifenwagenbesatzungen waren innerhalb einer Viertelstunde vor Ort. Nachdem sie Zutritt zum Haus erhalten hatten, präsentierte sich ihnen ein schrecklicher Anblick. Carsten Korn, der Ex-Ehemann der Toten lag mit einer Schusswunde tot in der Diele. Julia Korn und ihr zehnjähriger Sohn Nico saßen in Nicos Zimmer – beide völlig aufgelöst. Routinemäßig inspizierten die Schutzpolizisten die Wohnung, ohne eine Schusswaffe zu finden. Da sich die Korns vor Jahren im Streit getrennt hatten, kam die Theorie auf, dass der Mord in Zusammenhang mit Ihrer Mordserie steht. Deswegen haben wir Sie kontaktiert. Wobei wir nach wie vor eine Tatbeteiligung Frau Korns nicht ausschließen. Kollegen suchen derzeit die nähere Umgebung um das Haus ab. Bislang haben wir keine Waffe gefunden.«

»Wo befindet sich Frau Korn jetzt?«, fragte Drosten.

»Vernehmungsraum drei«, sagte Wandler.

»Und Nico?«, hakte Kraft nach.

Sie verteilten ihre Aufgaben. Als eingespieltes Duo würden Sommer und Drosten die Vernehmung der Frau durchführen, während Kraft zum Jugendamt fuhr, wo sich gerade Mitarbeiter um den Jungen kümmerten.

Drosten betrat den Vernehmungsraum. Sofort drehte sich die mit dem Rücken zur Tür sitzende Frau zu ihm um.

»Wo ist Nico?«, fragte sie. »Geht es ihm gut?«

»Er ist beim Jugendamt in guten Händen«, versicherte er ihr.

»Wann kann ich zu ihm?«

»Sobald wir uns einen Eindruck von dem Fall verschafft haben. Das ist mein Kollege Hauptkommissar Sommer, ich bin Hauptkommissar Drosten.« Sie nahmen der Frau gegenüber Platz. »Wir arbeiten für eine bundesweit tätige Polizeibehörde und ermitteln derzeit in einer Mordserie.«

»Die, bei der es um getrennt lebende Frauen und ihre Kinder geht?«, fragte sie leise.

Das überraschte Drosten. »Woher wissen Sie davon?«

»Ich hatte in den vergangenen Stunden genug Zeit, darüber nachzudenken. Von der Mordserie weiß ich aus der Zeitung.«

»Wie kommen Sie zu Ihrer Schlussfolgerung?«, fragte Sommer.

Julia Korn zögerte kurz. »Wissen Sie, was mich verrückt macht? Carstens Stimme in meinem Ohr. Julia, ruf die Pol...« Sie räusperte sich. »Damit kann er nur die Polizei gemeint haben. Ich glaube, er hat einen Einbrecher überrascht, der ihn daraufhin erschossen hat.« Sie schloss die Augen, aus denen Tränen quollen. Es dauerte eine Weile, bis sie fortfuhr. »Aber welcher Einbrecher soll es schon auf uns abgesehen haben? Wir besitzen kaum Wertsachen. Also kam mir die Mordserie in den Sinn. Tote Frauen und ihre Kinder. Monate oder Jahre zuvor hatten sich die Frauen von ihren Ehemännern getrennt. In einigen Berichten im Internet stand, sie hätten Lügen über die Männer verbreitet. Oder zumindest die Geschehnisse aufgebauscht. Leider trifft das auch auf mich zu.« Sie schluchzte verzweifelt.

»Erzählen Sie uns davon«, bat Drosten leise.

Stockend berichtete Julia Korn von einer außerehelichen Affäre ihres Mannes mit einer Praktikantin, die zu dem Zeitpunkt noch nicht einmal achtzehn gewesen sei. »Ich hab mich sofort von ihm getrennt. Aber das hat mir nicht gereicht. Ich wollte ihn für immer erledigen. Eine Nachbarin behauptete, Carsten hätte ihrer fünfzehnjährigen Tochter Avancen gemacht. Mit Engelszungen überredete ich sie dazu, vor Gericht auszusagen. Ich wollte das alleinige Sorgerecht und bekam es. Doch mit einer Sache hatte ich nicht gerechnet. Die Richterin entschied, dass Carsten Nico nur in Anwesenheit eines Jugendamtsmitarbeiters sehen durfte. Das war ein billiger, kleiner Triumph, der nach einigen Monaten wie Asche schmeckte. Vor allem litt Nico unter dem Urteil. Es hat zwei Jahre gedauert, bis er wieder ein normales Verhältnis zu seinem Vater aufbauen konnte. Seitdem haben die Spannungen zwischen uns immer mehr nachgelassen. Bis ich vor einer Woche einen Brief von Carstens Anwalt erhielt.« Sie erzählte, was in dem Schreiben stand. »Finanziell würde mich das schwer treffen. Oder ich müsste den Staat einspringen lassen. Also bat ich ihn um ein klärendes Gespräch. Freitag hatte er keine Zeit. So verschoben wir es auf Sonntag. Gestern.«

»Und hat er mit Ihnen darüber geredet?«

»Es war unser bestes Gespräch seit der Trennung.

Zum ersten Mal spürte ich wieder die Anflüge der alten Verbundenheit zwischen uns. Er hat mir sogar versprochen, seine finanziellen Möglichkeiten zu prüfen. Und jetzt. Verdammt!« Erneut schluchzte sie.

»Ihr Ex-Mann hatte einen Wohnungsschlüssel?«, fragte Sommer.

»Ja«, sagte Julia Korn. »Hab ich ihm vor ein paar Monaten gegeben. Falls er Nico mal früher nach Hause bringen müsste. Das war für mich ein Zeichen der Wiedergutmachung. Genau so hat er es wohl auch aufgefasst.«

»Können Sie sich einen Grund vorstellen, warum er plötzlich gegen Mitternacht bei Ihnen in der Wohnung stand?«

»Ich weiß es nicht«, sagte sie. »Darüber zerbreche ich mir pausenlos den Kopf.«

Drostens Gedanken rasten. Irgendwer hatte Carsten Korn erschossen. Entweder seine Ex-Frau oder ein Unbekannter. Die erste Variante erschien ihm aufgrund seines Eindrucks unwahrscheinlich. Frau Korn wirkte nicht wie eine Mörderin. Hatte Carsten Korn ihr das Leben zufällig gerettet, oder stand er zuvor im Kontakt zu dem Mörder und hatte Gewissensbisse bekommen? Nur diese beiden Varianten waren einleuchtend.

»Hat er das Gespräch mit Ihnen falsch interpretiert?«, fragte Sommer. »Ist er deswegen zu Ihnen zurückgekehrt?«

»Daran hab ich auch schon gedacht«, bekannte Julia Korn. »Ich kann es mir nicht vorstellen. Wir haben ja nicht über uns, sondern nur über Finanzielles gesprochen.« Sie zuckte die Achseln. »Andererseits weiß man ja nie, was in Männern vorgeht.« Sie lächelte gequält.

»Haben Sie jemals über Ihre Eheprobleme, die Scheidung oder dergleichen in einem Internetforum gepostet?«, fragte Sommer.

»Regelmäßig. Wieso?«

Bevor Drosten den Namen des Forums erfragen konnte, öffnete sich die Tür zum Besprechungsraum. Hauptkommissar Wandler bat sie mit einem Handzeichen, herauszukommen.

»Wir haben routinemäßig Auskünfte bei der Hausbank des Toten eingeholt und schnell die erste Rückmeldung erhalten«, erklärte er im Gang vor dem Vernehmungszimmer. »Er hat gestern Abend wohl noch in einem griechischen Restaurant gegessen. Um dreiundzwanzig Uhr fünfundzwanzig erfolgte eine Belastung der EC-Karte über siebzehn Euro fünfzig. Das Restaurant liegt keine zwei Kilometer von Frau Korns Wohnung entfernt.«

Der Grieche wirkte fassungslos. »Ich hab gestern noch mit ihm geredet. Wie kann er jetzt tot sein?«

»Er ist gegen Mitternacht in der Wohnung seiner Ex-Frau erschossen worden«, sagte Drosten.

»Mitternacht? Er war bis halb zwölf hier und wollte dann nach Hause.«

»Das hat er Ihnen gegenüber gesagt?«

»Ja.«

»Und er hat nichts von einem bevorstehenden

Überraschungsbesuch bei seiner Ex erwähnt?«, hakte Sommer nach. »Einem Versöhnungsversuch?«

»Nein. Er hatte erwähnt, geschieden zu sein. Wir haben uns vor ein paar Jahren kennengelernt, weil ich für das Catering bei einem Geschäftstermin zuständig war. Gestern haben wir über alles Mögliche geredet, aber nicht über seine Ex-Frau oder die Scheidung.«

»In welcher Stimmung war er, als er Ihr Restaurant verließ?«, fragte Drosten.

»Wir hatten beide gute Laune und uns fest versprochen, bis zum nächsten Wiedersehen keine fünf Jahre vergehen zu lassen«, sagte der Grieche.

Die Ereignisse wurden immer mysteriöser.

***

Nachmittags lagen erste verlässliche Untersuchungsergebnisse der Ballistik vor. Das Kaliber des Projektils stimmte mit dem des vorigen Mordes überein. Weitere Spuren wiesen ebenfalls Parallelen auf, dennoch waren zusätzliche Untersuchungen notwendig, um die Beweiskraft zu erhöhen.

Hauptkommissar Wandler zog seine Partnerin, Oberkommissarin Schaffrath, am Nachmittag zu einer Besprechung hinzu.

»Es ist zu früh für ein abschließendes Urteil«, bekannte Drosten, »aber alles deutet darauf hin, dass der Serientäter ein weiteres Mal zugeschlagen hat.« Er zählte die entsprechenden Punkte auf. »Die wichtigste Frage für mich ist, ob Korn mit dem Mörder zusammengearbeitet und in letzter Sekunde Gewissensbisse bekommen hat.«

»Oder vielleicht sogar vor seiner Ex-Frau als Retter in der Not dastehen wollte«, fügte Sommer eine Möglichkeit hinzu.

»Oder ob er dem Täter nur zufällig in die Quere gekommen ist. Wobei wir dann dringend eine plausible Erklärung brauchen, was er um Mitternacht unangekündigt in der Wohnung seiner Ex zu suchen hatte«, fuhr Drosten fort.

»Bislang stehen drei potenzielle Verdächtige in unserem Fokus«, informierte Sommer die Erfurter Kollegin. »Zum einen der Journalist Arthur Kappler. Er hat den Zusammenhang zwischen den ersten Mordnächten hergestellt und die entsprechenden Artikel an Verlagshäuser verkauft, die anschließend die Geschichte gedruckt haben. Kappler nennt uns kein Alibi für die Mordnächte, interessiert sich auffällig für den Stand der Ermittlungen und tauchte am letzten Tatort auf. Das alles kann beruflich bedingt sein, aber ich habe bei ihm ein ungutes Gefühl.«

»Der zweite Mann, den wir überprüfen wollen, heißt Björn Schuster«, sagte Kraft. »Er betreibt sämtliche Foren, in denen die ermordeten Frauen über ihre Scheidung gepostet haben. Ich habe vor wenigen Minuten die Bestätigung erhalten, dass das von Frau Korn genutzte Forum ebenfalls von ihm betreut wird.«

Drosten bewunderte seine neue Kollegin für ihre Gefasstheit. Ein Außenstehender merkte ihrem Tonfall nicht an, dass sie Schuster privat gut kannte. Sie hatte sich vollständig unter Kontrolle.

»Zudem haben wir einen dritten Verdächtigen im Visier. Er heißt Mats Hohme, geschiedener Vater, der das Sorgerecht wegen vermeintlicher oder tatsächlicher Lügen seiner Ex-Frau verloren hat. Er steht in Kontakt zu dem Journalisten. Er wohnt in Fulda. Mehr Informationen haben wir leider noch nicht.«

»Mir schwebt eine Zweiteilung vor«, sagte Drosten. »Sie und Ihre Kollegen versuchen herauszufinden, ob der ermordete Carsten Korn einen der Verdächtigen kannte. Das würde auf eine Zusammenarbeit mit dem Mörder hindeuten.«

»Während Sie die Verdächtigen weiter unter die Lupe nehmen«, folgerte Wandler. »Klingt nach einem guten Plan.«

***

»Wie teilen wir uns auf?«, fragte Kraft, als sie zwei Stunden später zu dritt in einem Restaurant saßen. »Wenn ihr nichts dagegen habt, würde ich mir Björn zur Brust nehmen. Mir gegenüber verhält er sich hoffentlich kooperativ. Wie er auf einen der Männer reagiert, die mich in seinen Augen nach Wiesbaden gelockt haben, weiß ich nicht.«

»Einverstanden«, sagte Sommer. »Dann würde ich im Umfeld des Journalisten recherchieren und dir Mats Hohme überlassen. Dich hat Hohme noch nicht gesehen. Vielleicht hilft dir das, wenn du dich in seiner Heimat umhörst.«

»Ich wüsste nicht, was dagegenspricht.« Drosten hob sein Wasserglas und stieß mit den Kollegen an. Sie standen an einem entscheidenden Wendepunkt der Ermittlungen. Nun ging es darum, die Spreu vom Weizen zu trennen.

15

Verena Kraft setzte den Blinker und fuhr von der Autobahn ab. Sie nutzte die gleiche Abfahrt wie früher, wenn sie nach Hause gekommen war. Doch schon die wenigen Tage, die sie mittlerweile in Wiesbaden lebte, hatten bewirkt, dass sie eine erstaunliche Distanz gegenüber der alten Heimat empfand. Zwar fühlte sie sich in ihrem neuen Umfeld noch nicht heimisch, andererseits hatte sie ihr altes Leben bislang keine Sekunde vermisst. Für sie war das ein eindeutiges Zeichen, den richtigen Weg eingeschlagen zu haben.

Sie näherte sich einem Einkaufszentrum außerhalb des Stadtkerns, in dem sich eine Baumarktkette, ein großer Supermarkt und verschiedene Geschäfte angesiedelt hatten. Früher hatte sie hier manchmal mit einem Kollegen im Streifenwagen Pause gemacht, wegen eines Foodtrucks mit exzellentem Mittagsangebot. Sie beschloss, diese Tradition aufzufrischen, und fuhr auf das weitläufige Gelände. Nur wenige Schritte von dem

Foodtruck entfernt stellte sie ihren Wagen ab. Bevor sie ausstieg, griff sie zum Handy und öffnete den Browser. Sie rief aus den gespeicherten Lesezeichen Björns YouTube-Kanal auf. Aufgrund der langsamen Mobilfunkverbindung dauerte es ein paar Sekunden, bis sich die Seite aufbaute. Sie filterte die Ergebnisse nach Aktualität und stellte fest, dass er vor zwei Stunden ein neues Video hochgeladen hatte. Also schien er nicht unterwegs zu einer Filmpremiere oder einer ähnlichen Veranstaltung zu sein. Wie sehr würde ihn ihr Auftauchen verwundern? Vielleicht konnte sie durch seine Reaktion erste Rückschlüsse ziehen.

Eine Dreiviertelstunde später parkte Kraft ihren Wagen rund zweihundert Meter von Björns Adresse entfernt. Sie wollte nicht, dass er sie bei einem zufälligen Blick aus dem Fenster entdeckte.

Ungewollt kehrten Hunderte Erinnerungen zurück. Das Kennenlernen eines Mannes, der mit einem Teilzeitjob sein Hobby finanzierte. Zumindest war es ihr damals so vorgekommen, denn sie hatte nie ernsthaft an seine Zukunftspläne geglaubt. Das erste Betreten seiner Wohnung. Das Zimmer, das wie ein komplettes Filmstudio eingerichtet war. Die Phase, in der es plötzlich richtig gut lief und er die Entscheidung traf, den Schritt in die Selbstständigkeit zu wagen. Den Stolz, den sie seinetwegen empfunden hatte. Das langsame Auseinanderleben. Sein Heiratsantrag, den sie völlig überrumpelt angenommen hatte, der jedoch am Ende nur den Trennungsprozess beschleunigt hatte. Ihr viel zu langes Hinauszögern des notwendigen letzten Schritts.

Kraft zwang sich, das Gedankenkarussell anzuhalten. Sie war nicht hierhergekommen, um eine Reise in die Vergangenheit anzutreten. Björns Name war im Rahmen einer Ermittlung aufgetaucht, und sie würde die Hintergründe abklären.

Sie griff zu ihrer Handtasche und verließ den Wagen.

»Verena?«, erklang in ihrem Rücken eine Stimme.

Überrumpelt drehte sie sich um. »Steve, was für eine Überraschung.«

Der Mittdreißiger, der im Nachbarhaus wohnte, strahlte sie an. Gemeinsam mit Björn, Steve und dessen wechselnden Freundinnen hatten sie einige Nächte durchgefeiert und Spaß gehabt.

Ohne zu zögern, nahm er sie in den Arm. »Bist du also doch zurückgekommen. Ich hab nicht dran geglaubt«, bekannte Steve. »Obwohl Björn seit Wochen kein anderes Gesprächsthema kennt.«

Die Polizistin in ihr nutzte die Situation aus. Statt ihn direkt auf seinen Irrtum hinzuweisen, sah sie in ihm einen brauchbaren Zeugen. »Wie war er in letzter Zeit? Hast du öfter Abende mit ihm verbracht?«

Steve verzog den Mund. »Ich hab's probiert. Es ihm immer wieder angeboten. Aber meistens hat er ziemlich fadenscheinig abgesagt. Erzählt, dass er zu Filmpremieren eingeladen sei. Solche Sachen. Wobei ich es ihm nicht jedes Mal abgenommen hab. Du kennst ihn ja. Man merkt's ihm an, wenn er flunkert.«

»Das stimmt«, sagte sie lächelnd. »Er hat kein Pokerface. Hat er wütend gewirkt?«

Steve schüttelte den Kopf. »Wütend? Björn tut doch keiner Fliege was zuleide. Du kennst ihn. Wieso fragst du?«

»Nur so«, behauptete sie. »Ist dir sonst eine Veränderung an ihm aufgefallen? Ich fand ihn bei unserer letzten Begegnung gehetzt. Als würde er ein Geheimnis hüten.«

»Echt? Hab ich nicht bemerkt. Wir sehen uns derzeit wenig. Fürchtest du, er hat eine andere Frau? Ich kann's mir nicht vorstellen.« Er strahlte. »Es tut gut, dich zu sehen. Wir können uns ja demnächst mal verabreden.« Sein Blick fiel demonstrativ auf die Uhr. »Ich muss los. Grüß Björn.«

»Mach ich.«

Erneut nahm er sie in den Arm, ehe er davoneilte.

Hätte sie ihn aufklären müssen? Zumindest würde sie Björn vorwarnen. Nicht dass Steve ihn bei der nächsten Begegnung zu der vermeintlichen Rückeroberung beglückwünschte.

Auf dem kurzen Weg zu Björns Wohnung dachte sie über Steves Worte nach. Er hatte nichts Auffälliges bemerkt, jedoch auch wenig Zeit mit seinem angeblich immer beschäftigten Freund verbringen können.

Woran lag das?

War Björn nach dem Beziehungsende noch in der Trauerphase, in der man oft niemanden sehen will, oder gab es gewichtigere Gründe?

An der Haustür klingelte sie einmal. Früher hatte sie als Erkennungszeichen zweimal kurz hintereinander geklingelt, bevor sie mit ihrem eigenen Schlüssel aufgeschlossen hatte.

Es dauerte ein paar Sekunden, bis aus der Gegensprechanlage ein »Hallo?« drang.

»Ich bin's«, sagte sie.

»O Gott«, entfuhr es Björn begeistert. Dann ertönte der Türsummer.

Im Hausflur hatte sich nichts geändert. An einer Pinnwand hingen der Putzplan und die wichtigsten Telefonnummern der Hausverwaltung. Als wäre sie erst gestern gegangen.

Björn erwartet sie an der geöffneten Wohnungstür im zweiten Stock und strahlte über beide Ohren. »Ich hab's gewusst!« Er trat vor, um sie zu umarmen.

Mit der ausgestreckten Hand hielt sie ihn davon ab. Die Freude in seinem Gesicht wich Verwirrung.

»Ich bin dienstlich hier.«

»Dienstlich?«

»Lässt du mich rein?«

Verwirrt trat er beiseite. Kraft gab ihm keine Gelegenheit, es sich anders zu überlegen. Sie ging an ihm vorbei und musterte die Diele. In den Regalen standen noch immer die Dekostücke, die sie ihm im Laufe der Beziehung zur Verschönerung des Wohnumfelds geschenkt hatte. Wenn es etwas gab, wofür Björn kein Auge besaß, waren es solche Details. Ohne sie würde er in einer kahlen Wohnung leben.

Sie betrat das Wohnzimmer und musterte den Raum. Sie entdeckte nichts, was auf eine Verwicklung in die Morde hindeutete. Auch hier bot sich dasselbe Bild wie in der Diele. Alles, was sie jemals mitgebracht hatte, war noch an Ort und Stelle.

Sie setzte sich. Es dauerte ein paar Sekunden, bis er ihr in den Raum folgte.

»Dienstlich?«

»Wir müssen reden.« Sie deutete auf den Sessel, der ihr gegenüber stand.

Langsam nahm er Platz. »Was willst du?«

»Wo bist du in der Nacht von Sonntag auf Montag gewesen?«

»Hier«, antwortete er prompt.

»Kannst du das beweisen?«

»Ich hab zwei Filme vorproduziert, die ich im Lauf der Woche hochlade. Die könnte ich dir zeigen. Wenn du mir den Grund verrätst, warum ich ein Alibi brauche.« Plötzlich grinste er. »Hast du mich mit einer heißen Frau gesehen? Das muss ein Doppelgänger gewesen sein. Ich schwör's dir! Für mich gibt's keine anderen Frauen!«

Kraft fragte sich, ob vorproduzierte Filme ein Alibi darstellten. Das Erstellungsdatum einer Datei abzuändern wäre kein großer Aufwand. Insofern fehlte den Videos wohl die Beweiskraft. Trotzdem hatte Björn so schnell geantwortet, dass sie keinen Zweifel an seiner Aufrichtigkeit hegte. »Ich mein's ernst, Björn!«

»Was denn? Rede mit mir, verdammt! Weshalb bist du gekommen? Willst du mich bloß quälen?«

»Dein Name ist im Rahmen einer Mordermittlung aufgetaucht.«

»Spinnst du?«

Sie achtete genau auf seine Körpersprache. Er versuchte weder, durch eine Übersprunghandlung Nervosität zu überdecken, noch wich er ihrem Blick aus. Im Gegenteil. Fassungslos und leicht erbost starrte er sie an.

»Wie hast du die Wochen seit unserer Trennung verbracht?«

»Ich glaub's nicht«, murmelte er. »Dein Ernst?«

»Vollkommen!«

Er schaute kurz zur Decke, ehe er aufsprang, hinter den Sessel trat und mit beiden Händen die Kopflehne packte.

Kraft sah Tränen in den Augen ihres Ex-Verlobten.

»Meistens hänge ich hier in der Wohnung rum«, bekannte er in einer Stimmlage, die zu den Tränen passte. So weinerlich hatte sie ihn selten erlebt. »Ich hab kaum noch Bock rauszugehen. Wenn mich Steve, Jonas oder Klaas anrufen, sag ich lieber aus fadenscheinigen Gründen ab, um ihnen nicht meine verheulte Fresse zuzumuten.«

Hatte Steve ihm eine Nachricht geschickt? Unwahrscheinlich in der kurzen Zeit.

»Filmpremieren oder Pressevorführungen lenken mich ein bisschen ab. In den Clips, die ich hochlade, gutgelaunt zu wirken, fällt mir immer schwerer. Es ist eine Mordsarbeit, in den zehn Minuten nicht an dich zu denken. Herzlichen Glückwunsch! Du hast es geschafft. Dank dir bin ich ein bemitleidenswerter Trauerkloß, der keinen Spaß mehr an dem hat, was er liebt. Weil du mir fehlst.«

Er wandte sich ab und barg das Gesicht in Händen.

Björns Gefühlsausbruch wirkte echt, zumal er alles andere als ein guter Schauspieler war. Doch die Fakten der Ermittlungen hatten sie nun einmal hierhergeführt. Konnte es nur Zufall sein, dass Björn der Betreiber jener Foren war, in denen sich Frauen über ihre Trennung austauschten, ehe sie ermordet wurden?

»Für einen kurzen Moment hab ich wirklich geglaubt, du wärst zur Vernunft gekommen. Wir sind ein gutes Paar. Aber daran verschwendest du gar keinen Gedanken.«

»Nein«, bestätigte sie. »Das hätte keinen Sinn.«

»Ich seh das anders.« Er zuckte die Achseln und drehte sich wieder zu ihr um. Seine Augen schimmerten noch immer. »Ich würde alles tun, um dich zurückzuerobern.«

»Wirklich alles?«, hakte sie nach.

»Natürlich!«

»Auch Morde begehen?«

Sein Mund klappte auf. Dann kniff er die Augenbrauen zusammen, und sie nahm eine kleine Zornesfalte wahr, die ihr nie zuvor aufgefallen war.

»Bist du hier, um mich zu beleidigen?«, fragte er. »Was soll der Scheiß?« Er erhob die Stimme, was ebenfalls selten vorkam.

»Setz dich hin, und ich erklär's dir.«

Zögerlich folgte er der Anweisung.

16

Zurück in Hannover bei meinem neuesten Lieblingsjournalisten, dachte Sommer sarkastisch. Unterwegs hatte er darüber nachgegrübelt, ob Kappler eine Gefahr für ihn darstellte. Sollte er sich revanchieren und anfangen, in Sommers Vergangenheit zu wühlen, könnten Details in den Fokus der Öffentlichkeit geraten, die besser im Dunkeln blieben. Natürlich war das kein Grund, um den Mann vom Haken zu lassen.

Er stieg aus dem Wagen aus. Wie bei seinem letzten Besuch hatte er Glück. Die Haustür ließ sich einfach aufdrücken. Sommer ging in die erste Etage und klingelte.

Diesmal dauerte es nicht lange, bis Kappler ihm öffnete. »Sie schon wieder?«, fragte er genervt.

Hauptkommissar Wandler hatte es bislang geschafft, den Mord an Carsten Korn aus der Presse herauszuhalten. Falls Kappler darüber Bescheid wusste, würde das Sommers Verdacht erhärten. Aber wie bekäme er das heraus?

»Werden unsere Treffen jetzt zu einer Art lästiger Tradition, die ich nicht mehr loswerde?«, fuhr Kappler fort.

»Woran arbeiten Sie gerade? Hab lange nichts mehr von Ihnen gelesen.«

»Bis der Killer das nächste Mal zuschlägt«, vertröstete Kappler ihn. »Sie schaffen es nicht, mich an der Berichterstattung zu hindern.«

Sommer nahm an dem Journalisten keinerlei verräterische Körpersprache wahr. »Sie wollen mich also loswerden?«, fragte er. »Mich nicht mehr unangekündigt auf Ihrer Matte stehen haben?«

»Nichts lieber als das«, bestätigte Kappler.

»Dann sagen Sie mir, wo Sie in den Mordnächten waren.«

Der Journalist verschränkte die Arme vor der Brust. »Vergessen Sie's!«

»Wieso weigern Sie sich?«

»Glauben Sie wirklich, ich hätte etwas mit diesen schrecklichen Taten zu tun? Wäre ich der Mörder, hätte ich nicht darüber geschrieben. Dann würde ich wohl lieber weiter im Dunkeln agieren. Das sollte Ihnen Ihr gesunder Menschenverstand sagen – falls Sie überhaupt einen besitzen.«

»Können wir uns drinnen unterhalten?«, fragte Sommer.

»Hören Sie mit Ihrem Terror auf! Sonst reiche ich eine Dienstbeschwerde ein. Sie können mich nicht einschüchtern. In Deutschland gilt die Pressefreiheit –

auch wenn es Ihnen nicht passt.«

Kappler wich zwei Schritte zurück und warf die Tür zu.

Sommer blieb einen Moment reglos stehen, ehe er den Rückzug antrat. Seine Hoffnung, dass sich der Journalist durch eine unbedachte Äußerung verraten würde, hatte sich nicht erfüllt. Umso mehr Energie würde er nun in den Versuch stecken, etwas über seine Vergangenheit herauszufinden. Sommer hatte während des Wochenendes im Internet einige Informationen gefunden, die dabei hilfreich sein könnten.

***

Mats Hohme lebte in einer klassischen Sechzigerjahre-Hochhaussiedlung. Über drei Straßenzüge verteilten sich Dutzende Häuser, die mindestens siebenstöckig waren.

Drosten parkte seinen Wagen in einer freien Parkbucht. Unterwegs hatte er über sein Vorgehen nachgedacht. Sollte er unauffällig in Hohmes Umfeld Erkundigungen einziehen? Oder die Konfrontation suchen? Nach dem, was Sommer ihm über Hohmes Verhalten berichtet hatte, tendierte er zur zweiten Möglichkeit.

An der Haustür studierte er die Namensschilder. Hohme lebte zusammen mit zwei anderen Parteien in der fünften Etage. Statt bei dem Mann zu klingeln, probierte Drosten es wahllos bei Bewohnern aus anderen Stockwerken. Zweimal reagierte niemand, doch schon beim dritten Versuch hatte er Glück.

»Hallo?«, erklang eine weibliche Stimme.

»Wasserwerke. Ich muss dringend ins Haus«, rief Drosten.

Es dauerte nur Sekunden, bis ihm die Bewohnerin öffnete.

Drosten nutzte den Fahrstuhl, um in die fünfte Etage zu gelangen. An Hohmes Tür drückte er die Klingel. Aufmerksam musterte er die Linse des Türspions. Als die sich verdunkelte, klopfte er laut an.

»Herr Hohme! Machen Sie bitte auf! Wir müssen reden.«

Nichts geschah. Erneut klopfte er. Der Bewohner weigerte sich nicht nur, ihn einzulassen, anscheinend interessierte ihn auch nicht, wer da vor seiner Tür Einlass verlangte.

Drosten drückte mehrere Sekunden lang die Klingel, ehe er erneut klopfte. Plötzlich öffnete sich die Tür hinter ihm.

»Herrje, was soll denn der Krach, junger Mann?«

Drosten drehte sich um und musterte die rüstig wirkende Seniorin, die einen weißen Kittel und Gummihandschuhe trug.

»Danke für den jungen Mann«, sagte er.

»Ich danke Ihnen nicht für den Lärm«, erwiderte sie grimmig.

Er klappte seinen Dienstausweis auf. »Polizei. Können wir uns in Ihrer Wohnung unterhalten?«

Ihre Mimik verriet ihm mehr als ihr Schweigen. Sie hob die Augenbrauen und lächelte verhalten. Sah sie in ihm eine willkommene Abwechslung im tristen Alltag?

Die Frau zog die Gummihandschuhe aus. »Was wollen Sie von Herrn Hohme?«

»Ein paar Auskünfte.«

»Ist er nicht da?«

»Ich glaube eher, er weigert sich, mir zu öffnen.«

»Seltsam. Kommen Sie herein.«

Drosten las den Namen Fischers unter dem Klingelschild.

Die Frau führte ihn in ein kleines Wohnzimmer. Die Handschuhe legte sie unterwegs ab. Auf dem einzigen Wohnzimmertisch lag eine ausgebreitete Tageszeitung, daneben eine geöffnete Tafel Schokolade. Sie packte die Zeitung zusammen und schob ihm die Süßigkeit zu. »Bedienen Sie sich.«

»Danke.« Um Sympathiepunkte bei ihr zu sammeln, nahm er sich trotz fehlendem Appetits ein kleines Stück heraus.

»Hat Herr Hohme etwas angestellt?«, fragte sie ungeniert.

»Genau das will ich herausfinden.«

»Wundern würde es mich nicht«, sagte sie. »Arbeitsloses Ges...« Sie unterbrach sich im letzten Moment, mied Drostens Blick und nahm ebenfalls ein Stück Schokolade. »Er ist im besten Mannesalter. Wieso hängt er den ganzen Tag zu Hause herum?«

»Ist das so?«

Die Frau nickte. »Wenn er das Haus verlässt, dann meistens spätnachmittags. Und er kommt erst nachts wieder.«

»Woher wissen Sie das?«

»Die Wohnungen sind hellhörig. Seit dem Tod meines Ehemanns leide ich unter Schlafstörungen. Man hört es, wenn der unmittelbare Nachbar zu ungewöhnlicher Uhrzeit zurückkehrt, während man gleichzeitig wach an die Decke starrt.«

»Und Sie meinen nicht, dass er zur Arbeit fährt? Spätschicht?«

»Kommt ja nur alle paar Wochen vor«, erklärte sie. »Den Job hätte ich auch gern gehabt.«

Die Nachbarin erwies sich als Goldader. »Alle paar Wochen? Können Sie das einschränken?«

»Junger Mann, ich führe keine Strichliste über die Aktivitäten der Nachbarn.«

Wie bedauerlich, dachte Drosten. »Was ist mit vorgestern Abend? Haben Sie da mitbekommen, ob er nachts zurückgekehrt ist?«

»Von Samstag auf Sonntag?«

»Von Sonntag auf Montag«, korrigierte er sie.

Sie dachte kurz nach, ehe sie den Kopf schüttelte. »Nein.«

»Sicher?«

»Zumindest nicht in der Zeit, in der ich wachgelegen habe.«

»Wie viel Uhr war das?«

Die Seniorin seufzte. »Meistens werde ich kurz nach Mitternacht wach und schlafe frühestens um drei ein. Mein Karl ist um ein Uhr vierzehn nachts gestorben. Neben mir im Bett.«

***

Ein Bulle!

Hohme hatte sich bereits von der Tür entfernt, als er die Stimme der verdammten Nachbarin hörte, mit der er schon mehrfach aneinandergeraten war. Der Unbekannte zeigte ihr einen Ausweis. Außerdem vernahm Hohme deutlich das Wort »Polizei«, ehe die Hexe den Fremden in die Wohnung ließ.

Wie hatten die Bullen ihn gefunden? War das die Schuld des Journalisten?

Er tigerte durch die Räume. Seine Gedanken überschlugen sich. Er müsste das Haus verlassen und eine Weile untertauchen. Doch der Bulle würde sicher mitbekommen, wenn Hohme die Tür öffnete. Schließlich hörte man in diesem verdammten Haus jeden Ton. War er allein hier? Oder wartete auf der Straße Verstärkung?

Hohme riss ein Fenster auf. Zumindest entdeckte er von seinem Standort keinen Streifenwagen.

Er ging zur Schublade des Sekretärs und öffnete sie. Darin lag eine Pistole, die er vorsichtig herausnahm. Was sollte er jetzt tun? Die Flucht ergreifen oder ausharren?

***

Die weiteren Fragen, die Drosten stellte, stärkten nicht sein Vertrauen in Frau Fischers' Glaubwürdigkeit. Ganz im Gegenteil. Fast erschien es ihm, als würde sie ihren Nachbarn liebend gern von der Polizei abgeführt wissen.

»Das hat mir sehr geholfen«, sagte er trotzdem.

»Was passiert jetzt mit ihm?«, fragte Fischers.

»Ich hoffe, er öffnet mir die Tür. Damit ich die Angelegenheit klären kann.«

»Und Sie können mir wirklich nicht sagen, was er angestellt hat?«

»Vielleicht gar nichts.« Drosten stand auf und reichte ihr die Hand, die sie ergriff. »Bleiben Sie ruhig sitzen. Ich finde allein hinaus.«

***

Hohme hatte erst ein paar Sachen in eine Reisetasche gesteckt, als er das Geräusch einer sich öffnenden Wohnungstür hörte. Mit der Pistole in der Hand huschte er in die Diele. Er drückte den Lauf an die Tür und schaute durch den Spion. Der Bulle verließ die Wohnung der Nachbarin. Doch statt zum Aufzug zu gehen, stellte er sich vor Hohmes Tür und klingelte.

»Herr Hohme!«, erklang seine fordernde Stimme. »Öffnen Sie! Ich sehe Sie durch den Spion.«

Es war unmöglich, das Haus zu verlassen, solange der Bulle ihm im Weg stand.

Gab es nur einen Ausweg? Musste er sich den Fluchtweg freischießen und darauf hoffen, dass unten keine Verstärkung wartete?

Hohme zögerte einen Moment. Dann drückte er ab. Die Kugel durchschlug mühelos die Tür.

17

»Dass du mir so etwas zutraust«, sagte Björn. Er schaute seine Ex-Verlobte vorwurfsvoll an. »Du kennst mich. Wir waren lange ein Paar. Selbst wenn mich einhundert Zeugen in der Nähe aller Tatorte gesehen hätten, müsstest du wissen, dass ich kein Mörder bin. Verena! Das musst dir doch klar sein!«, fügte er anklagend hinzu.

»Da tötet ein Unbekannter Familien. Ich werde den Teufel tun und irgendwen von vornherein ausschließen«, widersprach Kraft. »Egal, wie gut ich ihn kenne.«

Er trat auf sie zu. »Komm mit!«

»Wohin?«

»Ich beweise dir meine Unschuld. Dazu müssen wir ins Arbeitszimmer.«

Die Wohnung verfügte über insgesamt vier Zimmer. Neben dem Wohn- und dem Schlafzimmer hatte Björn einen Raum als Studio eingerichtet, inklusive Schallisolierung. Im kleinsten Zimmer erledigte er alles

Geschäftliche. Dort stand auch der PC, über den er die Clips hochlud und mit seinen Abonnenten kommunizierte.

»Ich habe die Forenleitung vor etwa einem halben Jahr abgegeben.«

»Warum bist du dann noch im Impressum eingetragen?«

»Weil Ronny mich darum gebeten hat. Als Freundschaftsbeweis.«

»Ronny? Den Namen höre ich zum ersten Mal. Wer ist das?«

»Ronny Teichmann. Ich kenn ihn seit einem Jahr. Lebt auch hier in Würzburg.«

»Von dem hast du mir nie erzählt.«

»Tja«, brummte Björn. »Woran könnte das liegen? Vielleicht an deinem mangelnden Interesse an mir in den letzten Monaten?« Er holte den PC aus dem Ruhemodus und rief sein eigenes Facebook-Profil auf. Dort gab er den Suchbegriff Teich Mann ein. »Das ist er.«

Kraft betrachtete das Foto eines Mannes, den sie auf Mitte dreißig schätzte. Er hatte raspelkurzes Haar und ein durchschnittliches Gesicht. Niemand, der in einer Menge auffiele. Viele Bilder oder Statusmeldungen postete er nicht.

»Woher kennst du ihn?«

»Vom Sport«, erzählte Björn. »Wir trainieren manchmal zusammen und sind so ins Gespräch gekommen. Ronny hat eine Scheidung hinter sich, außer dem Existenzminimum bleibt ihm nichts zum Leben.

Seine Ex behauptet, arbeitsunfähig zu sein. Er sagt, das sei gelogen.« Björn zuckte die Achseln. »Er wollte natürlich auch von mir wissen, was ich beruflich treibe. Hab ihm davon erzählt. Vom YouTube-Kanal. Irgendwann kam die klassische Frage, ob ich davon leben kann. Du weißt, wie ich den Spruch hasse. Also berichtete ich, dass ich früher noch durch andere Online-Aktivitäten Geld eingenommen hätte. Mittlerweile sei das ein Klotz am Bein, weswegen ich es langsam auslaufen lassen wollte. Tja. Da hatte er die Idee, ob er das übernehmen soll. Er bekommt steuerfrei fünfzig Prozent aller Einnahmen und betreut die Foren. Das Geld überweise ich ihm auf ein Konto, von dem seine Ex keine Ahnung hat.«

»Also Schwarzarbeit?«

Björn schmunzelte. »Immerhin reduzierst du gerade die Anklage von Mord auf Beschäftigung eines Schwarzarbeiters. Ein Fortschritt.«

»Warum lässt du dich darauf ein? Hast du keine Angst, Ärger zu bekommen?«

»Wir reden hier über rund dreißig Euro im Monat. Beziehungsweise einen knappen Hunderter im Quartal. Und ich führe auf die Einnahmen Steuern ab. Deswegen kriegt er ja nur fünfzig Prozent. Der Rest fließt in die Einkommensteuer und einen kleinen Gewinn für mich.«

»Kann er keinen Unfug anstellen, für den du juristisch haftest?«

Björn öffnete eine Schublade und entnahm ihr eine Kladde. »Ich hab ja dank der Passwörter vollen Zugriff. Allerdings habe ich die Zugangsdaten nicht im Kopf.«

Er surfte zu einem der Foren. In der Kladde schaute er nach Benutzername und Kennwort. Doch als er sie eingegeben hatte, erschien eine Fehlermeldung. Er versuchte es noch einmal – mit demselben Ergebnis.

»Was soll das?« Björn rief ein anderes Forum auf und versuchte, sich einzuloggen. »Ronny hat die Kennwörter geändert. Scheiße! Das hätte er mir sagen müssen.« Zerknirscht drehte er sich zu ihr um. »Soll ich ihn anrufen? Oder selbst ein neues Passwort anfordern? Es läuft ja alles über meine E-Mail-Adresse.«

»Nein«, entschied Kraft. »Wir suchen ihn unangemeldet auf. Ich will ihn nicht vorwarnen.«

»Ronny ist bestimmt kein Mörder.«

»Vor fünf Minuten hättest du auch noch gesagt, dass er nicht ohne Rücksprache mit dir die Zugangsdaten ändert.«

Björn brummte etwas Unverständliches.

»Weißt du, ab wann er zu Hause ist?«

»Er macht meistens Spätschichten. Jetzt treffen wir ihn bestimmt besser an als heute Abend.«

Sie fuhren in Krafts Dienstwagen zu der sechs Kilometer entfernten Adresse.

»Sei mal ehrlich«, sagte Björn bereits an der ersten Kreuzung. »Hast du mir die Morde wirklich zugetraut? Das würde mich echt verletzen. Nach all den Jahren.«

Kraft seufzte. Wie viel konnte sie ihrem Ex anvertrauen?

»Die Foren, für die du der Verantwortliche bist ...«

»Warst«, korrigierte er.

»Bei denen du im Impressum genannt bist«, konkretisierte sie. Der verbale Schlagabtausch erinnerte sie unangenehm an frühere Diskussionen, die oft um unwichtige Details gekreist waren, statt zum Kern des Problems vorzudringen. »Das ist ein starkes Indiz. Aber ehrlich gesagt gab es zwei wichtige Punkte, die gegen deine Beteiligung sprachen. Die ersten Morde fanden vor unserer Trennung statt.«

»Ja und?« Offenbar verstand er den Zusammenhang nicht.

»Wir haben spekuliert, ob du die Mordserie inszenierst, um mich zurückzugewinnen.«

»Euer Ernst?«

»Und damit sind wir beim zweiten Punkt. Du hättest niemals vorhersehen können, dass ich in die Ermittlungen involviert bin.«

»Ist irgendwie hart«, meinte er.

Sie schwiegen auf dem nächsten halben Kilometer.

»Mein Kanal läuft übrigens super«, wechselte er das Thema. »Dreißig Prozent Wachstum in den letzten Monaten. Nur diese verdammte Urheberrechtsreform macht mir Kopfzerbrechen.«

»Ich drück dir die Daumen, dass es so weitergeht.«

»Fehlt dir Würzburg schon? Hast du Heimweh?«

»Bislang kein Stück«, antwortete Kraft ehrlich. Aus dem Augenwinkel nahm sie seinen verbitterten Blick wahr.

»Super«, brummte er – und schwieg für den Rest der Fahrt.

»Hi, Ronny!«, begrüßte Björn den Mitarbeiter an der Wohnungstür. »Das ist meine, äh, das ist Verena.«

»Oberkommissarin Kraft. KEG.«

»Polizei?«, vergewisserte sich Teichmann.

»Können wir kurz rein?«, fragte Björn. »Geht um die Foren. Aber keine Sorge, sie ist nicht vom Zoll.« Er lachte.

Überrumpelt trat Teichmann von der Tür zurück. »Was ist denn los?«

»Wieso hast du bei den Foren die Passwörter geändert?«, fragte Björn. »Ich komm nicht mehr rein. So war das nicht ausgemacht.«

»Hab ich dir nicht Bescheid gesagt? Nach dem letzten Daten-Leak fand ich es besser, die Passwörter abzuändern. Sorry, hätte ich dir sagen müssen. Hab ich verschwitzt.«

»Allerdings«, bestätigte Björn.

»Können Sie sich in einige der Foren, die Sie betreuen, einloggen? Ich brauche Informationen.«

»Haben Sie eine richterliche Genehmigung?«, fragte der Mann.

»Ronny, die braucht sie kaum, wenn ich als Verantwortlicher meine Zustimmung gebe.«

»Seh ich anders, aber meinetwegen. Dein Bier!«

Fünf Minuten später hatte Verena Kraft einen wichtigen Fortschritt erzielt. Die ermordeten Frauen hatten bei der Anmeldung in den Foren ihre richtige Namen und Wohnorte angegeben. Für den Mörder war es leicht gewesen, ihre Adressen herauszufinden.

»Björn hat gesagt, Sie arbeiten meistens in Spätschicht?«, fragte sie.

»Nicht mehr«, antwortete Teichmann.

»Sondern?«

»Ich bin arbeitslos. Seit vier Monaten.«

»Davon hast du beim Sport nichts erwähnt«, beschwerte sich Björn. »Im Gegenteil. Du hast doch immer gestöhnt, weil eine Schicht bevorstand.«

»Tja. Da war ich wohl nicht ehrlich. Mein Leben ist mir gerade ein bisschen peinlich.«

»Beantworten Sie mir, ob Sie für bestimmte Tage Alibis vorweisen können?«, fragte Kraft.

»Wenn's sein muss.«

Sie nannte ihm die Mordnächte. Für zwei Nächte hatte er kein Alibi, für die allererste konnte er allerdings eine Party angeben. Und am Tag der letzten Tat war er allein im Kino gewesen. Er teilte ihnen den Namen des Films mit.

»Deine Besprechung dazu finde ich übrigens nicht gut«, kritisierte er Björn. »Acht von zehn Punkten? Niemals. Der Film war Schrott!«

»Ich gebe nur meine persönliche Meinung wieder«, meinte Björn pikiert.

»Haben Sie noch die Eintrittskarte? Oder einen Kaufbeleg?«, fragte Kraft.

»Nein«, erwiderte der Mann bedauernd. »Hab bar an der Kasse bezahlt und das Ticket weggeworfen.«

»Hätten Sie einen Hackerangriff bemerkt? Oder hätte jemand unbemerkt an Nutzerdaten gelangen können?«

»Ausschließen kann ich das nicht. Aufgefallen ist mir nichts.«

»Sonst etwas Ungewöhnliches passiert?«

»Mich hat ein Journalist wegen der Foren angeschrieben. Ist so zwei Monate her. Hat mich damals gewundert, denn ich bin ja nirgendwo genannt.«

»Erinnern Sie sich an seinen Namen?«

»Ich such die Mail raus. Vielleicht hab ich sie noch.«

***

Kraft beschloss, ihre Kollegen erst zu kontaktieren, wenn sie Björn nach Hause gebracht hätte. Das, was sie mit ihnen zu besprechen hatte, war nicht für seine Ohren bestimmt. Obwohl Björn Anstrengungen unternahm, den Abschied hinauszuzögern, setzte sie ihn vor seiner Haustür ab und zeigte sich kurz angebunden. Als die Haustür hinter ihm zufiel, wählte sie zuerst Roberts Nummer, bei der jedoch die Mailbox ansprang. Sommer hingegen meldete sich nach wenigen Sekunden Freizeichen.

»Arthur Kappler hat dem Forenbetreiber eine Mail geschrieben und um Auskünfte über die Foren gebeten.«

»Er hat deinen Ex angeschrieben?«, fragte Sommer.

»Der hat die Verantwortung delegiert. Ich hab gerade mit dem Mann gesprochen, der das inzwischen erledigt. Kappler hat ihn vor ungefähr zwei Monaten kontaktiert. Ich hab einen Ausdruck der E-Mail. Er wollte wissen, wie die Zugangsdaten der Teilnehmer geschützt sind.«

»Erhärtet das unseren Verdacht?«, fragte Sommer. »Oder hat er das nur im Rahmen der Recherche herausgefunden?«

»Du übersiehst den wichtigsten Punkt«, sagte Kraft. »Der Mann, der die Foren leitet, heißt Teichmann. Aber im Internet steht nirgendwo, dass Ronny Teichmann aus Würzburg der Verantwortliche ist. Überall im Impressum findet sich der Name Björn Schneider.«

»Jetzt kapier ich's. Woher wusste Kappler davon?«

»Das sollten wir schnellstmöglich herausfinden. Wo ist eigentlich Robert? Ich hab ihn telefonisch nicht erreicht.«

18

Robert Drosten spürte einen stechenden Schmerz. Der Knall eines Schusses hallte in seinen Ohren wider. Instinktiv duckte er sich und ging neben der Tür in Deckung. Dabei griff er zur Pistole im Schulterholster.

Hektisch schaute er sich um. Eine Kugel hatte die Tür von Hohmes Wohnung durchschlagen. Offenbar hatte ein Holzsplitter Drostens Arm getroffen und ihm einen harmlosen Kratzer verpasst. In der gegenüberliegenden Wand entdeckte er ein Loch. War das Projektil dort eingedrungen?

Er strich mit den Fingerspitzen über den oberflächlichen Kratzer. Das hätte übler ausgehen können.

In diesem Moment öffnete sich die Wohnung der Nachbarin.

»Was war das für ein Krach?«, fragte sie irritiert.

»Gehen Sie zurück ins Wohnzimmer! Halten Sie sich von der Tür fern! Herr Hohme hat eine Waffe.«

»Jesus, Maria und Josef!« Sie warf die Tür zu, die sie sogleich von innen abschloss.

Er griff zu seinem Telefon und wählte den Notruf. Er war auf die Hilfe der hiesigen Polizei angewiesen.

***

O nein!, dachte Hohme entsetzt.

Er hatte das Bullenschwein nicht tödlich getroffen. Der Kerl war noch in der Lage, der neugierigen Hexe von gegenüber Anweisungen zu geben.

Was sollte er jetzt tun? Eine Flucht durch den Hausflur schien ausgeschlossen. Sobald er die eigene Tür öffnen würde, käme das einem Todesurteil gleich.

Hektisch rannte er ins Wohnzimmer und legte die Pistole auf den Tisch.

Hohme öffnete die Balkontür. War das der einzig verbliebene Ausweg? Er trat hinaus und schob einen Balkonstuhl vor die Brüstung. Mit zittrigen Beinen kletterte er auf den Stuhl.

***

Drostens Telefon klingelte und übertrug Verenas Nummer. Da er jedoch auf den Rückruf der Notrufzentrale wartete, die ihn zum zuständigen LKA durchstellen sollte, ignorierte er den Anruf seiner Kollegin vorläufig. Er wollte sie nicht unnötig beunruhigen. Er würde Kraft und Sommer schnellstmöglich in Kenntnis setzen.

In den langen Minuten der Wartezeit führte er sich vor Augen, wie knapp er dem Tod entkommen war. Hätte Hohme den Schuss ein paar Zentimeter weiter links angesetzt, wäre Drosten jetzt tot. Oder hatte lediglich das Holz den Schuss abgelenkt? Er dachte an Melanie, Dana und seine Kollegen. Polizisten verdrängten immer wieder, wie gefährlich ihre Arbeit war, um sich nicht selbst zu lähmen. Jeden Tag riskierten sie ihr Leben. Zum Glück wurde es nur selten so ernst wie heute. Und nicht in allen Fällen wäre der Schutzengel rechtzeitig zur Stelle.

Er unterdrückte die Wut über den skrupellosen Mann, der ohne Vorwarnung geschossen hatte. Zorn würde ihn nur zu einer unüberlegten Handlung verleiten.

Erneut klingelte sein Handy und zeigte eine nicht eingespeicherte Nummer an.

»Hauptkommissar Drosten.«

»Oberkommissar Brehme. Die Zentrale hat mir Ihre Nummer gegeben. Sind Sie noch im Hausflur der fünften Etage?«

»So ist es.«

»Wir sehen in der entsprechenden Etage einen Mann auf dem Balkon stehen. Einen Fuß hat er auf die Brüstung gesetzt.«

»Scheiße!«, fluchte Drosten. »Springt er gleich?«

»Nicht auszuschließen. Oder er sucht einen Fluchtweg.«

»Aus solcher Höhe? Unwahrscheinlich. Ist die Feuerwehr unterwegs, um ein Sprungtuch zu spannen?«

»Nein«, bedauerte Brehme. »Das hat noch niemand veranlasst. Allerdings sollte in einer halben Stunde ein mobiles Einsatzkommando eintreffen, um die Wohnung zu stürmen.«

»Alarmieren Sie die Feuerwehr. Wir brauchen ihn lebend.«

***

Hohme starrte in die Tiefe. Drei Streifenwagen standen auf der Straße. Selbst wenn er sich wie ein Fassadenkletterer von einem Balkon zum nächsten schwingen würde, entkäme er den Bullen nicht.

Es war hoffnungslos. Jeder denkbare Fluchtweg war versperrt.

Für einen Moment spielte er mit dem Gedanken, über die Brüstung zu springen. Wie lange würde der Sturz dauern? Zwei Sekunden? Vielleicht drei? Doch die Vorstellung, in den Tod zu springen, schreckte ihn ab.

Hohme kletterte vom Stuhl und kehrte gesenkten Kopfes ins Wohnzimmer zurück.

***

»Die Zielperson hat sich vom Balkon zurückgezogen«, informierte Brehme Drosten.

»Bis zum Eintreffen des MEK dauert es noch über zwanzig Minuten?«

»So ungefähr«, bestätigte Brehme. »Wir schicken zwei Polizisten zu Ihnen hoch. Dann haben Sie Feuerschutz, falls er versucht, sich den Weg freizuschießen.«

»Verstanden. Danke!«

Drosten richtete die Waffe auf die Tür. Sollte sie sich öffnen, würde er zuerst einen Schuss in Beinhöhe abgeben. Hohme hatte seine Rücksichtslosigkeit bereits bewiesen. Für besondere Rücksichtnahme gab es keinen Grund.

Doch nichts passierte. Schließlich hörte er, wie hinter ihm die Tür zum Treppenhaus aufschwang. Ohne die Pistole wegzunehmen, schaute er über die Schulter.

»Hauptkommissar Drosten?«, fragte eine Polizistin, die ebenfalls ihre Dienstwaffe in der Hand hielt.

»Ja«, bestätigte er.

***

Hohme setzte sich auf die Couch. So hatte er sich das Ende nie vorgestellt.

Seine Ex-Frau hatte gewonnen. Das ärgerte ihn am meisten. Ob seine Tochter jemals verstehen würde, wer ihr Vater wirklich gewesen war?

Er nahm die Pistole vom Tisch und drückte sich den Lauf unters Kinn. Brachte er es über sich, genug Druck auf den Abzug auszuüben? Oder wäre es besser, auf die hereinstürmenden Bullen zu feuern, damit die den blutigen Job erledigten?

Er senkte die Waffe wieder.

***

Endlich war das sechsköpfige mobile Einsatzkommando eingetroffen. Der Teamleiter ließ sich die Situation genau von Drosten erklären.

»Der Bewohner heißt Mats Hohme. Ich wollte ihn im Rahmen einer Serienmordermittlung befragen.«

»Wie viel Menschen hat er vermutlich getötet?«

»Elf«, antwortete Drosten.

»Scheiße!«

»Ohne Vorwarnung hat er durch die Tür geschossen und mich nur knapp verfehlt. Sie müssen also mit Widerstand rechnen. Trotzdem wäre es mir lieber, wenn Sie ihn lebend verhaften.«

»Sie wissen, dass die Sicherheit meiner Männer Vorrang hat?«

»Natürlich.«

Der Teamleiter dankte Drosten für die Informationen und besprach sich flüsternd mit seinem Stellvertreter. Dann forderte er Drosten auf, das Stockwerk zu verlassen.

»Sie können hinter der Treppenhaustür warten. Dort stehen Sie uns nicht im Weg und schweben nicht in Gefahr.«

Es hatte keinen Sinn, dem Mann zu widersprechen. Drosten war ein Ortsfremder und benötigte die Hilfe der Kollegen.

»Geben Sie mir sofort Bescheid, wenn Sie ihn festgenommen haben.«

Er ging zur Treppenhaustür und öffnete sie. Nun musste er auf einen unblutigen Ausgang hoffen.

***

Ein einziger Stoß mit einer Ramme reichte, um die Tür aufzubrechen. Sie flog nach innen auf.

»Polizei!«, rief der Polizist, der als Erster die Räumlichkeiten betrat. Zu seinem Schutz hielt er einen schusssicheren Schild in die Höhe. Ihm folgten zwei Männer mit gezogenen Waffen.

»Hände hoch!«, schrie einer von ihnen. »Nehmen Sie die Pistole weg!«

***

Drei martialisch ausgerüstete Bullen stürmten das Wohnzimmer. Hohme drückte sich die Waffe fester unters Kinn.

»Waffe weg!«

Wieso sollte ich? Um irgendwo in einem Knast zu verrecken?

Er dachte an seine Tochter. Plötzlich hatte er ein Bild von ihr vor Augen. Aus der Zeit, als sie ein Baby gewesen war. Wie verliebt er damals gewesen war.

Gab es eine schönere letzte Erinnerung?

Hohme schoss.

***

Blut hatte sich auf der weißen Wand hinter dem Sofa verteilt. Hohme hatte sich endgültig jeder weiteren Befragung entzogen. Wenigstens hatte er keinen Schuss auf die Polizisten abgefeuert.

»Der Tote ist ein Verdächtiger in einer Mordserie«, erklärte Drosten den anwesenden Polizeibeamten, die ihn bei der Durchsuchung unterstützen würden. »Die Morde an den getrennt lebenden Familien – bestimmt haben Sie davon gehört. Wir stellen seine Wohnung auf den Kopf, um Beweismaterial zu finden, das ihn damit in Verbindung bringt.«

Drosten betrachtete die Pistole, mit der sich Hohme erschossen hatte. Ein Modell aus dem Zweiten Weltkrieg. Es passte definitiv nicht zu den bisherigen Morden. Hatte das etwas zu bedeuten?

Er griff zum Telefon und berührte das kleine Symbol, das ihn über den verpassten Anruf von Verena Kraft informierte. Es wurde Zeit, die Kollegen einzubeziehen.

»Hallo, Robert«, begrüßte sie ihn.

»Ich bin in Hohmes Wohnung. Er hat sich erschossen.«

»Was?«

»Ich schätze, wir haben unseren Mörder gefunden. Bleib dran. Ich versuche, Sommer zu einer Telefonkonferenz ins Boot zu holen.« Noch einmal fiel sein Blick auf die antike Pistole, die ihm ein ungutes Gefühl bereitete.

19

In wenigen Sekunden in den Himmel und zurück in die tiefste Hölle. Genau so fühlte es sich für Björn an.

»Ich bin's.«

Natürlich hatte er sofort ihre Stimme erkannt. Sein Herz hatte wie verrückt geschlagen, denn er war überzeugt gewesen, dass sie sich mit ihm versöhnen wollte. Doch diese Hoffnung hatte sie ihm in kürzester Zeit geraubt.

Auf dem Handy betrachtete Björn Schnappschüsse der vergangenen Jahre. Verena hatte sich nicht oft fotografieren lassen. Manche Aufnahmen hatte er sogar heimlich gemacht. Alles wegen ihres verdammten Jobs. Während er von der Öffentlichkeit lebte, wollte sie im Verborgenen bleiben.

Ihr beschissener Job! Nur deswegen tauchte sie bei ihm auf. Um ihm dienstliche Fragen zu stellen und einen Verdacht gegen ihn auszuräumen.

Wie hatte sie das überhaupt von ihm denken können? Kannte sie ihn so schlecht?

Björn warf das Handy auf die Couch. »Du blöde Schlampe!«, zischte er. »So darfst du mich nicht behandeln!«

Am liebsten würde er jetzt in der eigenen Wohnung randalieren. Nur ein kleiner Funken logischen Denkens hielt ihn davon ab, dem Impuls nachzugeben.

Björn setzte sich auf einen Sessel und stieß den Atem aus.

So hatte er sich ihr Wiedersehen nicht vorgestellt. Er war ja noch nicht einmal dazu gekommen, ihr neues Wohnumfeld in Wiesbaden heimlich aufzusuchen. Ständig hinderten ihn zeitfressende Aufgaben daran, dem Plan nachzugehen, mit dem er sie zurückzugewinnen hoffte.

Seine Gedanken schweiften ab. Zu Ronny. Verena konnte das nicht wissen, denn sie kannte ihn nicht. Björn hingegen hatte schnell erkannt, dass Ronny mehrfach gelogen hatte. Oder zumindest die Fakten ein wenig verdreht. Da er seinen Freund nicht blamieren wollte, hatte er sich nichts anmerken lassen.

Wieso log Ronny? Was verbarg er?

Falls es Björn gelänge, den Grund für Ronnys Verhalten herauszufinden, könnte er Verena in ihrem Job unterstützen. Bestimmt wäre sie ihm dafür dankbar.

Ob sie so stolz auf ihn wäre, dass sie ihrer Liebe eine zweite Chance einräumte?

Er beschloss, seinen Freund erneut aufzusuchen – diesmal allerdings allein. Vorab müsste er jedoch das

Video zu Ende editieren, das er morgen Früh hochladen wollte. Manchmal ging auch bei ihm der Job vor.

***

Nachdem die Polizisten eine Stunde Hohmes Wohnung auf den Kopf gestellt hatten, begann Drosten eine weitere Telefonkonferenz mit Sommer und Kraft. Beide erreichte er im ersten Anlauf.

»Habt ihr Beweise gefunden?«, fragte Sommer voller Hoffnung.

»Bisher nicht«, erwiderte Drosten. »Die Kollegen arbeiten mit Hochdruck daran. Wieso hätte er sich so verhalten sollen, wenn er nicht hinter den Taten steckt?«

Drosten versuchte, die nervige Stimme in seinem Kopf zu ignorieren, die mit jeder Minute lauter wurde.

»Ich kenne dich, Robert«, sagte Sommer unvermittelt. »Du hast Zweifel.«

»Mich stören ein paar Ungereimtheiten«, gab Drosten zu. »Er hat eine Waffe aus dem Zweiten Weltkrieg benutzt. Wir haben alte Fotos gefunden. Ein Mann in Wehrmachtsuniform, der stolz eine ähnlich aussehende Pistole in die Kamera hält. Vielleicht bilde ich es mir nur ein, aber der Unbekannte und Hohme haben ähnliche Gesichtszüge.«

»Sein Großvater?«, folgerte Kraft.

»Möglich.«

»Ihr habt keine moderne Pistole gefunden?«, hakte Sommer nach.

»Noch nicht.«

»Sollen wir zu dir kommen, um dich bei der Spurenauswertung zu unterstützen?«, fragte Kraft.

»Nein«, entschied Drosten. »Geht euren eigenen Spuren nach. Lukas, hast du schon etwas über Kappler herausgefunden?«

»Vielleicht. Die ersten Nachbarn, die ich angetroffen habe, behaupten, nichts über ihn zu wissen. Ruhig und unauffällig, so beschreiben sie ihn. Aber hier wohnt ein Bäcker in der Nachbarschaft. Der ist sich ziemlich sicher, Kappler Montagfrüh gegen vier Uhr auf der Straße gesehen zu haben.«

»Von Erfurt nach Hannover dauert es ein paar Stunden«, murmelte Drosten.

»So ist es«, bestätigte Sommer. »Vier Uhr morgens würde passen, nachdem der Angriff auf Familie Korn um Mitternacht stattgefunden hat. Ich hab den Namen des Bäckers notiert, falls wir je eine offizielle Aussage benötigen.«

»Klingt super«, sagte Kraft. »Ich versuche, Hintergrundmaterial über Teichmann zu sammeln. Wobei er mir nicht verdächtig vorkam.«

»Wollen wir hoffen, dass sich die Ungereimtheiten bei Hohme in Luft auflösen. Ich halte euch auf dem Laufenden«, versprach Drosten.

***

Lukas Sommer schob das Handy in die Hosentasche. Er dachte über Drostens Zweifel nach. So wie er ihn einschätzte, hatten die Ungereimtheiten Hand und Fuß. Also waren sie nicht vorangekommen.

Zudem störte Sommer noch ein weiterer Punkt: Falls Hohme der Mörder war, hatte Kappler ihnen den Namen quasi auf dem Silbertablett serviert. Hohme war zuvor in den Ermittlungen nicht aufgetaucht. Konnte es wirklich so einfach sein? Normalerweise war es das eben nicht.

Sommer hatte bei allen Nachbarn des Journalisten angeklingelt und war sogar überzeugt davon, dass Kappler die Befragungen mitbekam. Ein kleiner Nadelstich. Leider hatten seine Bemühungen nur zu einem Ergebnis geführt, das es allerdings in sich hatte. Nun würde er sich dem persönlichen Umfeld des Journalisten widmen. Der nutzte soziale Medien, und Sommer hatte am Wochenende seine Profile studiert und Querverweise bei Leuten gefunden, die Kapplers Postings kommentierten. So war er auf eine Frau gestoßen, die ebenfalls in Hannover lebte und Kappler aus der Schulzeit kannte. Sie arbeitete als Grafikdesignerin in einem Büro, das nur vier Kilometer entfernt lag.

***

Die Videogegensprechanlage erwachte zum Leben. Auf dem Display sah Sommer sich selbst.

»Was wünschen Sie?«, fragte eine weibliche Stimme.

Er hielt den Dienstausweis vor die kleine Kamera. »Frau Tafel? Hauptkommissar Sommer. Ich würde gern mit Ihnen über Arthur Kappler reden. Haben Sie Zeit?«

»Über Arthur?«, wiederholte sie.

»Lassen Sie mich rein? Dauert vermutlich nicht lang.«

»Kommen Sie in die zweite Etage.«

Der Türsummer erklang, und Sommer betrat das moderne Gebäude. Sabine Tafel lebte und arbeitete in einem Neubaugebiet, in dem noch nicht alle Baumaßnahmen abgeschlossen waren.

An der Tür erwartete ihn eine Frau mit kurzem Haar. Sie empfing ihn barfuß, trug einen knöchellangen, gestreiften Rock, ein helles T-Shirt und hatte sich ihre schwarze Brille auf die Stirn geschoben.

»Wenn Sie in die Wohnung wollen, müssen Sie Ihre Schuhe ausziehen. Der Eichenboden ist sehr empfindlich. Kann ich noch einmal Ihren Ausweis sehen? Und wieso interessieren Sie sich für Arthur?« Sie feuerte ihre Sätze in unfassbarer Geschwindigkeit ab, ohne Luft zu holen.

Sommer streifte die Schuhe ab und zeigte ihr den Ausweis.

»Sieht offiziell aus«, brummte sie. »Kommen Sie herein.«

Sie führte ihn in einen offenen Wohnbereich mit Küche.

»Kaffee gefällig? Ich könnte einen gebrauchen. Obwohl ich schon ziemlich viel intus habe. Und jetzt sagen Sie schon. Was hat Arthur ausgefressen?«

Sommer schmunzelte. »Ein Kaffee wäre nett.«

Sabine Tafel lächelte ebenfalls. »Ich rede wieder zu schnell, oder? Alter Fehler. Ich mache uns schweigend Kaffee.«

»Wie lang kennen Sie Kappler?«, fragte Sommer fünf Minuten später.

»Seit der Oberstufe. Wir, also Arthur, Nicola und ich hatten alle Deutsch Leistungskurs gewählt.«

»Nicola?«

»Sagt Ihnen der Name nichts? Ich hab fast befürchtet, Sie kämen ihretwegen. Sie war seine Frau, die Mutter ihres gemeinsamen Kindes. Der Unfall hat mich damals schwer getroffen. Das war das erste Mal, dass ich eine Freundin verloren habe.«

»Ich wusste, dass Kappler geschieden ist, ein Kind hat ...«

»Hatte«, korrigierte Tafel. »Lucy ist damals ebenfalls gestorben.«

»Wann und wobei?«

»Ein Verkehrsunfall. Irgend so ein übermüdeter Lkw-Fahrer hat das Ende eines Staus übersehen und ist auf ihren Wagen aufgefahren. Sie hatten keine Chance.«

»Wie lang ist das her?«

Tafel rechnete kurz nach. »Vier Jahre.«

»Waren die Kapplers damals schon geschieden?«

»Klar. Ich glaube, schon seit fünf Jahren. Lucy war bei der Scheidung acht, sie ist mit dreizehn gestorben.«

»Kappler hat erwähnt, er sei selbst wegen Falschaussagen vor Gericht um das Sorgerecht gebracht worden. Deshalb stürzt er sich so auf das Thema. Behauptet er.«

Sommers Gastgeberin verzog den Mund. Um Zeit zu schinden, nippte sie am Kaffee.

»Wissen Sie, welche Falschaussage er meinen könnte?«, hakte er nach.

»Ich war mit beiden befreundet. Jetzt ist Nicola tot, und mein Kontakt zu Arthur beschränkt sich auf ein paar Kommentare im Internet. Ab und zu eine Nachricht. Zu Geburtstagen und so. Das war für mich damals echt hart. Ich mochte sie beide. Zumindest bis Nicola das erste Mal mit Lucy im Schlepptau vor meiner Tür stand. Ein Veilchen im Gesicht, das sie ihm verdankte.«

»Kappler hat seine Frau geschlagen?«

»Laut Nicola war er jähzornig. Vor allem, wenn er Alkohol trank. Er hatte sie damals wohl nicht zum ersten Mal vermöbelt. Aber das war gar nicht der Hauptgrund, aus dem Nicola die Scheidung eingereicht hat.«

»Sondern?«

»Die Vorwürfe, die er als falsche Anschuldigungen bezeichnet.« Sie seufzte. »Ich kannte nun mal beide. Einerseits fiel es mir schwer zu glauben, dass Nicola log. Andererseits konnte ich mir nicht vorstellen, dass Arthur ... na ja.«

Erneut nippte sie am Kaffee. Sommer folgte ihrem Beispiel.

»Er hat für eine große Artikelserie über Kinderpornografie recherchiert«, fuhr sie fort. »Nicola meint, in der Zeit habe er sich verändert. Die Sache gipfelte in einem sexuellen Interesse an seiner Tochter. Behauptete Nicola. Das Gericht glaubte ihr. Deswegen hat sie das alleinige Sorgerecht erhalten, und Arthur durfte Lucy nicht mehr sehen.«

»Haben Sie ihr geglaubt?«

»Als wir einmal unterwegs waren, so ungefähr ein Dreivierteljahr nach der Scheidung, hat sie mir in betrunkenem Zustand etwas anvertraut. Die Recherchen haben Arthurs Interesse an Kinderpornografie geweckt. Der Anblick nackter Kinder hat ihn angeblich erregt, sie hat ihn beim Masturbieren vor solchen Fotos erwischt. Um sicherzugehen, das Sorgerecht zu erhalten, hat sie gewisse Verhaltensweisen von ihm aufgebauscht. Vor Gericht wurde ihm vor allem zum Verhängnis, dass er Fotos seiner badenden Tochter in einer Digitalkamera gespeichert hatte.« Sie zuckte die Achseln. »Ich hab zwei Jahre den Kontakt zu ihm gemieden. Wenn ich ihm heute schreibe, fällt es mir schwer, die ganze Geschichte zu glauben. Er wirkt so gar nicht wie ein Pädo.«

»Waren Sie die beste Freundin seiner Ex-Frau? Oder hat sich Nicola vielleicht noch jemandem anvertraut?«

»Sie hatte ein sehr enges Verhältnis zu ihrer Mutter. Die lebt ebenfalls hier in Hannover. Ihr Vater ist schon seit Jahren tot.«

»Wissen Sie, wie die Mutter heißt?«

20

»Herr Hauptkommissar! Kommen Sie bitte ins Schlafzimmer«, ertönte eine weibliche Stimme.

Drosten stand auf dem Balkon, um an der frischen Luft den Kopf freizubekommen. »Sofort!«, antwortete er laut. Hatte einer der Polizisten endlich etwas Belastendes gefunden?

Als er die Schwelle zum Schlafzimmer überschritt, sah er haufenweise zusammengerollte Socken, die jemand auf Hohmes Bett geschüttet hatte. Daneben stand eine junge Polizistin, eine Nachttischschublade in der Hand.

»Er hat eine Art Geheimversteck.« Sie legte die Schublade auf den hüfthohen Nachttisch. »Ich hatte befürchtet, jedes Sockenpaar auseinanderrollen zu müssen. Dann fiel mir auf, dass etwas darunter liegt.«

Drosten nahm die Schublade in Augenschein. Der Boden war mit einem blauen Stofftuch verdeckt. Er hob es an. Ein gelber Briefumschlag in DIN-A4-Größe kam zum Vorschein.

»Ich wollte es Ihnen überlassen, ihn zu öffnen«, sagte die Beamtin.

»Räumen Sie das Bett frei. Meinetwegen können die Socken einfach auf den Boden.« Er streifte sich Einmalhandschuhe über, die vor ein paar Stunden ein Beamter der Spurensicherung gegeben hatte.

Die Polizistin schob alle Strümpfe über den Matratzenrand. Drosten öffnete unterdessen den Briefumschlag, der Zeitungsartikel enthielt. Er schüttete sie aufs Bett.

Doch seine Erwartung, dass die Artikel um die Mordserie kreisten, erfüllte sich nicht.

Gemeinsam mit der Kollegin las Drosten die Artikel, die von einem Mord an einer Prostituierten berichteten. »Haben Sie von diesem Fall gehört?«, fragte er die Polizistin.

»Ich kann mich dunkel daran erinnern.«

Die Artikel stammten aus dem Februar des vergangenen Jahres. Mittlerweile waren sie also über ein Jahr alt.

»Florian?«, rief die Polizistin. »Kommst du mal?«

Nach wenigen Augenblicken tauchte ein Streifenbeamter auf.

»Warst du nicht zeitweilig in der Soko eingesetzt? Damals bei dem Prostituiertenmord?«

Der Mann kam näher. »Ja«, sagte er schließlich. »Das arme Ding, noch keine zwanzig Jahre alt.«

»Ist der Mörder je gefasst worden?«, fragte Drosten.

»Nein«, bedauerte der Mann.

»Gehen wir ins Wohnzimmer. Erzählen Sie mir alles, was Ihnen noch dazu einfällt.«

»Es hatte an dem Tag geschneit«, begann der Polizist die Reise in die Vergangenheit. »Das war für die späteren Ermittlungen ein wichtiges Detail. Zum einen hatte es bei der Kälte nur wenige Prostituierte auf die Straße verschlagen. Zum anderen kam der Schnee dem Mörder sehr gelegen. Teile seines Nummernschilds waren nämlich von Schneeflocken verdeckt. Die Prostituierte nannte sich Stacy, ihr bürgerlicher Name lautete Silke Waslowski. Hatte ihre Jugend größtenteils im Heim oder bei Pflegefamilien verbracht. Ist immer wieder abgehauen. Sie war drogenabhängig und finanzierte ihre Sucht durch die Freier. An jenem Abend waren außer ihr bloß zwei weitere Frauen vor Ort auf Freierjagd. Die beiden berichteten übereinstimmend, dass Waslowski in einen dunklen Golf eingestiegen sei. Jedoch konnten sie sich beide nur an einen Buchstaben des Nummernschilds entsinnen. Eine Zeugin war wegen ihres übersteigerten Drogenkonsums nicht sonderlich glaubwürdig.«

»Erinnern Sie sich, welcher Buchstabe das war?«

»Nein«, bedauerte der Mann. »Aber ich kann das gleich für Sie herausfinden. Kostet vermutlich nur einen Anruf.«

»Es gab keinen Hinweis auf die Stadt, in der das Fahrzeug angemeldet war?«, hakte Drosten nach.

»Nein. Insofern half die Aussage nicht sonderlich. Die Mordkommission hatte nicht genug Informationen, um bei Zulassungsstellen Halter abzufragen. Auch die Beschreibung des Fahrers war äußerst vage. Männlich. Kurze Haare. Bart. Um die dreißig.«

»Wie hat er sie getötet?«

»Ihre Leiche wurde eine Stunde später von einer Kollegin gefunden. Auf einem Parkplatz, den die Prostituierten gern mit den Freiern ansteuerten. Sie hatte ein massives Schädelhirntrauma. Der Mörder hat ihr mehrfach mit einem schweren Gegenstand auf den Hinterkopf geschlagen.«

»Gab es DNA-Spuren?«

»Ja. Man fand ein Schamhaar an ihren Lippen, außerdem Spermareste im Mund.«

»Also hat der Unbekannte sie erschlagen, während sie ihn oral und ungeschützt befriedigt hat?«

Der Polizist nickte. »Anfangs ermittelten zwanzig Beamte in dem Mord, aber da Fortschritte ausblieben, wanderte er schnell zu den ungelösten Fällen.«

»Ich schätze, das hat sich jetzt geändert«, vermutete Drosten. »Ein Vergleich mit Hohmes DNA könnte den Beweis liefern. Bringen Sie für mich den Buchstaben in Erfahrung?«

Der Polizist zog ein Telefon aus der Hosentasche. Drosten holte unterdessen das Portemonnaie des Toten aus der Diele. Er klappte es auf und fand in einem Seitenfach einen Fahrzeugschein. Das Auto, das auf Hohme zugelassen war, war nach dem Landkreiskürzel für Fulda auf die Kombination *MH 378* registriert.

Zwar würde der DNA-Abgleich ein zuverlässiges Ergebnis liefern, doch hätte Drosten seinen Verdacht gern vorab bestätigt. Zumindest eine Übereinstimmung konnte er bereits verbuchen: Es handelte sich um einen Golf. Er kehrte zurück ins Wohnzimmer, wo der Polizist gerade sein Telefonat beendete.

»Die Zeuginnen erinnerten sich an den Buchstaben *H*«, erklärte er.

»Das passt zu dem Fahrzeugschein in Hohmes Portemonnaie. MH 378. Ein Golf.«

»Also ist er der mörderische Freier«, folgerte der Polizist.

»Die DNA-Analyse wird das beweisen.«

***

»Ich fürchte, Hohme ist zwar ein Mörder, aber nicht derjenige, den wir suchen«, berichtete Drosten eine Stunde später seinen Kollegen bei einer Dreierkonferenz. Er fasste die relevanten Einzelheiten zusammen.

»Das würde sein seltsames Verhalten erklären«, sagte Sommer. »Wenn er geglaubt hat, du wärst aufgetaucht, um ihn wegen des Prostituiertenmords zu verhaften ...«

»... ergibt sein panischer Schuss durch die Tür und sein Suizid zumindest ein bisschen Sinn«, führte Drosten den Gedanken zu Ende. »Aber in Sachen Familienmorde scheint sich der Verdacht gegen Hohme als falsch zu erweisen. Es sei denn, er hat nach dem ersten Mord Gefallen daran gefunden.«

»Du zweifelst wegen der antiken Waffe an der Theorie?«, fragte Sommer.

»Genau. Außerdem hat er Zeitungsartikel über die ermordete Prostituierte gesammelt. Warum dann nicht auch über die toten Familien?«

»Ob Kappler wusste, dass Hohme ein Mörder ist?«, fragte Kraft. »Hat er sich vielleicht sogar dem Journalisten anvertraut?«

»Und Kappler hat deswegen Sommer den Namen auf dem Silbertablett serviert?« Drosten schnaubte. »Schwer vorstellbar. So kooperationsunwillig, wie er sich bisher gezeigt hat.«

»Dann interessiert euch bestimmt, was ich in Erfahrung gebracht habe.« Sommer berichtete zunächst von dem Gespräch mit der alten Klassenkameradin. »Ich hab im Internet Informationen über den Autounfall gefunden«, fuhr er fort. »Er hat sich genau so zugetragen, wie es Frau Tafel in Erinnerung hatte. Ein rumänischer Lkw-Fahrer ist hinterm Steuer eingeschlafen und am Ende eines Staus ungebremst auf einen Kleinwagen aufgefahren. Der Rumäne hat nur ein paar Kratzer abbekommen und ist wegen fahrlässiger Tötung zu vier Jahren Gefängnis verurteilt worden. Nach drei Jahren kam er auf Bewährung frei. Mutter und Tochter hatten beim Unfall keine Chance.«

»Hinsichtlich unserer Ermittlungen sehr interessant. Noch ein Verdächtiger, der verkraften musste, dass sein von ihm getrennt lebendes Kind und seine Ex-Frau plötzlich zu Tode kamen«, sagte Kraft.

»So ist es«, bestätigte Sommer. »Vor allem, wenn ihr hört, was die Ex-Frau Kappler vorwarf.« Er berichtete von den angeblichen pädophilen Neigungen des Journalisten.

»Was für ein Schwein!«, schimpfte Kraft. »Kinderpornos? Ekelhaft!«

»Frau Tafel konnte mir den Namen der Schwiegermutter nennen. Ich hab sie im Telefonbuch ausfindig gemacht und bereits kontaktiert. Heute hat sie keine Zeit, aber wir treffen uns morgen Mittag in einem Café in der Hannoveraner Innenstadt.«

»Telefonisch hast du ihr noch keine Informationen entlocken können?«, wunderte sich Drosten.

»Sie war auf dem Sprung zu einer Chorprobe. Außerdem wollte sie am Telefon nichts Heikles preisgeben. Kappler hat ihr wohl vor Jahren rechtliche Konsequenzen angedroht, falls sie je über ihn in der Öffentlichkeit sprechen sollte.«

»Wow«, brummte Drosten. »Ein wirklich netter Zeitgenosse.«

»In Würzburg hat sich nichts mehr ergeben«, sagte Kraft. »Ich hab Ronny Teichmanns Ex-Frau ausfindig gemacht. Die beiden streiten sich bloß ums Geld. Ansonsten stehen keine Differenzen zwischen ihnen. Heute Abend versuche ich noch, den Gastgeber der Party zu erwischen, bei der Teichmann in der ersten Mordnacht gewesen sein will. Falls der Mann das Alibi bestätigt, bedeutet das wohl, dass die Spur zu den Betreibern der Internetforen uns nicht weiterbringt.«

»Seh ich auch so«, knurrte Sommer. »Vielleicht hat der Mörder die Foren absichtlich ausgesucht, um eine falsche Fährte zu legen. Immerhin hat sich Kappler bei Teichmann danach erkundigt. Das macht ihn nicht weniger verdächtig.«

»Ich übernachte heute in Würzburg und breche morgen Früh auf.«

»Mach das«, sagte Drosten. »Genieß den freien Abend in deiner alten Heimat.«

»Wer von euch braucht meine Unterstützung mehr?«, fragte sie. »Oder soll ich nach Wiesbaden ins Büro?«

»Ich schätze, ich bin hier durch«, sagte Drosten. »Aber Lukas scheint ja auf der richtigen Spur zu sein.«

»Ich hab nichts dagegen, wenn ihr beide in Hannover aufschlagt. Das gibt uns mehr Möglichkeiten, um Kappler in die Mangel zu nehmen. Entscheiden wir das in aller Ruhe morgen Mittag, sobald ich mit seiner Ex-Schwiegermutter gesprochen habe. Ich will euch nicht umsonst herlocken.«

»Einverstanden«, sagte Kraft. »Dann telefonieren wir morgen Mittag.«

»Ich biete den Kollegen vor Ort unsere Unterstützung bei der DNA-Analyse an«, verkündete Drosten. »Zumindest einen ersten Schnelltest kann das BKA übernehmen. Sollte sich der Verdacht gegen Hohme bestätigen, überlasse ich den damals zuständigen Kommissaren die Lorbeeren und komme zu euch. Vielleicht finde ich bis morgen Mittag sogar noch heraus, ob Hohme Alibis für die Mordnächte hat.«

21

»Hallo?«, erklang Ronnys Stimme aus der Gegensprechanlage. Er war kaum zu verstehen.

»Ich bin's. Björn. Lass mich rein! Wir müssen reden.«

Sekundenlang passierte gar nichts. Björn erwog, den Klingelknopf erneut zu drücken. So konnte Ronny nicht mit ihm umspringen. Sie waren befreundet, außerdem bezahlte Björn ihm jedes Quartal einen Hunderter. Das war zwar kein Vermögen, trotzdem schuldete er ihm zumindest Loyalität.

»Bist du allein?«, fragte Ronny unvermittelt. »Oder wieder in Begleitung?«

»Allein.«

Der Türsummer ertönte. Björn stieg die Treppe zur ersten Etage hoch und fand die Wohnungstür seines Freundes verschlossen vor. Ungeduldig klopfte er an.

Endlich öffnete Ronny ihm. »Was sollte dein Auftritt heute Mittag?«, fragte er ungehalten. »Du kannst hier nicht einfach mit einer Polizistin auftauchen.«

»Lässt du mich rein?«

Ronny verdrehte die Augen, trat aber einen Schritt zur Seite.

»Verena ist nicht irgendeine Polizistin, sondern meine Verlobte«, erklärte Björn.

»Bitte?«

Die beiden Männer starrten sich an. Wieso hakte Ronny nach? Hatte er von der Entlobung gehört, oder gab es einen anderen Grund?

»Meine Verlobte«, wiederholte Björn. Es spielte keine Rolle, ob Ronny von der Trennung erfahren hatte, denn die Situation würde sich in den nächsten Wochen ohnehin ändern. Sobald Verena und er wieder ein Paar wären. Bis dahin musste Ronny nicht über jedes Detail Bescheid wissen.

»Du bist mit einer Polizistin verlobt? Weiß sie von unserer Vereinbarung? Oder steht hier demnächst das Finanzamt vor der Tür?«

»Unfug! Verena ermittelt in Mordfällen. Oder anderen Schwerverbrechen. Schwarzarbeit interessiert sie nicht.« Ohne dass ihn Ronny dazu aufforderte, nahm Björn am Wohnzimmertisch Platz. »Wieso hast du die Passwörter geändert?«

»Hab ich schon erklärt. Wegen des Daten-Leaks.«

»Schwachsinn! Ich hab meine E-Mail-Adresse in entsprechenden Datenbanken überprüft. Sie taucht nirgendwo auf. Also wurde sie nicht gehackt.«

»Das war eine Vorsichtsmaßnahme. Man sollte regelmäßig Passwörter ändern. Machst du das etwa nicht?«

»Ich hasse es, wenn ein Freund mich belügt. Und du bist ein echt schlechter Lügner. Ich hab genau mitbekommen, dass du Verena mehrfach die Unwahrheit gesagt hast. Wieso? Was verheimlichst du mir?«

»Nichts!«

»Hör mit dem Scheiß auf!«

Erneut verdrehte Ronny die Augen. »Herrje! Musst du dich in meine privaten Angelegenheiten einmischen? Vertrau mir einfach!«

»Selbst wenn ich dir vertraue, heißt das nicht, dass dich Verena vom Haken lässt. Es sei denn, ich lege ein gutes Wort für dich ein.«

»Willst du etwas trinken?«, fragte Ronny.

Der unvermittelte Themenwechsel verwirrte Björn. »Nein.«

»Sicher? Ich hab einen herrlichen Gin da. Solltest du probieren.«

»Momentan nicht. Danke.«

»Wie du willst.«

Ronny ging in die Küche, ohne auf die Frage seines Freundes einzugehen. Mittlerweile war Björn davon überzeugt, dass der ihm etwas verheimlichte. Er würde die Wohnung nicht eher verlassen, bis er die Wahrheit kannte.

Er schaute sich um. Eine Wand des Wohnzimmers wurde von einem großen, prall gefüllten Bücherregal verdeckt. Taschenbücher standen neben

Hardcoverausgaben. Aus vier Metern Entfernung erkannte Björn kein spezielles Ordnungssystem. Dafür entdeckte er etwas anderes, das ihm heute Morgen entgangen war.

Leise erhob er sich und schlich ans Regal. Zwischen zwei Büchern steckte ein Foto. Ob Ronny ihm vorhin mit Verzögerung geöffnet hatte, weil er es versteckt hatte?

Er zog das Foto heraus. Es zeigte eine Frau und zwei Kinder. Da Björn Bilder von Ronnys Ex-Frau und dem gemeinsamen Kind kannte, wusste er, dass es sich nicht um dessen Familie handelte.

»Ich hab's mir anders überlegt«, rief Björn. »Ich hätte doch gern einen Gin Tonic.«

»Gute Wahl. Kommt sofort.«

Er zog sein Handy aus der Tasche, entsperrte das Display und fotografierte das Bild. Vielleicht konnte Verena etwas damit anfangen. Sobald er Ronnys Wohnung verlassen hätte, würde er ihr das Foto schicken.

***

Würzburg war Kraft schon immer wie ein Dorf vorgekommen, in dem jeder jeden kannte. Sogar der Partygastgeber, den Teichmann ihr genannt hatte, war kein Unbekannter für sie. Er war der Sohn eines Polizeihauptkommissars, der vor einigen Jahren in den Ruhestand gegangen war.

Teichmann hatte ihr die Handynummer des Mannes gegeben, die Kraft nun anwählte.

»Hallo?«, meldete sich ein Mann.

»Oberkommissarin Kraft. Spreche ich mit Jonas Schulte?«

»Richtig. Wie kann ich Ihnen helfen?«

»Sie können mir eine Auskunft bestätigen«, bat sie. »Es geht um Ronny Teichmann.«

»Was hat er angestellt?«

Kraft nannte ihm das Datum der ersten Mordnacht und fragte ihn, ob er sich an Teichmanns Anwesenheit bei der Party erinnern könnte.

»Ronny war dabei, klar. Ich hatte insgesamt dreiunddreißig Leute zum Brunch eingeladen.«

»Zum Brunch?«, hakte sie verunsichert nach.

»Genau. Wir waren im Café Mozart, das kennen Sie bestimmt, oder?«

»Ja«, erwiderte sie. »Hübsches Lokal. Bis wann ging Ihre Party?«

»Siebzehn Uhr. Danach bin ich mit einigen engen Freunden weitergezogen. Noch ins Kino und anschließend haben wir bis Mitternacht zusammengesessen. Eigentlich Quatsch, so ein Aufwand. Aber irgendwie sind Geburtstage halt etwas Besonderes.«

»Herr Teichmann war mit Ihnen im Kino?«

»Nein. Er ist nach dem Brunch gegangen. Wir kennen uns zwar seit Jahren, aber so eng ist das zwischen uns nicht. Wieso fragen Sie?«

»Er hat Ihre Party als Alibi angegeben. Allerdings für die Abendstunden.«

»O Shit. Also hab ich ihn in die Pfanne gehauen. Ist er in etwas Schlimmes verwickelt? Kann ich mir kaum vorstellen.«

»Eigentlich nur eine harmlose Sache. Fahrerflucht bei einem leichten Blechschaden«, log sie. »Da muss ich ihn wohl noch einmal aufsuchen.«

»Blöde Sache. Mein Vater war übrigens wie Sie Polizist. Für Lügner habe ich kein Verständnis.«

»Grüßen Sie Ihren Vater von mir. Verena Kraft. Wir kennen uns von früher.«

»Richte ich ihm aus. Da freut er sich bestimmt.«

Sie beendete das Gespräch und schaute auf ihre Armbanduhr. In einer Viertelstunde war sie mit einer alten Freundin verabredet – ein spontanes Treffen am Nachmittag. Sollte sie Teichmann vorher kontaktieren oder das Ganze auf morgen verschieben? Er hatte sie angelogen, aber vielleicht hatte er die Uhrzeit der Party falsch in Erinnerung gehabt.

Da sie schon früher oft wegen ihres Jobs Verabredungen kurzfristig abgesagt hatte, beschloss sie, Teichmann erst am nächsten Morgen zu befragen. Sie würde erneut unangekündigt bei ihm auftauchen – diesmal allerdings ohne Björn im Schlepptau.

***

Mit zwei Longdrinkgläsern in der Hand kehrte Ronny ins Wohnzimmer zurück. Björn saß nach wie vor am Tisch.

»Du bist bestimmt mit dem Auto hier?«, fragte Ronny.

»Klar.«

»Ich hab nämlich zwei Mischungen gemacht. Die mit dem blauen Strohhalm enthält doppelt so viel Gin wie das Glas mit dem braunen. Das ist für dich. Oder soll ich die Ginflasche holen, damit du nachschütten kannst?«

»Nein, das klingt perfekt.«

Ronny hob das Glas, um mit ihm anzustoßen. »Prost!«

Björn trank einen Schluck. Vom Alkohol schmeckte er nicht viel, der Tonic überwog geschmacklich. »Jetzt sag schon! Was ist los?«

Ronny stöhnte. »Ich hab vor Jahren mal Ärger mit Bullen gehabt. Wegen einer Kleinigkeit. Ich war doof genug, die Wahrheit zu sagen. Am Ende musste ich fünftausend Euro blechen. Aber wie heißt es so schön? Aus Schaden wird man klug!«

»Also hast du gelogen?« Björn trank einen weiteren Schluck. Fast im gleichen Moment überkam ihn ein Schwindelgefühl. »Sicher, dass ich die harmlosere Variante erwischt habe?«

»Klar. Ist alles gut?«

»Weiß nicht. Ich fühl mich plötzlich ...« Er schaute zum Glas, dann zu Ronny. Wieso sah der ihn so lauernd an?

»Hast du ...«

»Entspann dich, Alter. Bleib locker.«

»Was ...«

Der Schwindel verstärkte sich. Björn stand auf. Er musste an die frische Luft. Um nicht umzukippen, hielt er sich am Tisch fest.

»Wo willst du hin?«, fragte Ronny.

»Nach draußen.«

»Auf den Balkon?«

»Nach Hause.« Er sah seinem Freund ins Gesicht. Was hatte dessen Grinsen zu bedeuten?

»Entspann dich! Leg dich hin. Ich kümmere mich um dich.«

Mit zittrigen Beinen setzte Björn einen Fuß vor den anderen. Er wollte einfach nur nach draußen. Seine Instinkte warnten ihn vor Ronny, der seelenruhig am Tisch sitzenblieb.

Reagierte er allergisch auf den Gin? Eigentlich ausgeschlossen. Zwar trank Björn selten Alkohol, doch eine solche Reaktion hatte er noch nie erlebt. »Scheiße«, flüsterte er, als er beinahe über die eigenen Füße stolperte. Er erreichte den Flur. Bis zur Wohnungstür waren es nur noch zwei oder drei Schritte.

Plötzlich spürte er einen Schmerz am Knöchel – wie von einem Tritt. Diesmal konnte er den Sturz nicht vermeiden. Hart schlug er mit dem Kinn auf.

Ronny beugte sich über ihn. »Ich kann dich leider nicht gehen lassen«, zischte er. »Hättest dich nicht in meine Angelegenheiten einmischen dürfen.«

Björn kämpfte gegen die Ohnmacht an. Doch es war ein hoffnungsloser Kampf. In einem letzten Akt der Verzweiflung versuchte er, sich am Kommodenschrank hochzuziehen. Er bekam jedoch nur den Rand der auf dem Schrank liegenden Stoffdecke zu fassen. Ronny schlug ihm den Arm weg und drückte ihm ein Knie ins Kreuz. Neben Björns Kopf fiel etwas klappernd auf die Dielen. Dann verlor er das Bewusstsein.

22

Morgens um halb neun klingelte Sommers Handy und übertrug die Rufnummer von Nicola Kapplers Mutter. Mit ungutem Gefühl nahm er das Gespräch entgegen.

»Guten Morgen, Herr Hauptkommissar«, begrüßte sie ihn. »Mein Arbeitgeber hat gerade angerufen und mich um eine Verschiebung meiner Schicht gebeten. Eine Kollegin ist erkrankt. Heute Mittag schaff ich es also nicht.«

»Ich wäre auch sofort zu einem Treffen bereit«, erwiderte Sommer.

»Jetzt?«

»Sie können den Treffpunkt bestimmen. Unser Gespräch ist mir sehr wichtig.«

»Aber ich hab höchstens eine halbe Stunde Zeit«, warnte sie ihn vor.

»Das macht nichts.«

Sie nannte ihm eine Bäckerei, in der man gut frühstücken konnte. »Treffen wir uns dort in dreißig Minuten.«

»Einverstanden.«

Sommer kam pünktlich am vereinbarten Treffpunkt an. Der Laden verfügte über sechs Tische – alle leer, bis auf einen, an dem eine knapp sechzigjährige Frau saß und ihn interessiert musterte. Vor ihr stand ein Teller mit einem Buttercroissant, das zur Hälfte aufgegessen war, und ein halbleeres Glas Orangensaft.

»Frau Christ?«, erkundigte er sich vorsichtshalber.

Sie nickte. »Setzen Sie sich.«

»Danke für Ihre Zeit.« Er zeigte ihr den Dienstausweis.

»Worum geht's denn?«

»Ihr Ex-Schwiegersohn steht im Fokus einer polizeilichen Ermittlung. Das kann zweierlei bedeuten. Entweder legt er einen übertriebenen journalistischen Eifer an den Tag ...«

»... oder er hat tatsächlich etwas damit zu tun«, beendete die Frau den Satz.

»Genau.«

»O Gott!« Sie schluckte und schaute zur großen Fensterfront. »Meine Tochter und mein Enkel sind seit vier Jahren tot. Richtig überwunden hab ich es noch immer nicht. Meistens versuche ich, nicht daran zu denken. Der Lkw-Fahrer ist inzwischen wieder frei, wissen Sie das? Nicola und Lucy bleiben tot. Das ist so ungerecht.«

Sie biss in das Croissant. Sommer gab ihr einen Moment, um sich zu sammeln.

»Was werfen Sie Arthur vor?«

»Ich muss mir ein Bild von ihm machen. Neigt er zur Gewalt? Stimmten die Vorwürfe, die vor dem Familiengericht erhoben wurden?«

»Natürlich! Oder glauben Sie, meine Tochter hätte gelogen? Er hat sie mehrfach geschlagen, dieser Mistkerl. Was kann man von einem Mann erwarten, der seine Hand gegen eine Frau erhebt? Widerlicher Schwächling!«

»Kennen Sie auch die anderen Vorwürfe?«, fragte Sommer vorsichtig.

»Ja«, antwortete sie zögerlich. »Nicola hatte mir die Fotos gezeigt, die er von Lucy geschossen hat. Ich fand sie nicht so schlimm. Aber in Verbindung mit ... na ja«, stammelte sie. »Ich sprech nicht gerne darüber. Hat er das wirklich getan? Geht es in Ihrer Ermittlung um Kinderpornografie?«

»Nein«, antwortete Sommer ehrlich. »Damit hat es nichts zu tun.«

»Gott sei Dank. Ich fände es schlimm, mir auszumalen, er hätte Lucy dafür ...« Ihr fehlten die Worte.

»Wie würden Sie ihn charakterlich beschreiben?«

»Er ist ein Kontrollfreak. Mit einem fantastischen Gedächtnis. Was man ihm einmal sagt, vergisst er nie wieder. Er hat den Tagesablauf der ganzen Familie immer minutiös durchgeplant. Nicola musste ihm zu einer bestimmten Uhrzeit das Mittagessen servieren. Wehe, sie verspätete sich. Er war total strukturiert. Ich glaube, was er am meisten hasst im Leben, sind Überraschungen.«

»Was hat Ihnen Ihre Tochter über seine Gewaltausbrüche erzählt? Aus welchen Gründen kam es dazu?«

»Nicola meinte, er wurde schon bei Nichtigkeiten schrecklich wütend. Wegen eines verspäteten Mittagessens zum Beispiel. Oder ...« Wieder brach sie mitten im Satz ab.

»Reden Sie weiter!«, bat Sommer sie.

»Frauen meiner Generation fällt das nicht so leicht. Entschuldigung. Angeblich hat er sie auch mal geschlagen, wenn sie sich ihm ... na ja, verweigern wollte.«

»Wann haben Sie ihn zuletzt gesehen? Stehen Sie in Kontakt?« Vielleicht waren der Frau ja Veränderungen an ihm aufgefallen.

»Nein. Seit der Beerdigung nicht mehr.«

»Wie hat er den Tod seines Kindes verkraftet?«

»So, wie man es erwarten kann. Er war am Boden zerstört. Bei der Bestattung trug er die ganze Zeit eine Sonnenbrille. Ein Freund stützte ihn beim Gang zum Grab. O Gott, das war so schrecklich. Kind und Enkelkind zu verlieren. Manchmal frage ich mich, womit ich diesen Schicksalsschlag verdient habe.«

Tränen traten ihr in die Augen.

***

Eine Stunde später meldete sich Drosten telefonisch bei Sommer, der kurz zuvor in sein Hotel zurückgekehrt war. Sein Kollege berichtete ihm von dem Treffen mit Kapplers Ex-Schwiegermutter.

»Also hat sie das Bild eines sehr sympathischen Kerlchens gezeichnet«, fasste Drosten die Informationen zusammen.

»Der Traum einer jeden Schwiegermutter. Vorausgesetzt, man wünscht seiner Tochter einen pedantischen Tyrannen, der wegen Kleinigkeiten ausflippt.«

»Macht ihn das verdächtiger?«

»Keine Ahnung«, gestand Sommer. »Zumindest entlastet es ihn nicht.«

»Dafür hat Hohme zwei perfekte Alibis.«

»Wirklich?«

»Ja«, bestätigte Drosten. »Für die zweite und dritte Mordnacht. Einmal hat er an einer Familienfeier in Flensburg teilgenommen, die bis nach Mitternacht gedauert hat. Von dort aus konnte er unmöglich zur ermittelten Zeit am Tatort sein. Das zweite Alibi ist ähnlich wasserdicht. Eine Kinoverabredung mit einem Freund. Anschließend saßen die beiden in einer Kneipe zusammen und tauschten sich über die Gemeinheiten ihrer Ex-Frauen aus.«

»Was macht die DNA-Schnellanalyse?«

»Warum versaust du mir die Pointe?«, beschwerte sich Drosten. »Ist vor zehn Minuten reingekommen. Sieht nach einem Treffer aus.«

»Also hat er die Prostituierte ermordet und deshalb so krass reagiert.«

Drosten brummte zustimmend. »Ich könnte hier die Zelte abbrechen und zu dir nach Hannover kommen.«

»Da hab ich nichts gegen.«

»Hast du heute schon etwas von Verena gehört?«

»Nein. Durch die Verschiebung meines Treffens mit Kapplers Ex-Schwiegermutter bin ich gerade nicht ...«

»Kein Problem«, unterbrach Drosten ihn. »Ich meld mich bei ihr. Wahrscheinlich sind wir heute Abend wieder vereint in Hannover. Du kannst dich ja schon mal nach freien Zimmern in deinem Hotel erkundigen.«

***

Kraft klingelte mittlerweile zum vierten Mal an Teichmanns Wohnung. War er wirklich nicht da, oder öffnete er aus anderen Gründen nicht?

Sie versuchte es bei den Leuten, die im Erdgeschoss wohnten. Tatsächlich hatte sie Glück, denn nach wenigen Sekunden erklang der Türsummer.

Kraft betrat den Hausflur und sah im Erdgeschoss eine junge Frau mit einem Baby auf dem Arm.

»Was kann ich für Sie tun?«, fragte die Mutter.

»Ich bin mit Herrn Teichmann verabredet. Haben Sie ihn heute schon gesehen?« Sie holte den Dienstausweis hervor, den die Frau desinteressiert musterte.

»Nein«, sagte sie. »Gestern Abend war ein bisschen Krach in seiner Wohnung, aber heute war es ruhig.«

»Krach?«

»Es hat oben zweimal gepoltert.«

»Wann?«

»Später Nachmittag oder früher Abend. Lilli und ich haben im Bett gelegen. Nur deswegen hab ich das gehört. Erst Poltern, dann ein Schaben. Als würde er einen schweren Gegenstand über den Boden ziehen.«

»Seitdem haben Sie nichts mehr von oben gehört?«

»Nein.«

Kraft bedankte sich bei der Zeugin und stieg die Stufen zu Teichmanns Wohnung hoch. Zuerst klingelte sie, dann klopfte sie mehrfach. Keine Reaktion. Ob Björn wusste, wo sie seinen Freund suchen sollte?

Das Handy in ihrer Hosentasche vibrierte, und Kraft zog es heraus. »Robert!«, begrüßte sie den Anrufer.

»Bist du noch in Würzburg?«

»Das Alibi, das mir Teichmann genannt hat, ist geplatzt. Ich steh vor seiner Tür. Entweder ist er nicht da, oder er macht mir absichtlich nicht auf.«

»Und jetzt?«

»Vielleicht weiß mein Ex-Verlobter Björn, wo ich ihn finde. Ich wollte ihn gerade kontaktieren.«

»Mach das!« Drosten berichtete ihr, was er und Sommer herausgefunden hatten. »Ich fahre in spätestens einer Stunde hier los, um Sommer in Hannover zu unterstützen. Kappler scheint die heißeste Spur zu sein. Es sei denn, du wirfst Teichmann in die Verlosung.«

»Mein Gefühl sagt eher Nein«, bekannte sie. »Aber ich will ihn zumindest noch einmal sprechen.«

»Dann melde dich, sobald du ihn erwischt hast.«

»Versprochen.«

Sie beendeten das Telefonat, und Kraft versuchte als Nächstes, Björn zu erreichen. Das Freizeichen erklang, brach jedoch nach wenigen Sekunden wieder ab.

»Was ist heute bloß los?«, murmelte sie frustriert. Steckte er gerade mitten in der Produktion eines Videoclips?

Es dauerte nicht lange, bis sie eine Nachricht erhielt.

Ich stecke im Dreh! Was willst du?

Warum schaltete er sein Handy nicht einfach aus? Selbst schuld. Noch einmal versuchte sie, ihn zu erreichen. Doch wieder drückte er sie weg.

ICH DREHE GERADE. Bitte nur Nachrichten!

Seltsam. Wieso machte es für ihn einen Unterschied, ob er während des Drehs telefonierte oder Nachrichten erhielt?

Ich hab Teichmanns Alibi überprüft. Es ist geplatzt. Weißt du, wo er steckt? Zu Hause ist er nicht.

Sie schickte die Nachricht ab. Innerhalb weniger Sekunden las Björn den Text.

Vielleicht hast du ihn knapp verpasst. Er will in einer halben Stunde bei mir sein. Komm doch auch!

Was will er bei dir?, erkundigte sie sich.

Ich will mich mit ihm aussprechen. Mit dem Ändern der Passwörter hat er seine Kompetenzen überschritten.

Okay, antwortete sie. *Ich bin in zwanzig Minuten da. Falls er vor mir eintrifft, sag ihm nichts.*

Björn reagierte nicht mehr. Offenbar war für ihn alles gesagt. Hoffentlich hielt er sich daran. Kraft eilte die Stufen hinab. Als sie das Erdgeschoss erreichte, öffnete sich dort die Wohnungstür, und die Mutter von vorhin trat in den Flur.

»Mir ist noch etwas eingefallen«, sagte die Frau. »Tschuldigung, dass ich eben nicht daran gedacht habe.«

Kraft blieb stehen. »Was denn?«

»Als mein Freund gestern von seiner Spätschicht nach Hause kam, hat er erzählt, Teichmann wäre ihm im Flur begegnet. Genauer gesagt, war unser Nachbar auf der Treppe und hat sich leise zurückgezogen, als er meinen Freund bemerkte. So, als wollte er unter keinen Umständen gesehen werden. Das macht er sonst nicht. Eigentlich ist er gesprächig.«

»Wann war das?«, erkundigte sich Kraft.

»Muss kurz nach Mitternacht gewesen sein. Mein Freund hat bis halb zwölf gearbeitet. Die Heimfahrt dauert ungefähr eine halbe Stunde.«

»Danke für die Info«, sagte Kraft.

Je nach Verlauf des Gesprächs würde sie Teichmann danach fragen. Normal war ein solches Verhalten nicht.

23

Kraft benötigte für den Weg dank optimaler Ampelschaltungen und leerer Straßen nur eine Viertelstunde. Sie kam in dem Wohngebiet an und fand einen freien Parkplatz in unmittelbarer Nähe zur Haustür. Rasch stieg sie aus. Sie hoffte, in den nächsten Minuten genug schlüssige Informationen zu erhalten, um Teichmann als Verdächtigen ausschließen zu können.

Sie klingelte zweimal hintereinander – ihr altes Erkennungszeichen. Diesmal fragte Björn nicht, wer vor der Tür stand, sondern drückte ihr gleich auf. Kraft betrat den Hausflur. Neben dem Dienstlichen hatte sie sich vorgenommen, ein letztes, klärendes Gespräch mit ihm zu führen. Er sollte die nächsten Monate nicht mit Gedanken an ein Szenario verschwenden, das ohnehin nicht eintreten würde. Für sie gab es keine gemeinsame Zukunft. Hoffentlich würde er das bei ihrem Abschied einsehen.

Die Wohnungstür stand zwar offen, doch wartete er nicht an der Türschwelle.

»Björn?«, rief sie, ohne eine Antwort zu erhalten.

War er in seinem Filmzimmer? Der Raum war schalldicht isoliert; bei geschlossener Zimmertür drangen Geräusche weder nach draußen noch ins Innere.

Kraft betrat die Wohnung. Plötzlich merkte sie, dass jemand hinter ihr stand. Sie fuhr herum, doch für eine Abwehrreaktion es war zu spät. Sie konnte nicht einmal mehr schützend die Hände heben. Etwas traf sie hart an der Schläfe. Sie stürzte zu Boden und verlor das Bewusstsein.

»Hey, Prinzessin. Wach endlich auf. Ich hab nicht ewig Zeit.«

War das Björns Stimme? Kraft kämpfte gegen die Besinnungslosigkeit an, hielt die Augen jedoch geschlossen. Sie spürte, dass ihre Handgelenke und Beine gefesselt waren, und schien auf einem Stuhl zu sitzen.

»Komm schon!«

Nein! Das ist eindeutig nicht Björns Stimme. Was hat das zu bedeuten?

Sie schlug die Augen auf.

»Guten Morgen!«

Ronny Teichmann betrachtete sie schadenfroh. Leider stand er außerhalb ihrer Reichweite, sodass sie ihn nicht mit einem Kopfstoß zu Boden strecken könnte.

»Bist du okay?«, fragte eine Stimme links von ihr.

Sie drehte den Kopf und erschrak. Björn war ebenfalls an einen Stuhl gefesselt. In seinem Gesicht sah sie mehrere blaue Flecken, seine Unterlippe war blutverkrustet.

»Scheiße!«, fluchte sie. Wütend funkelte sie Teichmann an. Die Verletzungen in Björns Gesicht sahen nicht so aus, als wären sie erst wenige Minuten alt. Also hatte er die Nachrichten von Björns Handy geschrieben und sie in die Falle gelockt. »Was soll das? Spinnen Sie? Ich bin Polizistin.«

»Genau das ist unser Problem, Süße«, antwortete Teichmann. »Wärst du eine Stripperin, hätte ich viel weniger Interesse an dir.« Er lachte über seinen vermeintlichen Scherz.

»Es tut mir leid«, flüsterte Björn.

»Was ist hier los?«, fragte Kraft.

»Das will ich von dir wissen«, sagte Teichmann.

»Sie schlagen erst Ihren Freund nieder und greifen danach eine Polizistin an. Weswegen?«

»Was wisst ihr?«

»Wovon?«

Teichmann lachte spöttisch. »Dein Verlobter hat schon versucht, mich zu verarschen. Das ist ihm nicht gut bekommen. Versuchst du das jetzt auch?«

»Ich hab nicht gelogen!«, widersprach Björn. »Verena ermittelt in einer Mordserie. Die Opfer haben sich in Foren getummelt, die von dir ...«

Unvermittelt trat Teichmann vor und versetzte ihm eine schallende Ohrfeige. Björn schrie schmerzerfüllt auf. Kraft wusste, dass kein Nachbar ihn hören würde.

Sie saßen im Aufnahmeraum, dessen schalldichte Isolierung Teichmann momentan in die Hände spielte.

»Hören Sie auf!«, verlangte Kraft. »Ich sage Ihnen, was Sie wissen wollen.«

»Ich bin gespannt.«

Kraft würde notgedrungen nah an der Wahrheit bleiben müssen, obwohl es ihr widerstrebte, dem Täter Hinweise zum Stand der Ermittlungen zu geben. Teichmann musste der Mörder sein. Warum sonst sollte er Geiseln nehmen? Konnte sie ihm die Ausweglosigkeit seiner Situation vor Augen führen?

Sie berichtete davon, wie sie dank der Webhostingfirma erfahren hatten, dass Björn Schuster in allen auffälligen Foren als rechtlich Verantwortlicher eingetragen sei. Deshalb habe sie ihn aufgesucht, aus Sorge, er könne die Mordserie wegen ihrer Trennung inszenieren. Kraft bemerkte, wie Teichmann Björn erst böse anschaute und dann die Lippen zu einem Grinsen verzog.

»Ihr habt euch getrennt?«, fragte er.

»Vor ein paar Monaten.«

»Dein Liebster behauptet noch immer, ihr wärt verlobt.«

»Ist mir auch aufgefallen«, bestätigte Kraft. »Er will es nicht akzeptieren.«

»Tut mir leid«, murmelte Björn.

»Weiter im Text!«, verlangte Teichmann.

Kraft klärte ihn darüber auf, dass Björn ihr den tatsächlichen Verantwortlichen für die Foren verraten habe. »Dann fand ich heraus, dass Ihr Alibi nicht stimmt.«

»Welches Alibi?«

»Die angebliche Geburtstagsparty. An der haben Sie zwar teilgenommen, aber das Ganze war ein Brunch. Ich hatte Sie nach der Nacht von Sonntag auf Montag gefragt. Nicht nach Sonntagmittag. Als Ihr Alibi zusammengebrochen war, hab ich meine Kollegen informiert. Die sind unterwegs. Hiermit machen Sie bloß alles schlimmer. Sie sollten uns losbinden und sich stellen. Das wäre die klügste Entscheidung.«

»Schwachsinn!« Teichmann schoss auf sie zu und trat ihr mit voller Wucht in den Bauch. Kraft stöhnte. Der Stuhl kippte nach hinten, und ihr Kopf prallte gegen ein Kamerastativ. Erneut verlor sie das Bewusstsein.

***

An einer Autobahnraststätte legte Drosten eine kurze Pause ein. Er wollte die Gelegenheit nutzen, um sich bei Verena nach dem Verlauf ihres Gesprächs zu erkundigen. Er war zwar schon auf dem Weg nach Hannover, könnte jedoch im Bedarfsfall jederzeit nach Würzburg umdrehen.

Das Freizeichen erklang. Sekunden später brach die Verbindung ab, und das System bot ihm an, eine Nachricht auf der Mailbox zu hinterlassen.

»Ich bin's. Was hat sich in Würzburg ergeben? Ruf mich bitte zurück.«

Ob sie gerade in einer wichtigen Befragung steckte und deswegen den Anruf abgewiesen hatte?

Er wartete ein paar Minuten und atmete die frühlingshafte Luft ein. Dann beschloss er, weiterzufahren und ihren Rückruf abzuwarten.

Als der nach einer knappen halben Stunde noch immer nicht erfolgt war, wuchs seine innere Unruhe. Übertrieb er, weil sie ein neues Teammitglied war, oder würde er bei Sommer ähnlich nervös reagieren?

Fünf Minuten später kündigte ein Hinweisschild den nächsten Rastplatz an. Drosten fuhr ab und lenkte den Wagen in eine Parkbucht. Das Handy war mit dem Multimediasystem seines Dienstautos verbunden. Über die entsprechenden Schalter am Lenkrad wählte er erneut Verenas Nummer an. Diesmal erklang das Freizeichen höchstens zwei oder drei Sekunden bevor die Mailbox ansprang. Drosten verzichtete darauf, ihr eine weitere Nachricht zu hinterlassen. Stattdessen griff er zu seiner Aktentasche, die im Beifahrerfußraum lag. Er holte den Laptop heraus, schaltete ihn ein und entsperrte ihn mit seinem Fingerabdruck.

Aus Sicherheitsgründen war jedes Handy eines KEG-Mitarbeiters für die Kollegen ortbar. Drosten startete die Software und wählte in dem entsprechenden Auswahlmenü Verenas Nummer aus. Eine sich drehende Eieruhr zeigte ihm den Start des Vorgangs an. Nach etwa zwei Minuten hatte das System das Smartphone geortet. Er überprüfte die Adresse. Offenbar hielt sich Verena noch immer in der Wohnung ihres Ex-Verlobten auf.

Zum dritten Mal wählte er ihre Nummer an. Diesmal erklang sofort die Computerstimme des Mailboxsystems.

»Scheiße!«, fluchte er. Die Standortanzeige des Handys verschwand. Es war aktuell nicht mehr zu orten.

»O Shit!«

Die Aussage des Technikers, der ihm das Programm installiert hatte, war eindeutig gewesen. Ein Handy war nur dann nicht ortbar, wenn das Telefon zerstört oder der Akku aus dem Gerät entfernt worden wäre. Da er sie Sekunden zuvor noch im System gefunden hatte, konnte das bloß bedeuten, dass Verena in Schwierigkeiten steckte.

Um nicht kopflos zu handeln, rief er Lukas an.

»Das klingt nicht gut!«, bestätigte der ihm seine Bedenken.

»Ich könnte in einer Dreiviertelstunde bei dir sein. Oder jetzt nach Würzburg fahren.«

»Schau du bei Verena nach dem Rechten. Ich behalte Kappler im Auge. Oder soll ich dich unterstützen?«

»Nein«, entschied Drosten. »Vorläufig nicht.«

Er beendete das Gespräch und gab das neue Ziel in die Navigationssoftware ein. In zweieinhalb Stunden würde er vor Ort ankommen. Wäre das zu spät? Er dachte an eine erst wenige Monate zurückliegende Ermittlung und versuchte, sich an die Namen der Würzburger Kriminalkommissare zu erinnern.

***

Kraft stöhnte, als sie erwachte. Am Hinterkopf und in der Bauchregion spürte sie pochende Schmerzen. Doch wenigstens schien sie nicht am Boden zu liegen. Sie schlug die Augen auf. Tatsächlich hatte Teichmann den Stuhl wieder aufgerichtet.

»Das passiert mit Huren, die mich anlügen«, zischte er wütend. »Ich hoffe, das war dir eine Lehre!«

Wie sollte sie argumentieren? Sie war nah an der Wahrheit geblieben. Was wollte er hören?

»Ich hab nicht gelogen.«

»Wer ist Robert Drosten?«, wechselte Teichmann abrupt das Thema.

»Mein Kollege. Hat er angerufen?« Das war der einzige Grund, aus dem Teichmann den Namen kennen konnte.

»Mehrfach«, bestätigte der Mann. »Was will er?«

»Sich bei mir nach dem Stand der Dinge erkundigen. Ich hab's Ihnen gesagt. Sie wollten es mir nicht glauben.« In ihrem Kopf entstand ein Plan. »Er weiß, dass ich hier bin. Wenn er nichts von mir hört, kommt er her. Ich könnte ihn anrufen und Entwarnung geben.« In Wahrheit schwebte ihr vor, Drosten mit einem verschlüsselten Hinweis zu alarmieren.

»Für wie blöd hältst du mich?«, entgegnete Teichmann. »Ich lass dich mit anderen Bullen telefonieren, während du in meiner Gewalt bist? Vergiss es!«

Verenas leise Hoffnung schwand.

»Ich hab dein Handy übrigens zerstört. Dein Liebster kann es dir bestätigen.«

Sie schaute zu Björn, der zustimmend nickte.

»Zwei Anrufe«, erklärte Björn. »Nach dem zweiten Mal hat er mit seinem Absatz auf dem Telefon herumgetrampelt.«

»Und die Reste in der Toilette runtergespült«, fügte Teichmann hinzu.

»Zumindest war er vorhin kurz nicht im Raum«, bestätigte Björn.

Kraft versuchte, zerknirscht zu wirken. Als sei ihre größte Hoffnung auf Rettung zusammen mit dem Handy zerstört worden. Leider konnte sie nicht auf Kommando weinen. Teichmann sollte ihr nicht anmerken, dass er eine große Dummheit begangen hatte. Es spielte ihr in die Karten, dass Drosten sie zweimal nicht erreicht hatte und das Handy anschließend zerstört worden – und somit nicht mehr ortbar – war.

Die Frage war nur, ob Drosten die hiesige Polizei alarmierte oder selbst herkäme. Im ersten Fall konnten Einsatzkräfte jede Minute auftauchen, im zweiten würden wahrscheinlich einige Stunden vergehen. So oder so müsste sie auf Zeit spielen.

»Was wollen Sie eigentlich von mir hören?«, fragte sie.

»Bloß die Wahrheit.«

»Und wieso glauben Sie mir nicht?«

»Weil ich nichts mit einer verdammten Mordserie zu tun habe. Also könnt ihr mich deswegen kaum suchen. Wie seid ihr mir auf die Spur gekommen? Was hab ich falsch gemacht?«

Kraft schaute ihn an. War das alles nur ein großes Missverständnis?

24

»Hauptkommissar Morsbach!«, begrüßte Drosten den Würzburger Polizisten am Telefon. »Ich hoffe, Sie erinnern sich an mich.«

»Wie könnte ich Sie vergessen?«, antwortete sein Kollege. »An solch spektakulären Ermittlungen war ich in meiner Berufskarriere selten beteiligt. Kurz darauf waren Sie ja sogar im Fernsehen zu bewundern. Wegen der Sache mit diesem Filmfritzen.«

Drosten hatte Morsbach am selben Tag wie Verena Kraft kennengelernt – als der App-Mörder in Würzburg zugeschlagen hatte.

»Haben Sie mitbekommen, dass ich Polizeioberkommissarin Kraft für die KEG abgeworben habe?«

»Natürlich. Würzburg ist ein kleines Dorf. Neuigkeiten verbreiten sich wie kalifornische Buschfeuer.«

»Ich fürchte, Kraft steckt in Schwierigkeiten.«

Bei Tempo 180 setzte Drosten Morsbach über die aktuelle Ermittlung in Kenntnis. Vor allem darüber, was in den letzten Stunden passiert war.

»Entweder hat jemand den Akku entfernt oder das Handy zerstört.«

»Vielleicht ist ihr das Telefon im Einsatz heruntergefallen?« Morsbach hegte offenbar Zweifel daran, dass Kraft in Gefahr schwebte.

»Dann hätte sie mich anderweitig kontaktiert. Mir eine Nachricht geschickt.«

»Also bitten Sie mich um Amtshilfe?«

»Ich bin erst in zwei Stunden in Würzburg. Falls ich richtig liege, dauert das zu lange. Insofern wäre ich Ihnen sehr dankbar, wenn Sie vor Ort nachschauen könnten, ob alles in Ordnung ist.«

»Sollen wir bei diesem Schuster klingeln? Oder nur das Haus beobachten?«

Drosten nannte ihm den Fahrzeugtyp, mit dem Kraft unterwegs war. »Ich weiß das genaue Kennzeichen nicht. Es hat eine Wiesbadener Kennung. Mir wäre es zumindest recht, wenn Sie im Umkreis von Schusters Wohnung nach dem Fahrzeug Ausschau halten könnten. Der Verdächtige heißt übrigens Ronny Teichmann. Vielleicht finden Sie heraus, welches Auto auf ihn zugelassen ist, und können ebenfalls prüfen, ob er in der Gegend steht.«

»Okay. Ich melde mich bei Ihnen.«

***

Lukas Sommer parkte ungefähr einhundert Meter von Kapplers Haus entfernt. Seine Gedanken waren allerdings bei Verena Kraft. Trafen Roberts Befürchtungen zu? Wenn eine Kollegin in Gefahr schwebte, sollte er nicht in Hannover bleiben.

Kappler weigerte sich, mit ihnen zu reden. Für einen Haftbefehl gab es zu wenig Anhaltspunkte. Selbst ein wohlwollender Richter würde ihnen den entsprechenden Antrag niemals genehmigen.

Was also machte er hier?

Die Antwort lag auf der Hand. Er hörte auf seine innere Stimme. Die hatte ihm schon oft den richtigen Weg gezeigt.

Sommer ging noch einmal alle Hinweise durch, die in Richtung des Journalisten deuteten, um sich von der Notwendigkeit seines Handelns zu überzeugen.

***

Drosten reduzierte seine Geschwindigkeit auf 120, bevor er das Telefonat annahm.

»Morsbach«, meldete sich der Würzburger Hauptkommissar. »Ich bin mit meinem Kollegen Pichler vor Ort. Wenige Schritte von der Haustür entfernt steht ein Wiesbadener Fahrzeug. Und direkt dahinter ein in Würzburg zugelassenes Auto mit der Buchstabenkombination RT. Der Fahrzeughalter lautet Ronny Teichmann.«

»Verdammt!«

»Hab mir schon gedacht, dass Ihnen die Information nicht gefällt. Wie sollen wir jetzt vorgehen?«

Drosten schaute auf die vom Navigationssystem berechnete Ankunftszeit. Er wäre erst in einer knappen Stunde in Würzburg. Falls seine Befürchtung zutraf, müsste er das Heft des Handelns aus der Hand geben, egal, wie schwer ihm das fiel.

***

Teichmann betrachtete seine Gefangenen. Die Polizistin blieb bei ihrer Behauptung, und aus Björn bekam er ohnehin nichts mehr heraus. Das hatte er schon nachts versucht.

Was sollte er tun?

Während die Frau bewusstlos gewesen war, hatte er sich mit ihrer Dienstwaffe vertraut gemacht. Vielleicht würde sie im Angesicht einer tödlichen Bedrohung endlich die Wahrheit sagen.

Er verließ kurz den Raum und ging ins Wohnzimmer. Auf dem Tisch lag die Pistole. Für einen Moment zauderte er. Die Waffe war sein letztes Druckmittel – es sei denn, er würde auf einen der beiden schießen. Sollte er das wirklich tun?

Doch was blieb ihm anderes übrig?

Um Zeit zu gewinnen, griff er zu Björns Handy, das direkt neben der Pistole lag. Gestern Abend hatte er Nachrichten und Telefonprotokolle überprüft, seither dem Telefon jedoch keine weitere Beachtung geschenkt. Björn hatte ihm zuvor nicht ganz freiwillig den Entsperrcode genannt. Teichmann tippte ihn ein. Der Akkustand betrug zwanzig Prozent. Noch einmal prüfte er die Protokolle und die Nachrichteneingänge. Er hatte nichts übersehen. Um vor seiner Rückkehr zu den Gefangenen ein wenig Zeit zu schinden, öffnete er die Fotogalerie.

»Verdammter Lügner!«, schrie er plötzlich verärgert.

Er griff nach der Pistole und rannte ins Filmzimmer.

»Erklär mir das!«

In der einen Hand hielt er die Waffe, mit der er in Björns Richtung zielte. In der anderen das Smartphone.

»Was soll er Ihnen erklären?«, fragte die Frau.

»Halt die Fresse! Woher hast du das Bild?«

»Das hab ich bei dir abfotografiert«, erklärte Björn. »Es steckte zwischen den Bü...«

»Ich weiß, wohin ich es gesteckt hatte! Was wolltest du damit?«

»Es Verena zeigen.«

»Wieso?«

»Wegen der Mordserie. Vielleicht ist auf dem Bild das Opfer zu ...«

»Ich kann es nicht mehr hören!«, brüllte Teichmann. Er drückte Björn den Pistolenlauf an die Schläfe. »Warum hast du das Bild fotografiert?«

»Aufhören«, bat die Polizistin. »Vielleicht ist das alles bloß ein Missverständnis.«

***

Die Haustür öffnete sich. Sommer sah den Journalisten ins Freie treten. In der Hand trug er eine Reisetasche. Wohin wollte er? War er unterwegs zu einer Recherche? Oder hatte er ein anderes Ziel?

Kappler ging zu seinem Fahrzeug und entriegelte es. Er öffnete den Kofferraum und deponierte die Tasche darin. Bevor er sich hinters Steuer klemmte, schaute er zu seiner Wohnung in der ersten Etage. Dann stieg er ein.

Sommer startete den Motor. Eine Verfolgung am helllichten Tag gehörte zu den schwierigsten Unterfangen überhaupt. Vor allem, wenn man selbst in einem Pkw saß. Was hätte er jetzt für sein Motorrad gegeben. Kappler parkte aus und fuhr los. Sommer ließ ihm ungefähr zweihundert Meter Vorsprung. Er befürchtete zwar, den Journalisten an einer der nächsten Kreuzungen zu verlieren, doch wenn er dichter aufführe, würde er ihm auffallen.

Bei den ersten Straßenzügen spielten ihm die Umstände in die Karten. Die Ampeln waren grün geschaltet und kaum andere Autos unterwegs.

Leider änderte sich das, als sie sich den größeren Durchgangsstraßen näherten. Sommer reduzierte den Abstand auf sieben Wagenlängen. Unterdessen setzte sich ein anderes Fahrzeug zwischen sie, was ihm einen gewissen Sichtschutz verschaffte. Im falschen Moment sprang die Ampel vor ihnen von Grün auf Gelb. Kappler fuhr weiter. Der folgende Wagen hingegen bremste ab.

Sommer hoffte, dass der Journalist nicht in den Rückspiegel schaute. Er zog an dem abbremsenden Kleinwagen vorbei und brauste bei Rot über die Ampel.

Der überholte Fahrer hupte missbilligend. Zweihundert Meter weiter vorn ordnete sich Kappler in die linke Abbiegerspur ein. Offenbar wollte er auf die Autobahn.

Sommer bremste ab. Zwischen ihm und Kappler fuhr derzeit kein weiteres Auto. Da die Sonne schien, klappte er die Blende herunter, um sein Gesicht ein wenig zu verdecken.

Die Abbiegerampel sprang von Rot auf Rotgelb. Der erste Wagen fuhr bereits an, bevor sie Grün anzeigte. Die übrigen Pkw folgten ohne Verzögerung. Auch Kappler zog zügig über die Kreuzung. Im nächsten Moment begriff Sommer auch, warum, denn die Grünphase endete schon wieder. Er überquerte die Haltelinie bei Rotlicht. Immerhin machte ihn diesmal kein Verkehrsteilnehmer darauf aufmerksam.

Nach wenigen hundert Metern bestätigte sich seine Befürchtung. Kurz vor der Autobahnauffahrt setzte Kappler den Blinker.

Eine mehrere Kilometer dauernde Verfolgung im Stadtverkehr war die eine Sache. Einem Auto über eine möglicherweise deutlich längere Strecke unbemerkt auf der Autobahn zu folgen, stellte eine ganz andere Herausforderung dar.

Sollte er das wirklich wagen?

Oder könnte er Kapplers Abwesenheit nutzen, um sich illegal in dessen Wohnung umzusehen? Alle dabei gesicherten Beweise wären zwar vor Gericht nicht verwertbar, trotzdem könnten sie ihnen wichtige Hinweise liefern.

25

Es klingelte an der Wohnungstür. Da Teichmann die Zimmertür offengelassen hatte, drang der Ton schrill zu ihnen herüber. Für einen Moment befürchtete Kraft, Teichmann könne vor Schreck versehentlich abdrücken. Stattdessen senkte er die Waffe. Erleichtert stieß sie den Atem aus, den sie instinktiv angehalten hatte.

»Wer ist das?«, flüsterte er.

»Keine Ahnung«, antwortete Björn.

»Erwartest du ein Paket? Oder Post?«

»Nein.«

Erneut klingelte es. Teichmann drehte sich zu Kraft um.

»Deine Kollegen?«, fragte er.

»Ich hoffe es«, antwortete sie.

Er holte aus, schlug jedoch nicht zu. Seine Geste war nicht mehr als ein verzweifelter Versuch, ihr Angst einzujagen.

»Noch können wir die Situation entschärfen«, sagte Kraft. »Das versichere ich Ihnen.«

»Du hast ja keine Ahnung.«

Nein, hab ich nicht, dachte sie. *Aber ich fürchte, das ist alles nur ein Missverständnis. Und ich hab keine Lust, deswegen draufzugehen.*

Die Klingel ertönte zum dritten Mal. Teichmann verließ den Filmraum und warf die Tür diesmal von außen zu. Egal, was er jetzt tun würde, sie würden wegen der schalldichten Isolierung nichts davon mitbekommen.

***

»Hallo?«, ertönte eine markante Männerstimme aus der Gegensprechanlage.

»Hauptkommissar Morsbach, Kripo Würzburg. Herr Schuster?«

»Ja!«

»Lassen Sie uns bitte rein?«

»Das geht nicht. Sorry.«

Überrascht schaute Morsbach zu Pichler, der lediglich die Achseln zuckte. Eine solche Antwort bekam man als Polizist selten. Zumindest von Unschuldigen. »Wieso nicht?«, hakte er nach.

»Ich stecke mitten in Filmaufnahmen. Unmöglich, Ihnen zu öffnen. Kommen Sie heute Abend wieder, wenn's sein muss.«

»Beantworten Sie uns vorab eine Frage. Wann haben Sie das letzte Mal Oberkommissarin Kraft und

Herrn Teichmann gesehen?«, erkundigte sich Morsbach.

»Gar nicht. Moment, das heißt eigentlich gestern. Sorry. Ich bin gedanklich mitten im Dreh. War's das? Ich verliere wertvolle Zeit.«

»Gestern?«

»Genau.«

»Wann passt es Ihnen denn heute Abend?«

»Kommen Sie gegen achtzehn Uhr wieder.«

»Okay. Viel Erfolg! Bis dahin.«

Sie traten von der Haustür weg. Pichler deutete auf das grüne Lämpchen, das an der Gegensprechanlage leuchtete. Der Mann hörte ihnen offenbar noch zu. Als sie weit genug entfernt waren, beratschlagten sie sich.

»Er lügt«, sagte Pichler.

»Eindeutig. Vor allem ist seine Lüge offensichtlich. Wieso parken hier die Autos von Kraft und Teichmann, wenn Schuster sie seit gestern nicht gesehen haben will?«

»Was machen wir jetzt?«

»Ich kontaktiere Drosten«, entschied Morsbach. Er zeigte zu einer rund hundert Schritte entfernten Baustelle. »Lass uns dahin gehen. Da sind wir aus seinem Sichtfeld, falls er uns durchs Fenster beobachtet.«

***

»Ich treffe erst in einer knappen Stunde ein«, erklärte Drosten. »Wie lautet Ihre Einschätzung?«

»Er lügt und will Zeit bis zum Abend gewinnen«, sagte Morsbach.

»Aber wieso sollte Schuster lügen?« Drosten überholte eine Lkw-Kolonne. Einer der Schwerlaster machte Anstalten, nach links zu ziehen. Drosten beschleunigte, um rechtzeitig an ihm vorbeizukommen. Dabei kam ihm eine Idee. »Würden Sie die Stimme wiedererkennen? Schuster hat keinen Grund zu lügen. Teichmann hingegen schon. Vielleicht hat der sich bloß als Schuster ausgegeben.«

»Haben Sie denn eine Stimmprobe?«

»Der Mann, also Schuster, betreibt einen YouTube-Kanal. Schauen Sie sich bitte eines der Videos an.«

»Wie heißt der Kanal? Ich melde mich dann gleich bei Ihnen.«

***

»O nein«, stöhnte Sommer. »Bitte nicht.«

In der letzten Dreiviertelstunde war die Verfolgung des Verdächtigen überraschend problemlos verlaufen. Kappler fuhr ein gutes Tempo, sodass es Sommer nicht schwergefallen war, manchmal ein bisschen aufzuschließen und gelegentlich etwas mehr Abstand zu halten.

Nun jedoch setzte Kappler den Blinker. Sommer reduzierte die Geschwindigkeit. Er beobachtete, wie der Journalist auf die Abbiegespur zog und einen kleinen Rastplatz ansteuerte. Als er außer Sichtweite war, fuhr

Sommer auf den Standstreifen und bremste scharf ab. Er schaltete den Warnblinker an.

Was sollte er jetzt tun? Von seinem Standort aus konnte er wegen des Streckenverlaufs nicht sehen, wann ein Auto wieder auf die Autobahn einfädelte. Wenn er ebenfalls auf den Rastplatz führe, würde Kappler ihn mit hoher Wahrscheinlichkeit bemerken.

Er griff zu seinem Handy und wählte die Nummer des technischen BKA-Mitarbeiters Johannes Zensinger.

»Jo! Sommer hier«, begrüßte er ihn. »Wie schnell kannst du eine stille SMS verschicken und erhältst die Rückmeldung des Mobilfunkbetreibers?«

»Warum machen wir keine Ortung?«, fragte Jo. »Ist viel genauer.«

»Ich hab keine Seriennummer, sondern nur die Handynummer. Außerdem verfolge ich einen misstrauischen Journalisten. Ich schätze, er kennt sich richtig gut damit aus, wie man unerwünschte Ortungen verhindert. Schon allein, um seine Quellen zu schützen.«

»Das Verschicken einer stillen SMS und die entsprechende Rückmeldung des Handynetzbetreibers dauert ein paar Minuten.«

»Wie lang maximal, wenn mein Leben davon abhängen würde?«

»Zehn Minuten. Eventuell sogar eine Viertelstunde. Das wäre schon schnell!«

»Scheiße!« Falls Kappler nur eine Pinkelpause einlegte, würde er deutlich kürzer auf dem Rastplatz verweilen. Trotzdem gab Sommer dem BKA-Techniker die

Nummer. Hoffentlich kooperierte der Mobilfunkbetreiber mit ihnen. Je nach Ergebnis der Auswertung konnte Sommer erkennen, ob Kappler bereits weitergefahren war.

***

»Wir sind von der Polizei, nicht vom Zoll«, beruhigte Pichler den ausländischen Bauarbeiter.

Der Mann schaute ihn misstrauisch an. »Was Sie wollen?«

»Ihre Hilfe! Oder genauer gesagt, Ihren Vorschlaghammer.«

»Ich kapier nix.«

Pichler verdrehte die Augen. »Leihen Sie mir bitte den Vorschlaghammer für ein paar Minuten aus?«

»Krieg ich wieder?«

»Natürlich! Ich bin Polizist! In spätestens einer Stunde haben Sie ihn wieder.«

»Sonst Chef meckert!«

»Keine Sorge.«

Der Bauarbeiter reichte ihm den erstaunlich schweren Vorschlaghammer. Morsbach, der den Wortwechsel kritisch beäugt hatte, grinste. »Heb dir keinen Bruch!«

»Laber nicht. Beeilen wir uns.«

Björn Schusters Stimme auf den Videos war nicht vergleichbar mit der markanten Stimme, die sie aus der Gegensprechanlage gedrungen war. Für sie stand zweifelsfrei fest, dass sie es mit einem Geiselszenario zu tun hatten. Oder einer anderen Situation, die schnelles Handeln erforderte. Doch statt ein Sondereinsatzkommando zu alarmieren, agierten sie in Eigenregie. Immerhin schwebte eine Kollegin in Gefahr.

Morsbach wählte Drostens Nummer an, der das Gespräch prompt entgegennahm.

»Der Mann in der Wohnung hat sich nur als Schuster ausgegeben. Mein Kollege Pichler hat einen Vorschlaghammer organisiert. Wir wollen bei Nachbarn klingeln und dann die Tür einschlagen. Immerhin sind wir zu zweit. Oder haben Sie Bedenken? Gefährden wir dadurch Krafts Leben?«

Es dauerte ein paar Sekunden, bis Drosten antwortete. »Nein, das ist genau richtig!«, sagte er. »Ich bin in fünfzig Minuten bei Ihnen. Halten Sie mich auf dem Laufenden!«

»Ich ruf Sie so schnell wie möglich wieder an!«

Im Laufschritt näherten sie sich dem Hauseingang.

»Scheiße, ist das Ding schwer«, stöhnte Pichler.

»Hoffentlich bist du gleich nicht zu schlapp, wenn du den Hammer schwingen musst.« Obwohl Morsbach seinen Kollegen aufzog, bewunderte er dessen Tatendrang. Ihm wäre es nie in den Sinn gekommen, die Tür mit einem Vorschlaghammer aufzubrechen.

Morsbach drückte den obersten Klingelknopf.

Es vergingen einige Sekunden, bis die Gegensprechanlage zum Leben erwachte. »Wer ist da?«, fragte eine Frau.

Im Hintergrund vernahm der Hauptkommissar das Schreien eines Kleinkinds.

»Polizei! Machen Sie uns bitte auf? Wir müssen in den Hausflur.«

»Ist etwas passiert?«

»Öffnen Sie uns, und bleiben Sie dann in Ihrer Wohnung, bis wir Entwarnung geben.«

»Okay.«

Pichler lehnte sich gegen die Haustür, die im nächsten Moment aufsprang. Sie liefen in die erste Etage und blieben vor Schusters Wohnungstür stehen.

»Wo willst du den Schlag ansetzen?«, fragte Morsbach leise.

»Ich versuche, den Türknauf zu treffen. Da setzen die Profis vom MEK auch immer ihre Ramme an.«

»Einverstanden. Hau rein, Alter. Wäre ideal, wenn die Tür sofort auffliegt.« Morsbach zog seine Pistole.

Pichler atmete mehrmals durch, bevor er ausholte.

***

»Das Handy ist angeschaltet und liegt in Hannover«, teilte Jo Sommer mit.

Seit ihrem ersten Telefonat waren acht Minuten und fünfundvierzig Sekunden vergangen.

»In Hannover?«, wiederholte Sommer fassungslos.

»Ich kann dir den Standort der Basisstation nennen.«

»Nicht nötig. Ich bin fast eine Autostunde von Hannover entfernt. Der Verdächtige lebt dort. Wahrscheinlich hat er sein Telefon zu Hause gelassen.«

»Du bist ihm gefolgt und hast gedacht, er hat das Handy dabei?«

»So sieht's aus.«

»Tut mir leid, keine besseren Nachrichten zu haben.«

»Nicht deine Schuld.«

Sommer beendete das Gespräch. Falls Kappler der gesuchte Täter war, hatte er einen klugen Schachzug gewählt. Wenn das Handy zu Hause in seinem Router eingebucht war, konnte er behaupten, die Wohnung nicht verlassen zu haben. Das war zwar kein lupenreines Alibi, aber ein Punkt auf seiner Habenseite, mit dem er bei einem Richter Zweifel streuen könnte.

Sommer startete den Motor und fuhr mit eingeschaltetem Warnblinklicht vom Standstreifen auf den Rastplatz. Als er die Zufahrt erreichte, schaltete er den Blinker aus.

»Fuck!«, fluchte er.

Von Kappler gab es keine Spur. Offenbar hatte er innerhalb der letzten zehn Minuten den Parkplatz wieder verlassen.

Sofort fuhr Sommer wieder auf die Autobahn. Bis hierher war Kappler mit einer weitgehend konstanten Geschwindigkeit zwischen einhundert und einhundertzwanzig Stundenkilometern gefahren – je nach Tempolimit. Sommer beschleunigte auf 190. Falls Kappler sein altes Tempo nach der Pause beibehalten hatte, betrug sein Vorsprung mittlerweile gut zwanzig Kilometer. Mit etwas Glück könnte Sommer diesen Abstand binnen weniger Minuten aufholen. Spätestens in einer Viertelstunde müsste er ihm wieder im Nacken sitzen.

Er zog auf die linke Spur.

26

Pichler traf die Tür perfekt. Krachend flog sie auf. Er ließ den Hammer los und griff zu seiner Pistole.

Morsbach betrat die Wohnung.

»Polizei!«, schrie er. »Nehmen Sie die Hände hoch.«

Pichler folgte ihm und erblickte ein beklemmendes Szenario. Zwei Personen – eine von ihnen Oberkommissarin Kraft – saßen gefesselt auf Stühlen. Bei dem Mann handelte es sich eindeutig um den YouTuber Björn Schuster. Er hatte deutliche Blessuren im Gesicht. Hinter ihnen stand ein weiterer Mann, der eine Polizeiwaffe an Krafts Schläfe hielt.

»Kommen Sie keinen Schritt näher!«, brüllte er. »Sonst ist die Fotze tot.«

Trotz der Warnung unternahm Morsbach zwei Schritte in die Diele und suchte ein wenig Schutz hinter einer Kommode.

»Nicht weitergehen!«, schrie der Mann.

»Ronny Teichmann?«, fragte Morsbach.

»Verschwinden Sie!«

»Herr Teichmann, lassen Sie die Waffe fallen. Wir können über alles reden.«

»Das sollten wir«, mischte sich Kraft ein. »Ich fürchte, das Ganze ist ein Missverständnis.«

»Schnauze!«, zischte Teichmann.

»Seien Sie vernünftig«, fuhr Kraft fort. »Wenn Sie kein Mörder sind, können wir das unblutig beenden. Dann ersparen Sie sich viele Jahre Gefängnis.«

»Hör endlich mit diesem Scheiß auf! Verarschen kann ich mich allein. Ich bin kein Mörder! Das weißt du genau, du Fotze!«

»Ich glaub Ihnen, Herr Teichmann«, sagte Kraft. »Ich weiß bloß nicht, was Sie stattdessen angestellt haben.«

»Du glaubst ihm?«, wunderte sich Pichler.

»Ja, Wolfgang. Ich zerbreche mir seit Stunden den Kopf. Keine Ahnung, was er getan hat, aber mit der Mordserie hat er nichts zu tun.«

»Wolfgang, wir senken jetzt die Waffen«, entschied Morsbach. »Wenn es hier nicht um Mord geht, besteht kein Grund für übertriebene Drohgebärden. Beidseitig nicht.«

Pichler nickte und senkte den Lauf. Sollte Teichmann die Situation ausnutzen und das Feuer eröffnen, würde er sich wohl für den Rest seines Lebens an diesen Fehler erinnern.

»Herr Teichmann, wir haben die Waffen gesenkt. So wie Sie es wollten. Darf ich einen Kollegen anrufen? Hauptkommissar Robert Drosten. Er leitet die Mordermittlung und könnte weitere Schritte abblasen –

vorausgesetzt, Sie überzeugen uns, dass Oberkommissarin Kraft recht hat.«

»Welche Schritte?«, fragte Teichmann.

»Sie bedrohen zwei Geiseln mit einer Waffe. Ein Sondereinsatzkommando ist schon alarmiert«, behauptete Morsbach.

»Sagen Sie Bescheid! Und rufen Sie den Sturmtrupp zurück. Ich hab keine Morde begangen.«

***

Nach zehn Minuten reduzierte Sommer die Geschwindigkeit und schlug verärgert auf sein Lenkrad. Er war an drei Autobahnabfahrten vorbeigefahren. Von Kapplers Auto keine Spur. Für ihn stand außer Zweifel, dass der Journalist eine der Ausfahrten genommen hatte.

Er wählte Drostens Nummer.

»Bist du noch an ihm dran?«, fragte Robert.

»Ich hab ihn verloren. Er hat eine Pause an einer Raststätte gemacht. Dabei ist er mir entwischt.«

»Geht denn heute alles schief?«

»Was ist passiert?«

»Verena und ihr Ex-Verlobter werden von Teichmann als Geiseln gehalten.«

»Shit!«

»Morsbach und Pichler sind vor Ort. Ich treffe in gut zwanzig Minuten dort ein. Verena ist allerdings überzeugt, dass Teichmann nicht der gesuchte Mörder ist. Sie vermutet, er hat wie Hohme überreagiert.«

»Wenn das stimmt, wird Kappler umso wichtiger.«

»Siehst du eine Chance, ihn wiederzufinden?«

»Sein Handy liegt in Hannover. Habe ich mit Unterstützung des BKA dank einer stillen SMS herausgefunden. Ich bin seit dem Rastplatz an drei Abfahrten vorbeigekommen. Wir könnten die Datenbanken der Foren abgleichen – nach Usern suchen, die in der Nähe wohnen.«

»Sinnlos«, erwiderte Drosten. »Das wäre schlimmer als eine Nadel im Heuhaufen zu suchen. Und stell dir vor, wir stoßen auf mehrere Datensätze.«

»Dann hab ich nur noch eine fast genauso verzweifelte Idee«, bekannte Sommer.

»Erzähl!«

»Der Täter hat nie vor dreiundzwanzig Uhr zugeschlagen. Ich könnte zu Kapplers Wohnung zurückfahren. In anderthalb Stunden wäre ich spätestens da. Unter dem Grundsatz Gefahr im Verzug verschaffe ich mir Zugang zu seiner Wohnung und suche nach Hinweisen darauf, wohin er unterwegs ist. Dann gelingt es uns vielleicht, ihn rechtzeitig aufzuhalten.«

»Heute ist Dienstag. Bislang hat der Mörder immer sonntags zugeschlagen. Wenn wir Pech haben, würde ein Richter alle Beweise, die du heute findest, ablehnen. Weil er den Rechtsgrundsatz nicht akzeptiert.«

»Im Zweifel suchen wir uns einen Kriminalpsychologen, der uns bestätigt, dass eine Eskalation nach dem verpatzten letzten Mal zu erwarten war. Wodurch die Bedeutung des Wochentags wegfällt. Gruber würde uns bestimmt unterstützen. Oder hast du einen besseren Einfall?«

»Nein«, bekannte Drosten.

»Stehst du hinter meiner Entscheidung?«

»Wie immer.«

***

»Ronny«, stöhnte Björn. »Sag schon, was du getan hast. Ich halt es nicht mehr aus. Bitte!«

Besorgt schaute Kraft zu ihrem Ex-Verlobtem hinüber. Sein Kopf lag auf der Brust. Die Tortur setzte ihm zu.

Wenigstens hatte der Verdächtige die Pistole gesenkt. Zumindest in dieser Hinsicht hatte ihre Deeskalationsstrategie Früchte getragen.

»Wir sind doch Freunde«, fügte er leise hinzu.

»Herr Teichmann«, übernahm Morsbach das Reden. »Es gibt nur noch einen Ausweg. Sie legen die Waffe weg und ergeben sich. Dann ist nichts passiert.«

»Nichts passiert?« Teichmann lachte. »Ich hab fast sechzigtausend Euro auf dem Konto. In wenigen Wochen wollte ich für immer verschwinden. Scheiße!«

»Sechzigtausend Euro?«, wiederholte Morsbach.

Krafts Gedanken überschlugen sich. Björn hatte seinem Freund umfangreichen Zugriff auf eine Reihe von Internetforen übertragen. Stand Teichmanns plötzliche Geldvermehrung damit in Verbindung?

»Was ist das für eine Familie auf dem Bild, das Björn abfotografiert hat?«, fragte sie.

»Ich kenn die nicht«, sagte Teichmann. »Aber mit solchen Familienfotos erweckt man das meiste Mitleid.«

»Sie haben Geld ergaunert«, schlussfolgerte Kraft.

»Immer nur Kleinbeträge«, bekannte er leise. »Nie mehr als fünfhundert Euro von derselben Person.«

»Legen Sie die Waffe weg, und ergeben Sie sich. Das werden höchstens ein oder zwei Jahre Gefängnis, wenn Sie jetzt kooperieren«, behauptete Morsbach. »Außerdem haben Sie gute Chancen auf eine Bewährungsstrafe.«

Teichmann sah ihn verunsichert an. »Stimmt das?«

»Garantiert«, sagte der Hauptkommissar.

Kraft bezweifelte das. Sie wusste zu wenig darüber, was vor ihrem Auftauchen in Björns Wohnung geschehen war. Irgendwie musste Teichmann ihn außer Gefecht gesetzt haben. Die Spuren der Misshandlung waren deutlich zu sehen. Trotzdem hätte auch sie alles behauptet, um endlich freizukommen.

Teichmann legte die Waffe auf einen kleinen Tisch. Zögerlich hob er die Hände.

***

Arthur Kappler erreichte das Viertel, in dem seine nächsten Opfer lebten. Jetzt müsste er mehrere Stunden überbrücken. Doch an solche Wartezeiten hatte er sich bereits gewöhnt.

Er griff zu dem Prepaidhandy, das er erst am frühen Vormittag aktiviert hatte. Vor jeder Tat hatte er ein neues Handy in Betrieb genommen. So würden die Bullen bei Funkzellenabfragen keine zwei Mal auf die gleiche Nummer stoßen. Nicht registrierte Handys über dubiose Quellen zu beziehen war dank des Darknets ebenso leicht, wie sich neue Waffen zu besorgen. Seit er jedoch die Artikel an Verlagshäuser verkauft hatte, war ein Wechsel der Pistole nicht mehr notwendig.

Kappler schickte an sein zu Hause liegendes Handy eine WhatsApp-Nachricht, die nur aus einem Emoji bestand. Die würde er später auf dem Smartphone löschen. Doch sein Router würde schon allein durch den Empfang anzeigen, dass er im Netz eingebucht war. Und der Inhalt später gelöschter Chats wäre für die Bullen nicht wiederherstellbar. Er legte das Handy beiseite.

Seit dem letzten Fehlschlag, bei dem ein unschuldiger Vater gestorben war, um seine Familie zu retten, fühlte er sich unter Zugzwang. Die Botschaft musste weiter in die Welt hinausposaunt werden. Deswegen hatte er beschlossen, nicht bis zum Wochenende zu warten. Stattdessen stand ein geschiedenes Ehepaar auf der Todesliste, die eine nicht-alltägliche Zeitregelung gefunden hatten.

Der Vater war Diskothekenbesitzer und am Wochenende immer beschäftigt. Seine Disko hatte jede Woche von Mittwoch bis Samstag geöffnet. Einmal im Monat holte er seine beiden Kinder sonntags zu sich und brachte sie Dienstagabend zurück. Das Paar war wegen diverser Seitensprünge des Mannes mit jungen

Kellnerinnen vor dem Familienrichter gelandet. Trotz seines ungewöhnlichen Berufs und der damit verbundenen Arbeitszeiten hatten der Vater und seine zwanzigjährige neue Partnerin vor Gericht versucht, ein Wechselmodell durchzusetzen. Sie wollten die Kinder wochenweise betreuen, abwechselnd mit der leiblichen Mutter. Letztere hatte sich nach Kräften dagegen gewehrt und Lügengeschichten verbreitet. Geschichten, die der Richter geglaubt hatte. Statt an fünfzehn Tagen im Monat durfte der Vater seine Kinder nur an dreien sehen.

Eines der vielen skandalösen Urteile, unter denen hauptsächlich Männer zu leiden hatten.

So wie er früher. Jeder Abschied von seiner Tochter hatte ihm das Herz zerrissen. Bis zu jenem schicksalhaften Abend, als Polizisten vor seiner Wohnungstür aufgetaucht waren und ihm von dem tödlichen Autounfall berichteten. Erst hatte Kappler geglaubt, seine Welt würde für immer in Trümmern liegen. Doch nach ein paar Monaten war er morgens aufgewacht und hatte sich frei gefühlt. Er hatte zwar das Wichtigste in seinem Leben verloren, aber zumindest peinigte ihn der Schmerz nicht mehr wie eine eitrige, nicht verheilende Wunde. Als er im Rahmen seiner Buchrecherche auf so viele Väter stieß, die Höllenqualen erlitten, wusste er, dass es seine Aufgabe wäre, sie davon zu befreien. Der zusätzliche Schmerz, den er ihnen durch seine Taten anfangs zufügte, machte ihr Leid zwar noch unerträglicher – doch wusste Kappler aus eigener Erfahrung, dass dieser Zustand vergehen würde.

Er tat den Vätern einen Gefallen. Und sollten die Bullen irgendwann sein Treiben beenden, würde seine Botschaft nachhallen. Jedes einzelne Fehlurteil war ein großes Unrecht. Jede Lüge vor Gericht der erste Schritt zu einem desaströsen Ende.

Das würde den Leuten in Erinnerung bleiben.

Kappler dachte an die Kommissare, die ihm im Nacken saßen. Besonders dieser Hauptkommissar Sommer hatte es auf ihn abgesehen. Wahrscheinlich müsste er Maßnahmen ergreifen, um ihn abzulenken. Ihm schwebte genau vor, wie er das anstellen würde.

***

Erleichtert schloss Drosten Verena in die Arme. Sie sah unverletzt aus.

»Brauchst du einen Arzt?«, fragte er trotzdem.

»Nein. Ich hab zwar zwei kleine Beulen, aber mir geht's gut.«

»Ich würde dich zur Beobachtung ins Krankenhaus schicken«, widersprach Morsbach. »Um eine Gehirnerschütterung auszuschließen.«

»Mir geht's gut«, wiederholte sie genervt.

»Er hat ...«, begann Drosten, doch Verenas Blick ließ ihn verstummen. »Wo ist Schuster?«

»Für Björn hab ich einen Krankenwagen gerufen. Teichmann hat ihn mit K. o.-Tropfen außer Gefecht gesetzt und dann mitten in der Nacht hierher verfrachtet. Wahrscheinlich im Kofferraum seines Wagens.

Teichmann war davon überzeugt, wir hätten seine Betrugsmasche aufgedeckt.«

»Er hat sechzigtausend Euro ergaunert?«

Kraft nickte. »Dank Björn hatte er Zugriff auf mehrere tausend Datensätze. Er hat leichtgläubige Internetnutzerinnen ausfindig gemacht und sie mit persönlichen Nachrichten bombardiert. Fotos angehangen von Alleinerziehenden und behauptet, sie wären unverschuldet in Not geraten. Dank der Informationen, die ihm zur Verfügung standen, hat er oft den richtigen Knopf gedrückt, um den Leuten Geld aus den Rippen zu leiern. Manchmal hat er sein Wissen auch benutzt, um sie zu erpressen.«

»Also hat er sich in manchen Fällen überhaupt nicht strafbar gemacht, wenn die angeschriebenen Internetnutzer freiwillig bezahlt haben?«, hakte Drosten nach.

»So sieht's aus. Vorausgesetzt, er sagt die Wahrheit.«

»Da muss noch etwas anderes hinterstecken. Er hätte Bewährung bekommen. Vielleicht sogar nur eine Geldstrafe. Aber durch die Eskalation gestern Abend wird er im Gefängnis landen. Wir müssen herausfinden, was er uns verschweigt.«

Kraft nickte.

27

»Verena geht es gut«, beruhigte Drosten seinen Kollegen Sommer, als der das Gespräch entgegennahm.

»Wunderbar! Ist Teichmann der Mörder?«

»Nein! Er hat einen Internetbetrug gestanden. Mehr nicht.« Drosten berichtete ihm ausführlich, was in den letzten Stunden in Würzburg passiert war.

»Glaubt ihr ihm?«, fragte Sommer misstrauisch. »Sechzigtausend Euro durch freiwillige Spenden und ein paar kleinere Erpressungen?«

»Ich höre dir deine Zweifel an – die wir übrigens teilen«, erwiderte Drosten.

»Das Ganze ergibt keinen Sinn. Durch eine solche Masche kann man höchstens zehn- oder fünfzehntausend ergaunern, schätze ich.« Sommer reduzierte seine Geschwindigkeit, als er sich einer Tagesbaustelle näherte, und kam schließlich hinter einem Kleintransporter zum Stehen. »Er hatte Zugriff auf die E-Mail-Adressen und die dazugehörigen Passwörter. Richtig?«

»Woran denkst du?«

»Viele Internetnutzer sind faul. Sie wählen immer die gleiche Kombination aus Adresse und Kennwort. Da helfen auch Berichte über Daten-Leaks nichts. Menschen sind Gewohnheitstiere. Die Datenmengen, auf die Teichmann Zugriff hatte, wären im Darknet einiges wert.«

»Du glaubst, er hat damit gehandelt? Datensätze verkauft?«

»Erscheint mir zumindest logischer als seine Erklärung. Vor allem, wenn man berücksichtigt, dass er Geiseln genommen hat. Seine drastische Reaktion muss einen anderen Grund haben. Für einen Internetbetrug haut ihm ein Richter höchstens auf die Finger. Schaut auf seinen Computern nach, ob er einen Tor-Browser installiert hat.«

»Machen wir. Wie lange brauchst du noch zu Kappler?«

»Bin laut Navi fünfundzwanzig Minuten entfernt. Aber momentan stehe ich im Stau.«

***

Durch die Tagesbaustelle verlor Sommer fast zwanzig Minuten und kam erst eine Dreiviertelstunde nach dem Telefonat am Zielort an. Das Gefühl, unter Zeitdruck zu stehen, nahm deutlich zu. Wie sollte er in Kapplers Wohnung gelangen? Dank seiner bisherigen Besuche wusste er, dass es kein Problem wäre, Zutritt zum Hausflur zu erhalten. Doch er konnte in der ersten

Etage nicht einfach die Wohnungstür aufbrechen. Also musste er einen anderen Weg wählen.

Sommer stieg aus dem Wagen und lief um die Häuserreihe herum. Als er in Kapplers Wohnzimmer gewesen war, hatte er die Hintergärten bemerkt, die anscheinend zu den Erdgeschosswohnungen gehörten. Vielleicht bot sich ihm dort eine Gelegenheit. Es wäre am einfachsten, eine Glasscheibe einzuschlagen.

Kappler lebte in einem von insgesamt fünf Mehrfamilienhäusern, die erst in den letzten Jahren gebaut worden waren. Die Architektur war kubistisch modern. Selbst in den Gärten setzte sich der Ansatz fort. Auf jedem Grundstück stand ein quadratisches Gartenhäuschen. Satteldächer waren wahrscheinlich verboten. Interessanter für sein Vorhaben erschien Sommer jedoch die Anordnung der Balkone. Sie waren leicht versetzt zueinander angeordnet. Konnte er sich von einer Balkonbrüstung des Erdgeschosses in die erste Etage hochhangeln? Der Höhenunterschied von Brüstung zu Brüstung betrug jeweils etwa drei Meter. Zu viel für einen gewagten Sprung.

Frustriert schaute er sich um. Sekunden später besserte sich seine Laune. Am letzten Reihenhaus entdeckte er eine am Boden liegende Leiter. Sommer lief hin und kletterte über das brusthohe Gartentor.

»Hallo?«, rief er. »Hört mich jemand?«

Es dauerte nicht lange, bis auf dem Balkon der Erdgeschosswohnung, unter dem die Leiter lag, ein junger Mann auftauchte. Er trug einen weißen Overall, auf dem Farbspritzer prangten.

»Wollen Sie etwas von mir?«, fragte er.

»Gehört die Leiter Ihnen?«

»Was geht das Sie an?«

Sommer zeigte ihm den Dienstausweis. »Polizei. Ich müsste mir die Leiter kurz ausleihen.«

»Wofür?«

»Um in eine Wohnung in der ersten Etage zu gelangen. Gefahr im Verzug. Es geht um eine Mordermittlung.«

»Da muss ich meinen Chef fragen.«

Genervt verdrehte Sommer die Augen. »Machen Sie das! Bitte zügig!«

Eine unnötige Diskussion später schnappte sich Sommer die Leiter und lief damit zum mittleren Haus, in dem Kappler lebte. Der Chef des Malermeisterbetriebs begleitete ihn misstrauisch. Trotz des Dienstausweises schien er Bedenken zu haben. Die Leiter hatte eine Länge von dreieinhalb Metern. Nachdem er sie an die Wand gelehnt hatte, fehlte bis zur Brüstung von Kapplers Balkon ungefähr ein Meter. Das war ein Risiko, das er eingehen würde.

»Zu kurz«, murmelte der Handwerker. »Ich hab's Ihnen gesagt. Sie wollten mir ja nicht glauben.«

»Sie halten die Leiter fest.«

»Was?«

»Festhalten!«, wiederholte Sommer. Er stieg auf die erste Stufe.

»Ihr Ernst?«

Immerhin folgte der Handwerker der Anweisung. Sommer kletterte bis zur obersten Sprosse, stützte sich an der Hauswand ab und drehte sich um neunzig Grad. »Lassen Sie ja nicht los!«, rief er nach unten.

»Sie brechen sich das Genick«, warnte der Mann ihn.

Für einen Moment zögerte Sommer. Leider hatte der Handwerker recht. Falls er die Brüstung verfehlte, würde er mehrere Meter in die Tiefe stürzen. Er bezweifelte, dass der Rasen weich genug wäre, um seinen Aufprall effektiv zu dämpfen. Doch ohne dieses Risiko würde es ewig dauern, bis er in Kapplers Wohnung gelangte.

»Wird schon schiefgehen«, rief er.

Sommer holte tief Luft. Im nächsten Augenblick sprang er. Einen Sekundenbruchteil später griff er zu und packte die Brüstung. Sein Körper prallte gegen eine der Milchglasscheiben, die rings um den Balkon eingefasst waren. Die Schwerkraft zerrte an ihm. Ächzend zog er sich hoch und schwang unter Mühen ein Bein über die Brüstung.

»Sie sollten im Zirkus anfangen«, rief der Handwerker. »Ich hätte mir fast in die Hose gemacht.«

»Danke für Ihre Hilfe«, antwortete Sommer, als er wieder festen Boden unter den Füßen spürte.

Er zog seine Pistole aus dem Schulterholster und schlug kurzentschlossen das Glas der Terrassentür ein. Er fasste ins Innere und versuchte, den Griff umzulegen. Doch so einfach machte es ihm Kappler nicht, denn die Balkontür war abgeschlossen. Also schlug er das gesamte Glas aus dem Rahmen.

Im Wohnzimmer schaute er sich um. Der Journalist schien ein sehr pedantischer Mensch zu sein. Der Tisch war leer geräumt, auf den Möbelstücken lag nichts, was dort nicht hingehörte. Auch in den anderen Zimmern setzte sich das Bild fort. Sommer nahm am Schreibtisch Platz, auf dem er ein eingeschaltetes Handy fand, dessen Display jedoch gesperrt war. Vorläufig legte er es wieder beiseite und öffnete die unterste Schublade.

»Du blödes Arschloch«, murmelte er.

In dem geräumigen Fach hatte Kappler einen Safe untergebracht. Der Anblick weckte in ihm die Befürchtung, vergebens in die Wohnung eingebrochen zu sein. Er zog am Griff des Safes, der erwartungsgemäß verschlossen war. Danach öffnete er alle anderen Schubladen und sah die Dokumente durch, die Kappler darin lagerte. In keinem einzigen fand Sommer einen relevanten Hinweis. Vom Arbeitszimmer ging er in die penibel saubere Küche. Hinter jeder Tür schaute er nach, bis er die Müllbehälter gefunden hatte. Bio-, Rest- und Wertstoffmüll, dazu Altpapier. Er kontrollierte zuerst den Wertstoffmüll. Ganz oben lag die Folie einer Packung Toilettenpapier. Darunter eine aufgeschnittene Plastikhülle, die sein Interesse weckte. Sommer holte sie heraus. Eine Umverpackung für ein Prepaid-Handy. War das die Erklärung, warum Kappler sein Telefon zu Hause gelassen hatte?

Deutlich optimistischer als zuvor griff er zu dem Altpapierbehälter und schüttete den gesamten Inhalt auf den Boden.

»Jo, diesmal hab ich eine Geräteserien- und eine Telefonnummer. Ich brauche so schnell wie möglich den Standort des Handys.«

Sommer gab die Daten durch.

»Du hörst in ein paar Minuten von mir«, versprach der BKA-Techniker.

»Beeil dich!«

Er beendete das Telefonat und beschloss, sich in der Wartezeit Kapplers Smartphone vorzuknöpfen. Er nahm das Gerät des chinesischen Herstellers in die Hand und berührte eine Taste. Sofort forderte ihn das System auf, das Gerät per Fingerabdruck zu entsperren oder den entsprechenden Code einzugeben.

Wahllos tippte er mehrere Kombinationen ein, bis sich das Handy für fünf Minuten sperrte. Genau in diesem Moment klingelte sein eigenes Telefon und übertrug eine Wiesbadener Nummer.

In der Diele hing ein Kasten, in dem sich zahlreiche Schlüssel befanden. Sommer hoffte, einen Ersatzschlüssel für die Wohnung zu finden, da er ansonsten erneut einen gefährlichen Stunt wagen müsste, um Kapplers Zuhause zu verlassen. Tatsächlich hatte er beim vierten Exemplar Glück. Er schloss die Wohnungstür auf und verließ im Laufschritt das Haus. Im Auto startete er seinen Laptop und gab die Adresse ein, die Jo herausgefunden hatte. Nach ein paar Minuten hatte er die Gewissheit, die er benötigte. Er kontaktierte Drosten, der das Gespräch rasch entgegennahm.

»Seid ihr schon bei Teichmann?«, fragte Sommer.

»Wir sind unterwegs«, antwortete Drosten. »Verena sitzt neben mir, Teichmann in Handschellen hinter uns. Er will uns Zugriff auf seinen PC gewähren.«

»Ich hab in Kapplers Wohnung die Geräteseriennummer eines Prepaid-Handys gefunden. Das Telefon befindet sich momentan in einem Gebiet, das zu den Autobahnabfahrten passt, bei denen ich ihn verloren habe. Je genauer wir ihn lokalisieren könnten, desto besser. Frag Teichmann, ob er zu der Adresse, die ich dir gleich schicke, Nutzerdaten herausfiltern kann. Das ist wichtiger, als die Sache, über die wir zuletzt gesprochen haben.«

»Wird erledigt«, versprach Drosten. »In welchem Bundesland hält sich Kappler auf? Noch immer Niedersachsen?«

»Nein. Sachsen-Anhalt. Die Adresse liegt in Magdeburg.«

»Da kenn ich ein hohes Tier vom LKA. Soll ich den Mann kontaktieren?«

Sommer schmunzelte. »Du kennst wirklich überall jemanden. Ja, ruf ihn bitte an. Ich kann die Unterstützung eines mobilen Einsatzkommandos brauchen.«

»Ich kümmere mich drum«, versprach Drosten.

28

Lothar West, den seine Freunde spätestens seit der Wiedervereinigung nur »Wessi« nannten, schaute unbewusst auf seine goldene Rolex. In zwei Stunden müsste er seine beiden Kinder auffordern, ihre Sachen zu packen, weil er sie nach Hause bringen musste. Danach würde er sie einen langen Monat nicht wiedersehen.

Er hasste Franziska aus tiefstem Herzen. Wie hatte sie ihm das antun können?

»Schatz, schläfst du mit offenen Augen?«, fragte Miri ihn.

»Ja, Papa, du bist dran«, nörgelte Clarissa. »Hast du Angst, dich zu blamieren?«

»Sorry«, murmelte Lothar. Er griff zu den Würfeln, warf einen Pasch und grinste. »Gut Ding will Weile haben, wie jeder weiß.«

»Boah, ey«, stöhnte Ronan. »Wieso hast du immer so viel Glück?«

»Glück muss man sich erarbeiten, mein Sohn.«

Er zog seine Spielfigur zehn Felder vor und griff erneut zu den Würfeln. Diesmal war das Ergebnis nicht ganz so überragend. Doch immerhin konnte er sechs weitere Felder überqueren und sich an die Spitze setzen. Seine Tochter hob die oberste Karte ab und las ihrem Vater die Sportfrage vor. Die Antwort war lächerlich einfach. Zumindest für einen Mann seines Alters.

»Katarina Witt.«

Ronan schaute ihn verärgert an. »Woher weißt du das? Du interessierst dich überhaupt nicht für Eiskunstlauf.«

»Ich schätze, dein Vater fand die Kati früher total hübsch«, mischte sich Miri ein. »Wie fast alle Männer. Besonders die Intellektuellen.«

»Was du immer denkst.« Lothar versuchte, den nahenden Abschied zu verdrängen. Doch es gelang ihm nicht. Heute Abend würde Miri wieder alles aufbieten müssen, um ihn aufzumuntern.

***

»Das wird aber lange dauern«, behauptete Teichmann.

Sie standen in seiner Diele. Drosten schloss die Wohnungstür von innen. Erst jetzt nahm Kraft dem Festgenommenen die Handschellen ab.

»Je schneller Sie uns helfen, desto wohlwollender wird der Richter Ihre Kooperation auslegen«, sagte Drosten.

»Hey, ich kann ja nichts dafür, falls es nicht klappt«, beschwerte sich Teichmann. »Ich mach das bestimmt nicht extra langsam. Aber Sie wollen, dass ich in zahlreichen Foren nach Teilnehmerinnen aus Magdeburg suche. Ich habe keine Chance, da irgendwas auszufiltern. Muss also jeden einzelnen Datensatz durchgehen.«

»Dann beeilen Sie sich besser.«

Teichmann rieb sich die Handgelenke, ging zum Schreibtisch und startete den Computer. Nach wenigen Sekunden war er einsatzbereit.

»Sie konzentrieren sich zunächst auf die Foren, die für getrennt lebende Frauen interessant sind«, erklärte Drosten ihm.

»Alles klar.«

Drosten schaute ihm über die Schulter.

Teichmann rief ein Teilnehmerverzeichnis auf. »Ich muss jetzt jede Zeile durchgehen«, klagte er.

Bevor ihr Kollege etwas erwidern konnte, berührte Kraft ihn am Arm und deutete mit dem Kopf zur Tür. Sie kehrte in den Flur zurück, gefolgt von Drosten.

»Sollen wir Björn hinzuziehen?«, fragte sie leise. »Der könnte Teichmann besser kontrollieren als wir.«

»Er ist im Krankenhaus«, erinnerte er sie.

»Wenn ich ihn darum bitte, würde er vorbeikommen.«

So verlockend der Gedanke auch war, er wollte nicht, dass Verena ihrem Ex-Verlobten dankbar wäre. In diesem Moment begriff er, dass Teichmann ein hinterhältiges Spiel abzog. Abrupt machte er kehrt und lief zu ihm. Der Verhaftete wechselte hektisch den Tab, um zur Ansicht der Datenbank zurückzukehren.

Drosten packte die Lehne des rollbaren Bürostuhls und zog Teichmann von der Tastatur weg. Dann brach er den initiierten Löschvorgang ab.

»Verena, leg ihm wieder Handschellen an.«

»Was hat er gemacht?«, fragte sie und folgte der Anweisung.

»Au«, jammerte der Mann. »Es tut mir leid.«

Drosten überprüfte das Programm, das Teichmann hatte löschen wollen. Ein Tor-Browser. Sommer hatte recht gehabt.

»Ein unvollständiges Geständnis bringt Ihnen keine Straferleichterung ein. Und falls Sie versuchen, die Ermittlungen zu sabotieren, schaden Sie sich bloß.«

»Tut mir leid«, flüsterte der Mann.

»Fällt mir schwer, Ihnen zu glauben.«

Drosten rief wieder die Datenbank auf. Er kannte sich mit dem Programm zwar nicht aus, trotzdem probierte er die Tastenkombination *Steuerung F* aus. Im nächsten Moment erschien ein Suchfeld, in das er *Magdeburg* eingab. Das System lieferte ihm zwei Treffer. Wütend drehte sich Drosten zu Teichmann um.

»Halten Sie mich für völlig bescheuert?«, schrie er.

Der Verdächtige zuckte zusammen.

»Ich gebe Ihnen Ihre letzte Chance. Öffnen Sie die nächste Datenbank. Ich will ruckzuck Ergebnisse. Warum tippen Sie noch nicht?«

»In Handschellen?«, jammerte Teichmann.

»Wie sonst?«

***

Sommer wartete in einem Fast Food-Restaurant, gut vier Kilometer von der lokalisierten Adresse in Magdeburg entfernt. Das BKA überwachte in Echtzeit das Handy. Sommer würde sofort erfahren, sobald sich Kapplers Standort änderte.

Von seinem Platz aus sah er zwei Männer eintreten, die sich suchend im Lokal umschauten.

Sommer hob die Hand. Sogleich kamen die beiden zu ihm.

»KHK Sommer?«, fragte der ältere der beiden.

»Setzen Sie sich«, bat Sommer sie.

»Wir würden uns lieber draußen im Wagen mit Ihnen unterhalten. Nicht, dass ein Zeuge unser Gespräch twittert.«

Sommer lächelte. Manchmal hielt er sich selbst für paranoid, doch die beiden LKA-Mitarbeiter schienen ihn diesbezüglich noch zu übertreffen. Trotzdem folgte er ihnen auf den Parkplatz, wo sie ihn zu einem unauffälligen dunklen Wagen führten. Sommer stieg hinten ein.

Der ältere Mann setzte sich zu ihm und schüttelte ihm die Hand. »Polizeioberrat Schilling. Das ist mein Kollege Bender. KHK Drosten hat mich kontaktiert. Sie brauchen in wenigen Stunden ein mobiles Einsatzkommando?«

Sommer nickte. Er berichtete ihnen, was sie herausgefunden hatten. »Robert versucht gerade, die Adresse der nächsten mutmaßlichen Opfer herauszubekommen. Sobald wir die haben, sollten wir unser Vorgehen koordinieren. Unser Problem ist die dünne Beweislage. Wir können Kappler keinen einzigen Mord nachweisen. Ich hab in seiner Wohnung zwar einen verschlossenen Tresor ...«

»Wann waren Sie in seiner Wohnung?«, unterbrach Bender ihn.

»Vor ein paar Stunden.«

»Ich nehme an, Sie hatten einen Durchsuchungsbeschluss?«

»Leider irren Sie sich.«

Schilling stöhnte. »*Das* hat Drosten verschwiegen. Sie sind illegal bei einem Verdächtigen ... eingebrochen?«

»Vertrauen Sir mir einfach. Kappler ist der Mörder.«

»Sie wollen ihn auf frischer Tat ertappen?«, folgerte Bender.

»Das ist der Plan«, erwiderte Sommer. »Wenn wir ihn beim Einbruch erwischen, kriegen wir den Durchsuchungsbeschluss für seine Wohnung, zumal er wahrscheinlich bewaffnet ist. Ich wette, in seinem Tresor finden wir belastendes Material.«

Schilling und Bender schauten sich stumm an. Sommer merkte ihnen den wachsenden Widerwillen an; wenn sie ihm die Unterstützung entzögen, könnte er als Ein-Mann-Armee nicht viel ausrichten.

»Warten Sie kurz draußen?«, bat Schilling ihn.

»Wollen Sie mir ernsthaft Amtshilfe verweigern?«

»Nein«, antwortete Bender. »Wir wollen bloß ausschließen, unsere Gesichter übermorgen in der Zeitung wiederzufinden, weil wir illegale Maßnahmen gegen einen Journalisten unterstützt haben.«

Ohne weiteren Einwand stieg Sommer aus. Er konnte ihre Bedenken verstehen, denn er hatte sich tatsächlich am Rand der Legalität bewegt. Trotzdem war er überzeugt davon, vor Gericht Recht zu bekommen.

Wortfetzen drangen aus dem Wageninneren an sein Ohr – und das, was er hörte, stimmte ihn nicht hoffnungsfroh.

Schließlich stieg Polizeioberrat Schilling aus.

»Es tut mir leid. Ich kenne KHK Drosten seit vielen Jahren und schätze ihn. Aber wir können uns keinen Justizskandal erlauben. Es hat ein paar Vorfälle mit politisch rechten – oder vermeintlich rechts gerichteten – Kollegen gegeben. Na ja. Die Presse hat das thematisiert. Wenn das LKA Sachsen-Anhalt jetzt gegen einen Journalisten vorgeht, schütten die Medien kübelweise ... Sie würden das als Racheakt ansehen.«

»Die KEG würde die Verantwortung übernehmen«, wandte Sommer ein.

»Als würde das irgendjemanden interessieren. Fakten sind heutzutage nicht mehr gefragt. Schon gar nicht im Internet.«

»Ihr guter Ruf ist also wichtiger, als mit uns zwei oder drei Morde zu verhindern ...«

»Hören Sie auf«, unterbrach Schilling ihn barsch. »Sie wissen, Sie hätten nicht in die Wohnung einbrechen dürfen. Wir müssen das Gesetz achten.«

Bender startete den Motor. Offenbar dauerte ihm die Diskussion zu lange.

»Polizeioberrat Schilling, lassen Sie mich damit nicht allein.«

»Rufen Sie den Notruf der Polizei, falls Sie einen Einbruch beobachten. Ich empfehle mich.«

Fassungslos sah Sommer zu, wie der Mann seelenruhig in den Wagen einstieg. Sekunden später rollte das Fahrzeug los. Am liebsten hätte er seine Pistole gezogen und ihnen die Reifen zerschossen. Doch das hätte seine Chancen, das Leben einer unschuldigen Familie zu retten, nicht sonderlich erhöht.

Das Handy in seiner Hosentasche vibrierte und übertrug Drostens Namen. Als könnte Robert Gedanken lesen.

»Schlechte Neuigkeiten«, begrüße Sommer ihn.

»Du auch? Was ist passiert?«

»Was heißt *auch*? Habt ihr keine Adresse ausfindig gemacht?«

»Ganz im Gegenteil. Wir haben zwei infrage kommende Mütter gefunden. Beide kommen aus Magdeburg und haben einen Scheidungskrieg hinter sich.«

»Wenn's läuft«, murmelte Sommer.

»Erzähl schon. Was ist passiert?«

Sommer fasste die letzten Minuten zusammen. »Ich hab keine Unterstützung vor Ort. Und jetzt nennst du mir zu allem Überfluss zwei Adressen. Scheiße!«

»Soll ich Karlsen einschalten? Der könnte Schilling umstimmen.«

»Ich fürchte eher, er würde sich Schillings Meinung anschließen. Du kennst doch seine Risikobereitschaft.«

»Okay. Verena und ich brechen sofort auf. Es ist jetzt kurz vor sechs. Wie lang brauchen wir bis nach Magdeburg? Viereinhalb Stunden? Vielleicht fünf?«

»Eher weniger, wenn du Verena fahren lässt«, antwortete Sommer. »Aber wenn ihr in einen Stau kommt oder Kappler diesmal früher zuschlägt, hilft mir das nicht. Das ist alles so verdammt unsicher.«

»Ich sorg dafür, dass du vom BKA den ganzen Abend Unterstützung bekommst«, versprach Drosten. »Sie werden dich über die Position des Handys auf dem Laufenden halten. Das liefert uns überdies Anhaltspunkte, wo genau er zuschlägt. Das LKA wird sich noch verdammt ärgern, dass wir die Lorbeeren allein einstreichen.«

»Beeilt euch!«, bat Sommer. »Lass Verena ans Steuer!«

***

»Können wir nicht noch eine Nacht bei dir bleiben?«, bettelte Ronan.

In die traurigen Augen seines Sohns zu blicken fachte Lothars Zorn über Franziska erneut an. »Eure Mutter will das nicht.«

»Du könntest sie anrufen«, schlug Clarissa vor. »Oder Ronan macht das. Ihrem Liebling schlägt sie keinen Wunsch ab.«

»Du bist so blöd.« Ronan streckte seiner Schwester die Zunge heraus.

»Ich rede mit ihr, wenn ihr mich dabei unterstützt. Aber jetzt sollten wir aufbrechen. Ihr kennt sie. Falls sie wütend ist ...« Er vollendete den Satz nicht.

»Okay«, brummte Ronan.

Lothar streichelte seinem Sohn über den blonden Haarschopf.

29

Im Radio begannen die 18-Uhr-Nachrichten. Für Kappler wurde es Zeit, den Standort zu wechseln. Der Diskothekenbesitzer brachte seine Kinder meist zwischen halb sieben und sieben nach Hause, woraufhin er sie erst einen Monat später wiedersehen würde.

Kappler ahnte, wie es West dabei ergehen musste. Das Gefühl kannte er aus eigener Erfahrung nur zu gut. Eine Mischung aus Herzschmerz, Wut, Enttäuschung und dem Wunsch, die letzten Minuten in die Länge zu ziehen.

Er startete den Motor.

Bald bist du frei, dachte er. *Anfangs wirst du glauben, daran zu zerbrechen, aber eines Morgens wirst du aufwachen und dasselbe fühlen wie ich damals.*

Kappler würde den Wagen ein paar hundert Meter entfernt abstellen, um die Rückkehr der Kinder nicht zu verpassen. Aufgrund des letzten Fehlschlags durfte er sich keine weiteren Pannen erlauben. Er hatte eine

Botschaft. Doch je mehr Zeit verstrich, desto weniger würde sie sich im Bewusstsein der Öffentlichkeit verankern.

Der Mörder Kappler musste wie beim Fußball die Vorlage liefern, die der Journalist Kappler zielsicher verwandelte. Er brauchte noch zwei oder drei Mordnächte. Dann könnte er in einem Artikel eine Theorie veröffentlichen, die auf Widerspruch stoßen würde. Denn erst durch Widerspruch und öffentliche Schelte gewann man Aufmerksamkeit.

***

»Der Standort des Handys verändert sich«, informierte ihn die BKA-Technikerin, die für ihren Kollegen Johannes den Dienst übernommen hatte.

»Sobald er wieder länger als fünf Minuten an einem Ort ist, geben Sie mir bitte die genaue Position durch«, sagte er.

Die Beamtin versprach ihm, sich umgehend zu melden und beendete das Telefonat.

Sommer dachte an die Auseinandersetzung mit dem LKA. Nervös rieb er sich die Hände. Er hasste Wartezeit, die ihn zur Untätigkeit zwang. Lieber rechtfertigte er sich später vor einem Vorgesetzten oder einem Gericht, als nur still zu beobachten. Das Eindringen in Kapplers Wohnung war richtig gewesen. Es gab Indizien, die auf die Schuld des Journalisten hindeuteten. Zwar zu wenige für einen Durchsuchungsbeschluss, aber genug, dass Sommer seiner inneren Stimme vertraute.

Ob Verena und Robert rechtzeitig in Magdeburg ankämen? Oder läge es am Ende allein an ihm, eine weitere Mordnacht zu verhindern?

Sommer überlegte, wie lang er abwarten sollte, sobald Kappler sich Zutritt zur Wohnung verschafft hätte. Griff er zu früh ein, könnte der Journalist Ausreden erfinden, Pistole hin oder her. Der Mörder hatte bei seinen vier Taten unterschiedliche Waffen eingesetzt. Erst der tote Familienvater war laut ballistischer Untersuchung von derselben Pistole erschossen worden wie Lisa Landsknecht. Sollte er erst zuschlagen, wenn Kappler in die Wohnung eingebrochen wäre oder schon früher? Sommer wollte keineswegs das Leben der nächsten Familie gefährden. Eine schwierige Entscheidung. Er würde es sich niemals verzeihen, falls es durch sein zu langes Zögern Tote geben würde.

***

»Soll ich klingeln und Mama vorwarnen?«, fragte Clarissa.

»Ja«, antwortete Lothar. »Wenn sie nicht unvorbereitet mit mir reden will, machen wir einen Termin aus. Fürs nächste Mal oder so.«

Clarissa lief zur Haustür und klingelte. Sekunden später erklang die Stimme von Lothars Ex-Frau. »Seid ihr es?«

»Ja«, antwortete Clarissa. »Papa ist auch dabei. Er will mit dir reden.«

»Worüber?«, fragte sie zögerlich.

»Wie oft ich die Kinder sehen darf«, erklärte er anstelle seiner Tochter.

»Die Kinder sollen raufkommen, und wir beide telefonieren in den nächsten Tagen. Was fällt dir ein? Einfach so ein Gespräch zu suchen? Vergiss es!«

Lothar zuckte entschuldigend die Achseln und streichelte zuerst Clarissa und dann Ronan den Kopf. Gleichzeitig erklang der Türsummer.

»Tut mir leid. Aber Mama hat recht. So ein Thema sollte man nicht spontan ansprechen. Dafür ist es zu wichtig.«

Er nahm sie beide in den Arm. Vor allem Ronan wirkte traurig.

»Wir sehen uns spätestens nächsten Monat. Und jetzt hoch mit euch!«

Er sah ihnen nach, als sie den Hausflur betraten und die ersten Stufen erklommen. Am Treppenabsatz blieb Ronan stehen, winkte ihm zu und lief dann aus seinem Sichtfeld.

»Scheiße!«, fluchte Lothar. Das hatte er sich ganz anders vorgestellt.

***

Trotz der Entfernung konnte Kappler deutlich sehen, wie schwer dem Vater der Abschied von den eigenen

Kindern fiel. Dabei wusste er nicht einmal, dass es ein Nimmerwiedersehen-Moment war.

Mittlerweile war es zehn vor sieben. Bis die Kinder im Bett lagen und auch die Mutter schlief, würden noch viele Stunden vergehen. Morgen war ein normaler Schultag, sodass Kappler nicht befürchten musste, dass sie von der familiären Routine abwichen.

Der Vater kehrte zu seinem am Bürgersteig geparkten Wagen zurück und schaute hoch. Hoffte er, einen letzten Blick zu erhaschen? Oder war heute etwas Ungewöhnliches passiert?

Kappler dachte an das Desaster vom letzten Mal. Väter sollten bei seinem Feldzug nicht sterben. Er wollte sie befreien und wusste noch immer nicht, wieso der Mann mitten in der Nacht zurückgekehrt war, um ihn im schlechtesten Moment zu überraschen. Derlei unerwartete Ereignisse wollte Kappler vermeiden. Deswegen beobachtete er ganz genau, was der Vater jetzt unternahm. Der stieg in seinen Wagen und parkte aus.

Kappler beschloss, ihm unauffällig zu folgen. So konnte er sich davon überzeugen, dass der Mann nach Hause fuhr. Danach würde er weitersehen.

***

Kurz vor zehn stießen Kraft und Drosten zu Sommer. Er parkte auf einem öffentlichen Parkplatz, der um diese Uhrzeit noch so stark frequentiert war, dass er nicht auffiel

»Wie ist der Stand?«, fragte Drosten.

»Für ungefähr eine halbe Stunde hat Kappler bei einer der infrage kommenden Adressen geparkt, gut fünfhundert Meter entfernt. Ich vermute, er hat die Familie West aufs Korn genommen. Andererseits könnte es auch Zufall sein. Denn danach ist er herumgefahren, hat in einer anderen Gegend ähnlich lang geparkt und fährt seitdem pausenlos herum. Die Kollegen vom BKA erkennen kein Muster in der Strecke.«

»Also können wir uns noch immer nicht sicher sein, wo er zuschlagen wird«, folgerte Kraft.

»Nein«, bedauerte Sommer. »Wir sollten uns aufteilen. Die Adressen liegen nicht so wahnsinnig weit auseinander. Ungefähr vier Kilometer. Wenn ihr ihn entdeckt, könnte ich in maximal zehn Minuten bei euch sein. Eher schneller. Und umgekehrt genauso. Wahrscheinlich unterstützen wir uns damit zügiger als jede Polizeistreife.«

»Für dich steht fest, dass Verena und ich ein Team bilden, während du eine Solonummer abziehst«, brummte Drosten.

»Solonummern hab ich jahrelang geübt«, erwiderte Sommer augenzwinkernd.

»Wie lange warten wir?«, fragte Kraft.

»Darüber hab ich in den letzten Stunden nachgedacht. Es wäre ideal, ihn beim Einbruch in die Wohnung zu erwischen. Beide Familien leben in der zweiten beziehungsweise dritten Etage. Das heißt, er wird nicht über eine Terrasse einbrechen, sondern die Wohnungstür nehmen. Also dürfte er Einbruchswerkzeug dabeihaben. Wahrscheinlich ein Set Dietriche.

Außerdem eine Pistole, falls er nicht die Mordmethode ändert. Das müsste reichen, um einen Durchsuchungsbeschluss für seine Wohnung zu erhalten. Die belastenden Beweise finden wir hoffentlich in dem Safe.«

»Und wieso nehmen wir ihn nicht schon an der Haustür fest?«, hakte Kraft nach.

»Solange er sich nicht illegal Zutritt verschafft, ist es kein Einbruch«, erklärte Drosten. »Dann hätten wir nur eine Waffe und Einbruchswerkzeug, das nicht illegal ist.«

»Aber wie kommen wir ins Haus?«, fragte sie. »Ich beherrsche nicht die Kunst, ein Schloss zu knacken.«

»Ich hab unterwegs zwei schwere Pflastersteine von einer Baustelle geklaut«, erklärte Sommer. »Wenn er mit einem Dietrich das Schloss manipuliert, steht die Tür anschließend hoffentlich offen. Falls nicht, schlagen wir die Glastüren mit den Steinen ein.«

»Das hört er«, wandte Drosten ein.

»Egal«, antwortete Sommer. »Wir müssen ihn aus der Wohnung fernhalten. Ich will kein Geiselszenario.«

***

Kurz nach halb zwölf erhielt Sommer eine Rückmeldung des BKA. Das Handy näherte sich seinem eigenen Standort. Aufgeregt beobachtete Sommer die ruhige Straße. In manchen Wohnungen brannte noch Licht, insgesamt jedoch merkte man an den vielen herabgelassenen Rolladen, dass es auf Mitternacht zuging.

Sommer machte sich im Sitz klein. Kurz darauf fuhr Kapplers Wagen an ihm vorbei und parkte dreihundert Meter entfernt in einer freien Parklücke.

Er griff zum Telefon und wählte Drostens Nummer. »Kappler ist gerade hier eingetroffen.«

»Okay. Wir sind unterwegs«, antwortete sein Partner kurz angebunden.

Unterdessen verließ Kappler seinen Wagen. Er trug einen Rucksack, verhüllte den Kopf mit einer Kapuze und ging rasch auf die Haustür zu.

Sommer wählte den Notruf. Er gab die Adresse an und meldete einen Einbruch. Bevor der Beamte sich nach seinen Personalien erkundigt hatte, beendete Sommer das Gespräch.

Kappler stand vor dem Hauseingang. Zunächst sah es so aus, als würde er einen Schlüssel benutzen, doch da der Vorgang wesentlich länger dauerte, arbeitete er offenbar mit einem Dietrich.

Sommer machte sich bereit, jederzeit einzugreifen. Sobald Kappler im Haus verschwände, würde er ihm folgen.

***

Kappler blieb einige Sekunden im Hausflur stehen und drückte die Tür zu. Dank seiner Handschuhe hinterließ er keine Fingerabdrücke.

Er lauschte. Aus keiner Wohnung drangen Geräusche. Er schaltete die Taschenlampenfunktion des billigen Handys an, um nicht im Dunkeln nach oben zu laufen. Nun begann der entscheidende Teil. Falls die Familie nicht über ein ausgeklügeltes Sicherheitsschloss verfügte, hätte er das Schloss in ein bis zwei Minuten geknackt. Danach würde er die Mutter erschießen und die Kinder mit ihren eigenen Kissen ersticken. Oder ebenfalls erschießen, falls eines von ihnen zu früh aufwachen würde.

An der Wohnungstür lauschte er erneut. Kein Lichtschein unter dem Türspalt, kein Geräusch ließ ihn innehalten. Er bückte sich vor die Tür, leuchtete das Schloss an und führte den ersten Dietrich ein, der jedoch nicht passte. Also probierte er das nächste Exemplar aus.

Genau in diesem Moment zerriss ein lautes Klirren die Stille. Kappler zuckte zusammen. Unvermittelt erhellten die Flurlampen das Treppenhaus.

Kappler ließ den Dietrich fallen und schnappte sich den Rucksack, in dem die Pistole steckte. Von unten waren schnelle Schritte zu hören. Kappler sprang auf und rannte die Treppe hoch.

***

Sommer hielt inne. Der Einbrecher zog sich nicht in die Wohnung zurück, sondern floh in dem fünfstöckigen Haus nach oben.

Er unterdrückte den Impuls, Kappler lautstark zur Aufgabe aufzufordern. Niemand im Haus sollte wach werden und neugierig die Tür öffnen. Doch jetzt, da die unmittelbare Gefahr für Familie West gebannt war, bewegte sich Sommer langsam an der Wand entlang vorwärts. Kappler sollte keinen gezielten Schuss abgeben können.

Er erreichte die erste Etage.

***

Im obersten Stockwerk angekommen, zerschlug sich Kapplers Hoffnung, einen Zugang zum Dach zu finden. Er war in einer Sackgasse gelandet. Entweder musste er sich den Weg freischießen oder an einer der Türen Sturm klingeln, in der Hoffnung, dass ihm ein Bewohner des Dachgeschosses öffnete. Den er zur Geisel nehmen könnte. Doch wahrscheinlich schliefen alle Mieter bereits.

Er zielte mit der Pistole nach unten. War der Bulle allein gekommen, oder wartete draußen Verstärkung? Kappler hoffte, dass der Mann ihm allein gefolgt war. Dann hätte er eine Chance. Leise betrat er den Treppenabsatz. Er würde den Bullen eiskalt erschießen. Ganz vorsichtig schlich er die ersten Stufen hinunter.

***

Sommer erreichte die zweite Etage. Dass er über sich keinen Laut hörte, alarmierte seine Instinkte. Versuchte Kappler, sich Zutritt zu einer anderen Wohnung zu verschaffen? Oder bereitete er einen Hinterhalt vor?

Plötzlich erlosch das Deckenlicht. Nun fiel nur noch von draußen ein schwacher Schimmer der Straßenbeleuchtung in den Hausflur.

Sommer stand auf einer Stufe zwischen der zweiten und dritten Etage. Er hielt den Atem an und lauschte.

***

Unter Missachtung aller Verkehrsregeln brauchte Kraft nur knappe sechs Minuten zum Zielort. Sie parkte direkt vor der Haustür in zweiter Reihe. Sogleich öffnete Drosten die Beifahrertür und sprang hinaus. Die eingeschlagene Haustür stand offen, der schwere Pflasterstein lag im Flur, in dem kein Licht brannte.

»Lukas?«, rief er.

Doch er erhielt keine Antwort.

***

Das erloschene Licht hatte Kappler neue Hoffnung geschenkt, seinen Gegner übertölpeln zu können. Kurz vernahm er Motorengeräusche, und Sekunden später rief ein Mann nach dem Bullen. Was sollte er jetzt tun? Aufgeben und seine Botschaft vor Gericht in die Welt hinausposaunen? Oder alles auf einen letzten verzweifelten Angriff setzen?

Kappler schlich die nächsten Stufen hinab. Er erreichte den Absatz zwischen dem dritten und vierten Stockwerk. Sein Werk war vollendet. Die Menschen würden aus reiner Neugier sein erstes Buch kaufen, und vielleicht veröffentlichte der Verleger sogar sein bislang unvollständiges Manuskript.

Der Tod war für ihn schon einmal eine Befreiung gewesen. Warum nicht auch dieses Mal?

Er nahm die nächste Stufe.

***

»Lukas?«

Sommer konnte nicht antworten, ohne seine Position zu verraten.

Was würde Kappler unternehmen, der sich nun gewiss endgültig in die Enge gedrängt fühlte?

Sommer erreichte den Absatz zwischen Etage zwei und drei. Lautlos legte er sich auf den Bauch und zielte in der Düsternis nach oben. Sollte er ein Geräusch hören, das auf einen Einbruchsversuch hindeutete, würde er aufspringen, ansonsten liegen bleiben, bis er Kappler im Visier hatte.

***

Stufe für Stufe schlich Kappler nach unten. Sein Finger lag auf dem Abzug.

***

Plötzlich hatte Drosten eine Idee. Sommer hatte ihm vor ein paar Stunden Kapplers Nummer genannt. Er griff zu seinem Handy.

»Was machst du?«, flüsterte Verena ihm ins Ohr.

»Pst«, erwidert er.

Drosten tippte die Nummer ein und wählte ›Verbinden‹.

***

Kappler spürte das Vibrieren in seiner Hosentasche, das auch akustisch deutlich zu vernehmen war. Sie hatten ihn in die Falle gelockt. Er stürmte vor. Wild entschlossen, wenigstens einen Bullen mit in den Tod zu reißen.

***

Das Vibrieren gab Sommer einen kleinen Anhaltspunkt über die Position seines Gegners. Im Dämmerlicht sah er einen Schemen die Treppe hinunterrennen.

»Waffe weg!«, schrie er.

Kappler schoss. Doch er zielte viel zu hoch. Die Kugel zerstörte das Flurfenster. Sommer zielte auf Kapplers Bein. Noch bevor er abdrückte, erkannte er, dass der Journalist vom eigenen Schwung aus dem Gleichgewicht geriet. Der Mann versuchte, sich an der Wand festzuhalten. Sofort sprang Sommer auf und rannte ihm entgegen. Sie kollidierten auf der viertletzten

Stufe miteinander. Sommer rammte ihm den Ellenbogen an die Schläfe. Kappler stöhnte auf.

»Licht!«, schrie Sommer.

Die Flurlampen erstrahlten. Bevor der benommene Gegner reagieren konnte, schlug Sommer ein zweites Mal zu. Dann packte er Kapplers Handgelenk und schmetterte es auf eine Stufe. Der Journalist ließ die Waffe los.

Es war vorbei.

»Auf Ihren nächsten Artikel bin ich sehr gespannt«, stieß Sommer schwer atmend aus. Er zog Kappler in die Höhe.

»Ich hab ihn«, rief er laut. An den polternden Schritten erkannte er, dass Robert und Verena auf dem Weg zu ihm waren.

30

Die Würzburger Kriminalkommissare Morsbach und Pichler erlaubten Kraft, als Vertreterin der KEG an der Vernehmung Teichmanns teilzunehmen. Zu dritt saßen sie dem Untersuchungshäftling und dessen Anwalt gegenüber, der ihnen Teichmanns vollständige Kooperation zugesichert hatte.

»Haben Sie tatsächlich mit der Mitleidsmasche Geld verdient?«, fragte Morsbach.

Teichmann nickte.

»Sie müssen wegen der Tonbandaufnahme mit uns reden«, wies Pichler ihn zurecht.

»Ja, hab ich.«

»Wie viel?«, hakte Morsbach nach.

»Fünf- oder sechstausend Euro«, antwortete er leise.

»Auf Ihrem Konto liegen zweiundsechzigtausend«, sagte Pichler. »Sie sind arbeitslos, und wir haben eine sehr hohe Einmalzahlung entdeckt. Das deutet auf einen Bitcoin-Verkauf hin. Haben Sie Ihre Abfindung in Bitcoin ausgezahlt bekommen?«

»Solche Sticheleien können Sie gern unterlassen«, meinte der Anwalt. »Herr Teichmann wird vollumfänglich aussagen.«

»Ich hab Informationen im Darknet verkauft. E-Mail-Adressen und Passwörter. Daher stammt das Geld.«

»Wie viele Datensätze?«

Teichmann zuckte die Achseln. »Die genaue Zahl hab ich nicht überprüft. Aber ich hab alle Daten genommen, die mir zur Verfügung standen.«

»Also aus jedem einzelnen Forum?«

Teichmann nickte. »Ja.«

»Wie haben Sie eigentlich Herrn Schuster außer Gefecht gesetzt?«, schnitt Kraft den nächsten fraglichen Punkt an.

Im Krankenhaus hatte man zwar Björns Blut und Urin analysiert, jedoch keine Rückstände nachweisen können.

»Liquid Ecstasy«, antwortete Teichmann. »Ich nehm das manchmal selbst. Als Partydroge. Danach bin ich viel lockerer. Auch beim Sex.«

»Sie wissen, dass es in Kombination mit Alkohol verdammt gefährlich ist?«, fragte Pichler. »Sie hätten Herrn Schuster eine tödliche Überdosis verabreichen können.«

»Nein«, widersprach Teichmann. »So viel war nicht in dem Gin. Ich hab aufgepasst.«

Kraft vermutete, dass er das nur behauptete, um sich selbst zu schützen.

***

Die ballistische Untersuchung lieferte ein eindeutiges Ergebnis. Die Waffe, mit der Kappler geschossen hatte, war in zwei Mordnächten eingesetzt worden.

Seine Schuld war bewiesen.

In dem Safe befanden sich lediglich Notizen zu weiteren ausspionierten Familien, nicht jedoch zu vorhergehenden Fällen. Auch sonst fanden die Polizisten in der Wohnung des Mörders keine Beweise. Hätten sie ihn in der Nacht nicht gestellt, hätte er weitermorden können.

Als die Hauptkommissare Kappler das Ergebnis der ballistischen Untersuchung zeigten, brach er sein Schweigen – gegen den Rat seines Anwalts.

Je länger Kappler redete, desto mehr berauschte er sich an seinen eigenen Worten. Er referierte darüber, wie oft Männer in Familienrechtsprozessen die Opfer wären – ohne dass jemand diesen Skandal in der Öffentlichkeit thematisierte.

»Es gibt Tausende, denen es so ergangen ist wie mir. Vielleicht sogar Zehntausende. Zu viele Richter schlucken die Lügen der Mütter, statt sie kritisch zu hinterfragen.«

»Und deswegen sind sie losgezogen, um vermeintliche Lügnerinnen und deren Nachwuchs zu bestrafen?«, fragte Sommer.

»Sie verstehen es immer noch nicht. Ich hätte mein Leben lang unter der Situation gelitten. Nur durch das schicksalhafte Handeln eines rumänischen Lkw-Fahrers bin ich befreit worden. Natürlich war der Verlustschmerz anfangs unerträglich. Aber dieser Schmerz vergeht irgendwann. Im Gegensatz zum Schmerz, den man empfindet, wenn man sein Kind nicht oder bloß selten sehen darf. Der bleibt für immer. Ich hab den Männern einen Gefallen getan.«

»Keiner der trauernden Väter sieht das wie Sie«, hielt Drosten ihm vor.

»Noch nicht«, antwortete Kappler. »Das wird sich ändern.«

»Warum haben Sie in Ihren Artikeln auf die Mordserie hingewiesen? Im Dunkeln hätten Sie ungestörter agieren können.«

»Es ging mir nicht bloß um die Bestrafung der Frauen. Noch zwei oder drei Mordnächte und ich hätte in einem Artikel die Frage aufgeworfen, ob die Frauen eine Mitschuld daran trugen. Weil sie gelogen hatten.«

»Dafür hätten die Medien Sie in der Luft zerrissen.«

»Ja, ich hätte Gegenwind bekommen. Aber nur so wird man heutzutage gehört. Erinnern Sie sich an die Lehrerin, die eine Prämie für alle Frauen forderte, die aus ökologischen Gründen aufs Kinderkriegen verzichten? Für ein paar Tage war sie in aller Munde. So funktioniert das in verrückten Zeiten wie diesen.«

»Und wie schnell hat sich die Öffentlichkeit auf den nächsten Aufreger gestürzt?«, fragte Drosten.

»Das wäre in meinem Fall anders gewesen. Denn ich hätte weitergemacht und Nachahmer gefunden. Bis keine Mutter sich mehr getraut hätte, vor Gericht zu lügen.«

Sommer schaute dem Inhaftierten ins Gesicht, der ihn emotionslos anlächelte. Ob er tatsächlich an den Erfolg seiner Mission geglaubt hatte? Sie hatten bei ihren Recherchen den Psychologen ausfindig gemacht, bei dem Kappler nach der Trennung und vor allem nach dem tödlichen Unfall in Behandlung gewesen war. Eines Tages hatte sein Patient die Therapie abrupt abgebrochen. Der Psychologe hatte angedeutet, Kappler hätte durch den Schock eine Psychose erlitten. Wenn Sommer dem Mann in die leeren Augen schaute, erschien ihm diese Diagnose nachvollziehbar.

»Wieso waren Sie in Münster, als wir dort eintrafen?«, fragte er. »Die Morde lagen über eine Woche zurück.«

Kappler lächelte. »Ich hatte Kontakt zu einem nicht ganz so unfreundlich gesinnten Münsteraner Polizisten. Der hat mir erzählt, die KEG würde den Fall übernehmen. Ich war neugierig auf Sie. Immerhin sind Sie seit der Festnahme Hells Berühmtheiten. Ich wollte wissen, wer meine Gegner sind.«

»Also haben Sie mich gar nicht wiedererkannt«, folgerte Drosten. »So wie Sie es vorgetäuscht haben.«

»Man tut, was man kann.«

»Kommen wir auf Herrn Hohme zu sprechen«, fuhr Drosten fort. »Wussten Sie, dass er einen Mord begangen hat?«

»Schon erstaunlich.« Kappler schmunzelte. »Hätte ich ihm nicht zugetraut. Aber nach allem, was ich weiß, war es eher eine Tötung im Affekt, oder? Eine Nutte. Erbärmlich. Das arme Mädchen konnte nichts dafür!«

Statt Kapplers Neugier zu befriedigen, sprang Sommer zum nächsten offenen Punkt. »Carsten Korn. Ihr letztes Todesopfer. Kannten Sie ihn?«

»Persönlich?«

»Wir fragen uns, was er in der Wohnung seiner Ex-Frau zu suchen hatte.«

»Das wüsste ich auch gern. Sein Tod tut mir leid.«

»Also hat er Sie nicht engagiert?«

Kappler wirkte überrascht. Im nächsten Moment lachte er schallend. »Herr Sommer, man konnte mich nicht engagieren. Ich habe die Auswahl selbst getroffen. Wobei ...« Für einen Augenblick schaute er ins Leere. »Bei den Korns war es eine Münze. Tja. Vielleicht war das mein Fehler. Ich hätte nicht das Schicksal entscheiden lassen dürfen.«

»Können Sie uns das näher erläutern?«, bat Drosten.

»Nicht wichtig. War's das? Ich werde langsam müde.«

»Noch eine Sache«, sagte Sommer. »Sie haben einen gewissen Ronny Teichmann angeschrieben.«

»Diesen Forenbetreiber?«

»Im Impressum stand ein anderer Name.«

Kappler runzelte die Stirn. »Stimmt. Aber er hat die E-Mail beantwortet, die ich an die dort angegebene Adresse geschickt habe. Auch danach war er sehr auskunftsfreudig. Er sollte mir als Alibi dienen, falls Sie je herausfänden, dass ich in den Foren unter verschiedenen Scheinidentitäten aktiv war. Ich hätte auf meine Recherchen verwiesen. Und jetzt möchte ich zurück in die Zelle. Reden wir morgen weiter.«

***

Verena Kraft schaute aus dem Fenster ihrer Wiesbadener Wohnung und betrachtete ihr neues Wohnumfeld. Draußen auf dem Bürgersteig spielten ein paar Kinder miteinander. Ein tröstlicher Anblick nach den hinter ihr liegenden Wochen. Sie hatten den Mörder festgenommen und weitere Bluttaten verhindert. Kraft hatte sogar bei der Befragung von Familie West erfahren, dass die Geschiedenen auf gutem Wege waren, eine vaterfreundlichere Umgangsregelung zu finden, die beiden Kindern entgegenkam. Im Angesicht des Todes hatten sie beschlossen, alte Differenzen auszuräumen und das Wohl ihres Nachwuchses über alles andere zu stellen. Ein schöner Nebeneffekt der abgeschlossenen Ermittlungen.

Trotzdem nagte etwas an Kraft.

Sie konnte den Fall gedanklich nicht abschließen, ohne den Punkt geklärt zu haben.

Doch wie würde Björn reagieren?

Kraft lief zum Wohnzimmertisch, auf dem ihr Handy lag. Ehe sie es sich anders überlegen konnte, suchte sie seine Nummer aus den Kontakten heraus. Hoffentlich zeichnete er gerade keinen Videoclip auf.

Schon nach wenigen Sekunden Freizeichen nahm Björn das Gespräch an. »Hi, Verena. Wie geht's dir?«, fragte er fröhlich.

»Hast du Zeit?«

»Für dich immer. Weißt du doch!«

Verena ahnte, dass die folgenden Minuten anstrengend werden würden. Aber damit Björn sein eigenes Leben weiterleben konnte, musste er die Hoffnung begraben, dass sie wieder zusammenkommen könnten. Genau das würde sie ihm klarmachen.

***

Robert Drosten sah dabei zu, wie sich Melanie einen Schluck Rotwein einschenkte. Dana lag seit einer Viertelstunde im Bett, und die beiden hatten ein wenig über ihren Tag geplaudert. Seit seiner Rückkehr schien sich ihr Verhältnis zueinander zu entspannen. Vor allem hatte sie Interesse an den Ermittlungen und der Motivation des Journalisten gezeigt. Offenbar ging ihr ein Fall, bei dem geschiedene Ehepaare und deren Kinder ins Visier eines Mörders geraten waren, näher als andere Fälle.

»Heute hat Danas Onkel angerufen«, setzte sie ihn ins Bild. »Vormittags, als Dana in der Schule war.«

»Ungewöhnlich! Was wollte er?«

»Mit mir über seine Pläne für die Sommerferien reden. Ihm ist es wahnsinnig wichtig, zwei Wochen am Stück mit seiner Nichte zu verbringen.«

»Was denkst du mittlerweile darüber?«

Melanie seufzte. »Mir gefällt der Gedanke noch immer nicht«, bekannte sie. »Ich hab Angst, sie so lange in fremde Hände zu geben.«

Bevor er etwas erwidern konnte, fuhr sie rasch fort. »Ja, er ist ihr Onkel. Ich weiß.«

»Kein Fremder.«

»Allerdings hat er einen interessanten Vorschlag gemacht. Er hat von einer Ferienanlage auf Rügen berichtet. Da wären zwei nebeneinanderliegende Appartements frei. Hundehaltung wäre ebenfalls erlaubt. Er wollte wissen, was ich davon hielte, eines der Appartements anzumieten, während er zeitgleich das zweite belegen würde. Dann könnte Dana nachts bei mir schlafen, und er tagsüber viel Zeit mit ihr verbringen.«

»Also planst du das ohne mich?«, fragte Drosten überrascht.

»Noch plane ich gar nichts. Ich fände es bloß schöner, wenn wir in den Ferien zu dritt – beziehungsweise mit Rocky zu viert – irgendwo in den Süden fahren könnten. Vielleicht nach Kroatien, da wollten wir doch schon lange hin. Du kannst dir ja unmöglich vier Wochen am Stück freinehmen. Deswegen käme Rügen obendrauf. Was denkst du darüber?«

Drosten beschloss, seine spontanen Bedenken für sich zu behalten. Sie hatten noch nie getrennt Urlaub gemacht. In der jetzigen Situation der Ehe erschien ihm das nicht ratsam. Zugleich glaubte er, dass Dana ein Recht auf Urlaub mit ihrem einzigen Verwandten hatte. Falls Melanie der Gedanke daran aufgrund eines solchen Arrangements leichterfiele, wollte er ihr nicht im Weg stehen. Außerdem vergingen bis zu den Sommerferien noch über drei Monate. Vielleicht hätten sie bis dahin Fortschritte erzielt, um die traumatischen Erlebnisse aus der Zeit ihrer Gefangenschaft zu verarbeiten.

»Klingt okay«, sagte er.

»Nur *okay*?«, fragte sie unsicher. »Also bist du dagegen?«

»Bin ich nicht«, beruhigte er sie. »Ich überlasse die Entscheidung ganz dir.«

»Danke.« Mit dem gefüllten Glas setzte sie sich zu ihm und lächelte ihn an.

»Wirst du es machen?«, fragte er.

»Hab mich noch nicht entschieden«, behauptete Melanie. Sie griff über den Tisch und streichelte seinen Handrücken. »Aber ich bin froh, dass du mich unterstützt.«

Drosten beschloss, nicht weiter nachzubohren. Obwohl er das Gefühl hatte, dass ihre Entscheidung längst feststand. Er würde einfach akzeptieren, was passierte. Dem Partner Spielraum zu lassen gehörte in seinen Augen zu einer Ehe dazu.

»Sollen wir gleich fernsehen? Oder musst du noch arbeiten?«, fragte Melanie.

»Ich hab zum Glück Feierabend. Insofern eine gute Idee.«

Gemeinsam standen sie auf und gingen ins Wohnzimmer, um den Abend gemütlich ausklingen zu lassen.

Nachwort

Liebe Leserinnen und Leser,

wenn Sie zu meinen Stammlesern gehören, hoffe ich, dass Ihnen die Erweiterung des KEG-Teams um Oberkommissarin Verena Kraft gefallen hat. Ich denke, die KEG wird sich bei zukünftigen Mordermittlungen zu dritt einfach leichter tun. Falls Sie zuvor nie oder nur wenig von mir gelesen haben, wünsche ich mir natürlich, dass Sie das Dreierteam direkt in Ihr Herz geschlossen haben.
Während ich diese Zeilen schreibe, ist der nächste Thriller bereits fertig. Eine für mich sehr angenehme Situation, denn es stehen noch weitere Projekte in den Startlöchern. Unter anderem ein Kinderbuch und die Zusammenarbeit mit einem Kollegen an einem Thriller, der bereits im Herbst erscheinen soll. Der nächste Sommer-und-Drosten mit dem Titel *Rachekrieger* wird (voraussichtlich) am 15. Juli 2019 das Licht der Welt erblicken.

Falls Sie alle Informationen zeitnah erhalten wollen, empfehle ich Ihnen, sich in meinen Newsletter einzutragen: www.huennebeck.eu/newsletter

Alle Leser, die sich neu eintragen, erhalten die Kurzgeschichte *Die Namen des Todes – Die Jagd beginnt* als Dankeschön geschenkt.

Wenn Ihnen der Roman *Vaters Rache* gefallen hat und Sie mich unterstützen wollen, nehmen Sie sich doch bitte ein paar Minuten Zeit und hinterlassen eine Bewertung auf der Produktseite meines Buches bei Amazon. Neben Rezensionen freue ich mich auch über persönliches Feedback von Ihnen, sei es per Mail oder per Facebook. Ich bemühe mich stets, darauf zu antworten. Das klappt meistens, aber leider nicht immer. Sehen Sie mir das bitte nach.

Per E-Mail kontaktieren Sie mich unter:
marcushuennebeck@outlook.de

Per Facebook erreichen Sie mich wie folgt: www.facebook.com/MarcusHuennebeck

Vielen Dank und herzliche Grüße

Marcus Hünnebeck

Lesetipps

Die Todestherapie

Gero Ruppert kennt sich aus mit Trauer und Verzweiflung. Der Psychologe betreut Eltern, die ihre Kinder auf schmerzliche Weise verloren haben. Als ein 17-jähriges Mädchen brutal missbraucht und ermordet wird, kontaktiert Ruppert die verwaiste Mutter und bietet ihr an, sie psychologisch zu behandeln.

Drei weitere junge Frauen sterben, und Ruppert kümmert sich um die trauernden Hinterbliebenen. Für die Soko rund um die Kommissare Drosten und Sommer steht trotz wasserdichter Alibis der Hauptverdächtige fest: Der Mörder kann nur Gero Ruppert selbst sein. Hat er einen Helfer? Spielt er ein falsches Spiel mit traumatisierten Eltern? Doch die Polizisten ahnen nicht, dass der Psychologe bedroht wird. Er muss den Anweisungen eines Erpressers folgen, um nicht seine eigene Tochter zu verlieren. Je näher die Soko den wahren Hintergründen kommt, desto stärker gefährdet sie das Leben des Mädchens – wogegen Ruppert mit allen Mitteln kämpft.

Der Wundennäher

Anonyme Anrufe, Blumen auf der Fußmatte, spätabends ein Klopfen an der Tür. Svenja hat Angst vor einem unheimlichen Verehrer und verkriecht sich. Trotzdem geschieht das Unvorstellbare, als sie eines Tages einem Nachbarn die Tür öffnet. Sie wird zur Gefangenen in ihrer eigenen Wohnung und erleidet grausame Qualen. Svenjas einzige Chance ist ihre Freundin Irina, der sie von den unheimlichen Vorkommnissen erzählt hat. Als Irina endlich versteht, warum sie ihre Freundin nicht mehr erreicht, hängt auch ihr Leben am seidenen Faden.

Robert Drosten und Lukas Sommer jagen den besonders brutalen Serienmörder, doch der scheint ihnen immer einen Schritt voraus zu sein. Es gelingt ihm sogar, die Polizei in eine tödliche Falle zu locken. Aber dann wendet sich das Blatt und der Mörder gerät unter Zugzwang. Den Polizisten bleibt nicht viel Zeit, um das Schlimmste zu verhindern.

Der Schädelbrecher

Vanessa kennt sich aus mit Gewalt. Ihre Mutter ist Kriminalkommissarin, ihr Vater war Profiler beim LKA. Die Studentin berichtet in den sozialen Medien über Schwerverbrechen und hat unzählige Fans. Als eine ehemalige Schulfreundin niedergemetzelt wird, erweckt dies großes Interesse auf Vanessas Kanälen. Kurz darauf bekommt sie einen blutverschmierten Würfel zugespielt und beschließt, auf eigene Faust zu recherchieren.

Weitere Morde geschehen. Lukas Sommer und Robert Drosten übernehmen die Ermittlungen, ahnen jedoch nicht, dass die junge Frau wichtige Hinweise zurückhält. Denn sie will endlich aus dem Schatten ihrer Eltern treten und den Schuldigen eigenmächtig überführen. Doch genau darauf hat der Mörder spekuliert.

Blut und Zorn

Marko denkt sich zunächst nichts dabei, als er eine Person aus seiner Vergangenheit zufällig wiedertrifft. Doch am nächsten Abend steht sie unerwartet vor seiner Tür. Sekunden später ist Marko tot. Niedergemetzelt in rasender Wut. Aber das ist erst der Beginn eines Strudels der Gewalt: Wochen später stirbt ein zweites Opfer auf die gleiche Weise.

Lukas Sommer und Robert Drosten finden heraus, dass die beiden Toten Jahre zuvor für dieselbe Firma gearbeitet haben. Was hat beim Täter den Wunsch nach Vergeltung ausgelöst? Ist ein ehemaliger Mitarbeiter der Mörder? Sommer und Drosten bleibt nicht viel Zeit, um die Hintergründe aufzuklären, denn der Rachedurst des Täters ist noch lange nicht gestillt.

Die TodesApp

Alexandra starrt fassungslos auf den Bildschirm ihres Laptops. Aus dem Lautsprecher erklingt eine Stimme, auf dem eingefrorenen Bildschirm erscheint ein Totenkopfsymbol. Alle Versuche, den Virus zu entfernen, scheitern. Der Hacker verlangt für die Freigabe des Computers kein Geld, sondern lediglich einen Gefallen. Zögerlich geht sie darauf ein.

Robert Drosten und Lukas Sommer stoßen auf eine bizarre Mordserie an drei jungen Frauen, die sich mit einem Unbekannten an verlassenen Orten getroffen haben. Aus ihrem Besitz fehlen jeweils Handy und Laptop. Als die Polizisten die Nachforschungen vorantreiben, nimmt der Täter das nächste Opfer ins Visier. Unterdessen finden Drosten und Sommer heraus, dass die Ermordeten das Programm einer kleinen Softwarefirma benutzt haben. Können sie den Wahnsinn stoppen, bevor weitere Morde geschehen?

Muttertränen

Melanie Drosten läuft besorgt übers Schulgelände und ruft Danas Namen. Doch sie entdeckt ihre Pflegetochter nirgendwo. Dabei hatte sie das Mädchen nur kurz unbeobachtet gelassen, um mit einer Lehrerin zu reden. Ihr Mann Robert stößt hinzu, aber auch nach einer intensiven Suche finden sie keine Spur. Niemand hat etwas gesehen. Ist Dana verschwunden, weil sie wegen des Lehrergesprächs Ärger befürchtet hat? Zu Hause erfahren die Drostens die grausame Wahrheit. Ein Mann hat das Mädchen verschleppt und stellt seine Forderungen. Sie werden zu Gefangenen im eigenen Haus. Der Entführer zwingt sie, neun Tage ohne Kontakt zur Außenwelt durchzuhalten. Danach verspricht er ihnen die wohlbehaltene Rückkehr des Kindes. Robert ahnt jedoch, dass der Unbekannte ein viel schrecklicheres Ziel verfolgt. Er sieht nur eine Chance, seine Familie zu retten. Dank einer List schickt er Lukas Sommer heimlich eine Nachricht. Während Sommer im Alleingang das Schlimmste verhindern will, spielt der Entführer die Ehepartner brutal gegeneinander aus. Und die Zeit, die für ihre Rettung bleibt, tickt erbarmungslos herunter

Todesschimmer

Lukas Sommer und Robert Drosten jagen einen Mörder, der seine Opfer erwürgt und ihre Haut mit einem Stern verziert. Als ein junges Paar dem Verbrecher zufällig in die Quere kommt, flieht der Mann Hals über Kopf. Die Polizisten identifizieren anhand der zurückgelassenen Beweise den berühmten Schauspieler Leander Hell als Verdächtigen. Bevor sie ihn verhaften können, verschwindet der Prominente spektakulär von der Bildfläche. Von nun an kennt er nur noch ein Ziel: Er will sich an seinen Verfolgern rächen. Während Hell ein Massaker vorbereitet, läuft den Polizisten die Zeit davon. Beobachtet von der Öffentlichkeit fragen sich Sommer und Drosten, wie man einen Mann fängt, den seine Fans bedingungslos unterstützen – selbst wenn das am Ende ihren eigenen Tod bedeutet.